アステール・ディオン

「にゃあ……」
子猫は私を見ると、一声だけ鳴いた。
掠れた精一杯の小さな鳴き声。
その声が私には『助けて』と言っているように聞こえ、
涙が出そうになってしまう。
「大丈夫、大丈夫よ。
絶対に助けるから！」
スピカ・プラリエ

悪役令嬢らしいですが、私は猫をモフります

Akuyakureijou rashii desuga
Watashiha neko wo mofurimasu

著：月神サキ
イラスト：めろ

CONTENTS

イラスト めろ

Akuyakureijou rashii desuga
Watashiha neko wo mofurimasu

第1話　悪役令嬢乙女ゲー転生

Akuyakureijou rashii desuga Watashiha neko wo mofurimasu

「悪役令嬢のあなたになんて、負けないんだから！」

——あ、私って乙女《おとめ》ゲー転生だったのか。

この世界に生を授かって、十七年。ようやく判明した事実に私は目を瞬かせた。

◇◇◇

私が、『私』であると認識したのは、今から十年ほど前、七歳の時である。

突然、見知らぬ記憶が頭の中に流れ込み、当時は随分と混乱したものだ。

意味も分からず泣き喚《わめ》いた私はそのまま熱を出し、一週間ほど寝込んだ。そして目覚め、自らの置かれた状況を理解し、思ったのだ。

——で？　私はなんの世界に転生したの？

と。

どうやら自分が、今いるのとは別の世界で生きていたらしいことは分かった。

蘇《よみがえ》ったのは、その時の記憶だというのも理解した。

魔法と科学が不思議に混じり合った特殊な世界に今、私は住んでいるが、前世は科学技術のみが発展した日本という場所に身を置いていたのだ。

世界が違う。

つまりは異世界転生を果たしたのだろう。

異世界転生。

小説や漫画などでよくある鉄板の設定である。

私がまだ日本で生きていた頃《ころ》、異世界転生ものの小説はよく読んだ。なんなら愛読していたと言ってもいい。

それらの小説では、だいたい主人公の転生した場所は、思い入れのある小説やゲーム、漫画、アニメの世界であることが多く、物語の主人公たちはそのチートな知識を利用して、転生した世界を楽しく生き抜いていたのだ。

私に前世の記憶が蘇ったのも、きっとそれと同じだ。これから私は物語の主人公として、あれやこれやのイベントに巻き込まれつつも回避し、電撃的な恋に落ちたりするに決まっている。

——こうしてはいられない。私がどの世界に転生したのか、しっかり自分の記憶を確認しなくては！

ウキウキワクワクである。

転生先は大好きだった漫画だろうか、ゲームだろうか。それとも小説だろうか。

できれば、平和なものがいい。あと、希望を言わせてもらえるのなら、話の内容を覚えている世界だと、より有り難いのだけれど。

「……」

そうして自分の今置かれている状況と、自らの知識。それらを照らし合わせた結果、一週間後には結論が出た。

どうやら私は、ただ、異世界転生しただけらしいという結論に。

「嘘《うそ》でしょ」

気づいた時には愕然《がくぜん》とした。

ここはお約束的に、大好きなゲームの世界とかに転生しているものではないのか。

だがどう考えても、ここは私の知るどの世界とも違う。

「そっか……。ということは、記憶が蘇ったのは偶然で、単に異世界転生しただけか……」

期待していただけにショックは大きかった。

原作知識を利用して、チート三昧《ざんまい》。人生楽しく生きていけると思っていたのだから当然だろう。

だがまあ、気にしていてもしょうがない。

生まれ変わってしまったからには、今の私としてここで生きていくしかないのだ。それくらい分かっている。

私が生まれたのは公爵家で、『スピカ・プラリエ』という名前だった。

家族構成は父と母、そして弟。同じ屋敷には住んでいないが祖父母も健在で従兄弟《いとこ》も何人かいる。

所属している国は当然、民主主義なんぞ掲げてはいない。国王を頂点とした身分社会だ。

公爵家は、ピラミッドのほぼ天辺《てっぺん》と言っていい。

裕福で、社会的地位もある。生まれ変わり先としては、有り難いと手を合わせるべきところだろう。

とはいえ、公爵家の長女ともなれば、色々な習い事や、婚約者なるものも存在する。

結婚は個人の自由にならないのが当たり前で、親から与えられた婚約に唯々諾々《いいだくだく》と従うのが当然の社会なのだから、私も粛々《しゅくしゅく》と受け入れた。

私が婚約したのは、この国――ディオン国の第一王子であり王太子でもあるアステール様だ。私よりひとつ年上で、物腰が非常に穏やかな方。髪は輝くような金髪で、瞳《ひとみ》は透明感のある紫色。

そんな彼と私は、私が十歳の時に婚約をし、今に至っている。

不満は特にない。

恋愛感情こそ抱いてはいないが、アステール様は尊敬できる素晴らしい方だからだ。

職務に忠実で、民のことを思いやり、誰《だれ》に対しても公平で、皆に慕われている。

そんな方となら、人生を共に歩んでいくことも十分に可能だろう。

公爵令嬢として生きていくことを受け入れた時から、婚約については覚悟していた。

相手が王子とは思わなかったが、こうなれば仕方ない。私も腹を括《くく》り、将来王妃となるための勉強をしっかりしようではないか。そして与えられた役目を受け入れ、果たそう。

そんな風に思っていた。

つい先ほどまでは。

それが全部飛んでいってしまった話をちょっと聞いて欲しい。

◇◇◇

今日は、アルファード王立魔法学園の入学式だった。前世とは違って、この学園の入学式は秋に行われる。

アルファード王立魔法学園は、王侯貴族が十五歳から通うことを定められている国営の由緒正しき学校。

王都にあるこの学園は、王城や貴族街のすぐ近くにあり、かなりの敷地面積を誇っている。

ここでは座学や魔法、剣の取り扱いやダンスレッスンなど、貴族に必要な知識を団体生活の中で学ぶことができる。

もちろん貴族の子供は皆、それぞれの家で家庭教師から教育を受けている。通常なら『学園』など必要ないのかもしれない。だけど学校という場は、新たな交友関係を築くにはとても優れた場所で、そのため通うことが義務づけられていた。

自国の王子と共に勉学ができるかもしれない。普通なら関われるはずのない未来の公爵、侯爵と友人になれるかもしれない。また逆に、下位の貴族たちの自分たちにはない考え方を学べるかもしれない。

そういう側面を国は重視したのだ。

学園の理事長は国王陛下。講師には各分野の優秀な専門家が国内外問わず招かれ、時折臨時講師として騎士団の団長や宰相、公爵家の現当主などもやってくる。

学園には生徒会執行部があり、基本的には彼らが学内を統治。

国を動かす予行演習として、生徒会長や副会長には大抵、その時一番身分の高い者が就くことと決まっている。

不公平？　そんなわけがない。

この世界は身分社会なのだから、これが正しい形なのだ。

現在の生徒会長は、ディオン国第一王子であるアステール様。

副会長は不在だが、今年入学するアステール様の弟が就くといわれているし、ほぼそれで決まりだろう。

あとは総務に会計、書記。最後に実技部長。

計六名で運営される執行部は全員の身分が高いこともあって、皆の憧《あこが》れ。

今日の入学式も彼らの主導で執り行われている。

そして去年、貴族の義務として学園に入学した私は、その栄《は》えある手伝いのひとりとして今日、ここにいた。

私に与えられたのは、新入生を会場まで案内するという役どころ。だが最後の新入生を案内し終えた時、その彼女——金髪碧眼《へきがん》の可愛《かわい》らしい少女に憎々しげに言われてしまったのだ。

「悪役令嬢のあなたになんて、負けないいんだから！」

と。

そして言われた瞬間、私は理解した。してしまったのだ。

もう、十年も前に結論を出していた問題。その真の回答がようやく今、与えられたのだということを。

「……乙女ゲー。よりによって、乙女ゲー転生……」

去っていった彼女の背を見送りながら、呆然《ぼうぜん》とその場に立ち尽くす。

やはり私は自らの推測通り、二次元的な世界に転生していたようだ。

だって彼女は私のことを『悪役令嬢』だと言った。

『悪役令嬢』。

女性向け乙女ゲームのヒロインのライバルとして登場する、爵位が高く、大体は王子と婚約していて、鼻持ちならない女のことである。

彼女の役目はゲームヒロインを虐《いじ》め、その恋をひたすら邪魔するというもの。そして己の婚約者に見捨てられ、皆が見ている前で婚約破棄をされるという不幸極まりない最後を迎える。

ちなみに彼女の婚約者は、ほぼ百%メイン攻略キャラである。まさに、ヒロインにヒーローを献上するためだけに存在する女といっていいだろう。

そんな彼女の結末は大概が悲惨で、自らの悪事を皆の前でつまびらかにされたあとは、国を追放されたり、嫌われ者の男と結婚させられたり、酷《ひど》い場合は斬首《ざんしゅ》ということもあり得るらしい。

ヒロインを虐めただけで斬首とか、乙女ゲーとは修羅の世界なのか。ものすごく恐ろしい。

前世の世界で流行《はや》っていた『乙女ゲーム』。その悪役令嬢という役どころに自分が配置されていたのだと知り、私は思わずこめかみを押さえた。

「最悪……」

何はともあれ、この一言に尽きる。

何故《なぜ》なら、『乙女ゲーム転生』をした、と理解したくせに、どのゲームに転生したのか、全く想像もつかないからだ。

それもそのはず。何せ私は前世、殆《ほとん》ど『乙女ゲーム』をプレイしなかった。

嗜《たしな》み程度に何作かは手を出したが、コンプなどしていないし、内容だって覚えていない。星の数ほどある乙女ゲーム。その中のひとつを探し当てることなんて私には不可能なのだ。

「あ、これは無理だわ」

私は即座に諦《あきら》めた。

普通なら、『悪役令嬢』に転生してしまった私は、すぐにでも対策を取るべく動き出さねばならない。

なんの対策か。もちろん、斬首されないようにである。

だがその『ゲーム』が何か分からないのでは対策の取りようもないではないか。

「……それに、私、何も悪いことをしていないのよね」

絶対とは言い切れないが、大丈夫だと思う。真面目《まじめ》に妃《きさき》教育に励み、学園で学問を学んでいるだけ。

それで恨まれたらおかしいだろう。

いわゆる『悪役令嬢』は、ヒロインやその周囲に復讐《ふくしゅう》される存在なのだが、その『悪いこと』をしていなければ、報復される心配はないのではあるまいか。

それに、それにだ。

「殿下と婚約を解消っていうのなら、それはそれで構わないし…………」

殿下――アステール様とは、確かに婚約者という間柄ではあるが、互いに恋愛感情などない。

そのアステール様が、好きな人ができたから婚約を解消して欲しいというのなら、応じても構わないのである。

「ただ、きちんと筋は通して欲しいわよね」

昔プレイしたことのある乙女ゲームを思い出す。

そのゲームでは、悪役令嬢役の女性は、卒業パーティーというめでたい場所で婚約破棄を告げられていた。大勢の前で、見世物にされて。あれは正直ないと思う。

婚約を解消するにしても順序というものがあるのだ。

さらし者にする必要は全くない。

万が一、アステール様がヒロインと婚約したいと望むのなら、事前に相談してくれればいい。そうすれば私も父に事情を話すし、城で正式な書類に署名もしよう。

それで万事解決ではないか。

「完璧《かんぺき》、完璧だわ」

そうだ、そうしよう。

アステール様が言い出し辛《づら》いのならば、私からそれとなく促してもいい。

もしかして、あの少女が好きなのではありませんか？　それなら私は身を引きますよ、と囁《ささや》けばいいのだ。それで済む話である。

「……そうしよう」

これから自分がどうするべきか結論を出し、頷《うなず》いた。

どんなゲームなのか分からない私が取れる策としては、これ以上はないと思う。

これまで通り学園生活を過ごし、婚約者がヒロインにぐらりときた辺りで、すばやく身を引く。

なんだったら父に頼んで、ふたりの仲を応援してもいい。

私の父は貴族たちが集まる議会の中でも、かなり発言力が強い。父が新たな婚約者を応援するという方針を打ち出せば、おもねる貴族たちは多いだろう。

「よし、よし……」

お膳立ては完璧だ。きっとふたりは幸せになるだろう。私はそれを笑顔で祝福する。

皆が幸せ。何も問題はない。さすがにゲームであっても、何もしていない人間を追放したり処刑したりなんて展開は起こらないはずだ。

綺麗《きれい》さっぱりさようなら。アステール様は好きな人と幸せに、私は自由を手に入れる。

破綻《はたん》のない素晴らしい計画である。

しかしだ。そうなると次に考えなければならないのが、己の身の振り方である。

何せ私は今まで、妃教育を必死に受けていて、それ以外のことをした記憶がない。

悲しいことに、同性の友人だっていないのである。

いや、一応いると言えばいるのだけれども、彼女たちは私が王子の婚約者だと分かって尻尾《しっぽ》を振ってくる、甘い汁を吸いたいだけの取り巻きであって、私自身は友人とは思っていない。

そんな彼女たちは、きっと私が王子の婚約者でなくなれば、私の側《そば》を離れるだろう。

それは当たり前だと思うし寂しいとは思わないけれど、それなら真の友人が欲しいと思うのだ。

——友達が、切実に友達が欲しいわ……！

友達ができたらキャッキャウフフと毎日楽しく暮らすのだ。私的なお茶会を開いてもいいし、一緒に町に遊びに行ってもいい。好きな本の話をして丸一日過ごすのも実に楽しそうだ。お泊まり会もしてみたい。

あとはそう、できれば猫が飼いたい。

前世、私は大の猫好きだった。だが、家族に猫アレルギー持ちがいて飼うことができなかったのだ。猫を飼っている友達の家に行ったり猫カフェに行ったりして癒《い》やされはしたものの、自分だけの可愛い飼い猫が欲しいという気持ちはずっとあった。それを叶《かな》えたいのである。

「猫……猫が飼いたい……」

将来王妃になると思って、ただ勉学に邁進《まいしん》していた頃はそんな望みを抱きようもなかった。だが、その道から外れるのであれば、猫を飼うくらいしても許されるのではないだろうかと思えてくる。

めくるめく猫ワールド。

肉球をぷにぷにさせていただいたり、抱っこさせていただいたり、ブラッシングをさせていただくのだ。

美味《おい》しいご飯を献上し、艶々《つやつや》の毛並みを撫《な》でて悦に入りたい。

なんだったらできた友達と一緒に遊んでもいい。

猫じゃらしに懐いてくれる猫は、可愛いの権化だろう。夢が広がる。

「いい……」

うっかり妄想し、陶然とした。わきわきと両手を動かす。

猫最高。究極の癒やしだ、間違いない。

猫との暮らし。それは王子の妃なんかよりよほど幸せな未来なのではないだろうか。

想像し、その素晴らしさに身体《からだ》を打ち振るわせながら私は思った。

――ヒロインさん！　頑張ってアステール様を攻略してね！

もう、それしか言うことはない。

私の夢のために、是非彼女には頑張ってもらわなければ。

乙女ゲームというくらいだ。攻略対象者は王子ひとりではないはずなのだが、その時の私はきっとヒロインはアステール様を攻略するに違いないと信じていたのである。

だってアステール様は誰がどう見ても最優良物件だ。選ばないなんて可能性自体が存在しない。

王子で性格もいい。頭も良ければ魔法だってピカイチ。剣も使える。

そして何より顔がいい。とても、顔がいいのだ。

そんな彼を、世界がひっくり返ったって選ばないなんてあり得ない。

だからヒロインにはぜひ、彼を選んでもらって――。

「うん、ふたりで幸せになってね……！」

私もお猫様と幸せになるから――！

「幸せにって。何のことを言っているのかな？」

「ひえっ！」

突然背後から声を掛けられ、驚きで肩が跳ねた。

慌てて振り返る。そこには、今、考えていた当人であるアステール様が立っていた。更にその後ろには彼の護衛が控えている。

「ア、アステール様……」

引き攣《つ》った声でその名を呼ぶ。

「スピカ」

蠱惑《こわく》的な声が私の名前を紡いだ。

宝石のような紫色の瞳が私を見ている。その切れ長の目はゾクリとするほど色香があり、一瞬私は息を呑《の》んでしまった。色素の薄い金色の髪は柔らかそうで、思わず触れてしまいたくなる魅力がある。

筋の通った形の良い鼻に薄い唇。肌は男性とは思えないほど綺麗で、とても滑らかだ。

たとえるのなら、静かな夜に光り輝く月のような人。私はそう思っている。

出会ってからもうかなりの年月が経《た》つが、彼の美貌《びぼう》には一向に慣れる気がしない。むしろ年々磨きが掛かり、十八歳となった今では子供っぽさが完全に払拭《ふっしょく》され、男性としての魅力が増してきたよう

にさえ思う。

魔法よりも剣を扱うことの多い彼は、身体も鍛えており、立ち姿が非常に美しい。身長も高く、欠点らしい欠点が見つからない次代の国王。

さすが乙女ゲームのメイン攻略キャラ（勝手に思っているだけ）である。

学園の制服に身を包み、執行部会長の腕章をつけた彼は、今日も穏やかに微笑《ほほえ》んでいた。

「迎えに来たら、スピカがブツブツと独《ひと》り言を言っているから気になって。何を考えていたのかな」

「な、なんでもありませんわ。アステール様のお耳に入れるようなことはなにも……！」

まさか、まだ見ぬ飼い猫と友人について考えていましたなんて言えるはずがない。咄嗟《とっさ》に誤魔化すと、彼は疑わしげな顔をしたものの、とりあえずは頷いてくれた。

「そう、それならいいけど。それでスピカ。君はどうしてここにいるの？　新入生の案内が終わったら君も入学式に来る予定だっただろう？」

「あ……」

指摘されるまですっかり忘れていた。

そうだ、そうだった。

全員を会場まで案内した後は、私も在校生として入学式に出席するはずだったのだ。

最後の新入生——おそらくゲームヒロインであるだろう彼女に『悪役令嬢』と言われたことがあまりにもショックだったのか、完全に忘れていた……というか飛んでいた。

「そ、その……申し訳ありません」

頭を下げる。アステール様が息を吐いた気配がした。

ポンと頭の上に手を乗せられる。その手が優しく私の頭を撫でた。

「入学式は無事終わったからいいけど。来ると思っていた君がいないから心配だったんだ。何かあったんじゃないかと思って」

「ご心配をお掛けしました。少し考え事をしていただけなのです。そうしたらこんな時間になっていたのですわ」

「何もなかったから良かったけど。……帰ろう、スピカ。屋敷まで送っていくよ」

「ありがとうございます」

頭を上げ、婚約者としての義務を果たそうとするアステール様にお礼を言うと、彼は自然な動きで私の手を取った。

どうやら馬車が待っているところまでエスコートしてくれるようだ。

さすがアステール様。そつがない。

感心していると、アステール様が歩き出しながら言った。

「そういえば、スピカ。今年の入学生には、珍しい子がいるみたいだよ。去年まで市井《しせい》の民だったのだけどね。育ての親が亡くなり、本来の父親である男爵に引き取られたそうなんだ。まだ貴族の流儀には慣れていないことも多いだろう。女性だから、できれば君も気に掛けてあげて欲しい」

「まあ、それは大変ですわね」

驚いた顔をしつつも、私は「これは、さっき私が『悪役令嬢』だと教えてくれた彼女のことに違いない」と確信していた。

間違いない。話の流れ的にもきっと彼女がヒロインだ。そして乙女ゲームにシンデレラストーリーは鉄板なのである。

元々平民で、いきなり貴族に。そして魔法学園で慣れないながらも頑張っていくうちにその姿勢が評価され、認められるようになっていき、最後には攻略キャラたちと恋に落ちて幸せになる。

皆満足、大団円ハッピーエンド。

——なるほど、なるほど。となると、私が転生した乙女ゲームは王道系なのかも！

それならそれで、色々と対処しやすい。

王道というのは予想が立てやすいからだ。

そんなことを思いながらも私は笑みを浮かべ、アステール様に言った。

「分かりましたわ。学年こそ違いますが、同じ女性同士。気に掛けておくことをお約束いたします」

ヒロインである彼女の動向も窺《うかが》いたいところだしと頷く。アステール様はホッとしたような顔をした。

「助かるよ。私も執行部役員のひとりとして、できるだけ声を掛けるつもりだ」

「ええ、それが宜《よろ》しいかと思います」

王太子であり、執行部会長でもあるアステール様が気に掛けていることが分かれば、他《ほか》の生徒たちも彼女に一目置くようになるだろう。虐めを起こさせないための手段だと分かり、頷いた。

「良かった。婚約者である君に不快な思いをさせてしまうかもと考えてね。先に言っておいた方がいいと判断したんだ」

「お気遣いありがとうございます」

婚約者を差し置いて、特定の女性を構うなど言語道断《ごんごどうだん》。

きちんと配慮してくれる辺り、アステール様はさすがである。

まあ、私は全く気にならないけれども。

アステール様に対して恋愛感情を抱いているわけではないので、お気に入りがいるのならどうぞどうぞご自由にという感じなのである。だがアステール様は真面目で、婚約者である私をとても大切にしてくれる。浮いた噂《うわさ》などあるはずもない。まさに完璧な婚約者なのだ。

そんなアステール様がわざわざ私に許可を取ってまで、構おうとする存在。

ヒロインであることは間違いないだろう。

きっと気に掛けているうちに、ふたりの間には愛が芽生えるのだ。私のためにもどうか頑張って欲しい。

「ふふ、どんな子なのか楽しみですわ」

本当に楽しみだ。彼女が頑張ってくれればくれるほど、私が自由になる日も近づくのだから。

ウキウキとした気分でアステール様と一緒に校門の前に行く。そこにはすでに王家の紋が掲げられた馬車が横付けされていた。今まで黙っていた護衛がさっと前に出て、馬車の扉を開ける。

「さ、乗って」

「ありがとうございます、アステール様」

アステール様の手を取り、馬車に乗る。

学園には、基本アステール様の馬車で一緒に通学している。もちろん私の家にも馬車くらいあるのだが、アステール様に提案されたのだ。『婚約者同士、学年も違うのだからせめて行き帰りに話せる時間を設けよう』と。

結婚に相互理解は必要不可欠であると判断した私は、アステール様の言うことに一も二もなく頷き、現在に至っているのである。

だけど、それもいずれはなくしていかないと。

アステール様がヒロインを好きになれば、彼女と登下校がしたいだろう。それを言い出しやすくする下地を今から作っておくことは大切だ。

ひとりで登校する日を設けるようにし、その割合を徐々に増やしていくのだ。

彼がヒロインと登下校したいと思った時には、私はすでにフェードアウトしているという寸法。

――ふふ、事前準備も完璧ね！

実に抜けがない計画である。他にもやれることはないだろうか。

アステール様が私から離れやすくなるための計画を脳内で練っていると、隣に座った彼がじっと顔を覗《のぞ》き込んできた。

「スピカ」

「っ！　な、なんですか？」

突然のアップに驚きつつも返事を返す。アステール様はこてりと首を傾《かし》げた。さらりと金髪が揺れる。前髪が目に掛かる様子が男性とは思えないほど色っぽく、目のやり場に困る麗しさだ。

――本当、素敵で困るわ。

恋愛感情はなくとも、ドキドキする。素敵な人を見てときめくのは誰でも一緒だ。

ついつい見惚《みほ》れていると、アステール様が私の頬《ほお》に手を伸ばしてきた。

「今日の君は変だよ。心ここにあらずって感じで。せっかく一緒にいるんだから、できればこちらを見て欲しいな」

「あ……」

頬に彼の長く美しい指が触れる。アステール様はスキンシップが好きな方なのか、わりとこういうことを積極的にしてくるのだ。嫌ではないのだけれど。

――やめてって言えないところが問題なのよね。

婚約者という肩書きがある以上、ある程度は受け入れる必要がある。それが実に厄介だった。

私の目を覗き込んでくる瞳がキラキラと輝いている。顔が勝手に赤くなるのが自分でも分かった。

「スピカ、可愛い」

「……揶揄《からか》うのはおやめ下さい」

笑い混じりに言われ、ムッとした。アステール様が手を退《ど》け、「ごめんごめん」と謝る。

「揶揄ったつもりなんてなかったんだよ。私は思った気持ちをそのまま告げただけ。君を可愛いと思ったからそう言ったし、君に私を見て欲しいからそう頼んでる」

「っ……」

甘い声で囁かれ、ますます赤くなった。

——本当、こういうの心臓に悪いわ。

以前から彼のことは甘いな、スキンシップが激しいなと思っていたが、乙女ゲームのヒーローだと考えれば納得しかない。

このもっとすごい甘々のやつを、ヒロインには行うわけだ。

形だけの婚約者相手ではなく本命を落とすためにするのだから当たり前だけど。

ヒロインが夢中になるのも頷ける。

——すごいわ。私には到底無理な話ね。

今でも十分恥ずかしいと思うのに、彼が本気になったらどうなるのか。想像するのも恐ろしい。

甘い雰囲気に耐えきれなくなった私は、無心で馬車の窓から外の景色《けしき》を眺めることにした。

少しでも気持ちを落ち着けたかったのだ。

だがそれが面白くないようで、アステール様は距離を詰めてくる。

「ア、アステール様」

「スピカが私を無視するから」

「無視なんてしてませんっ……って、あ！」

反射的に窓に張り付いた。今、一瞬だけだが見えたものを確認したくて大きな声を上げる。

「お願い、停《と》めて!!」

「スピカ？」

私の叫び声に反応した御者が、慌てて馬車を停める。アステール様が驚いた顔で私を見てきたが、それどころではなかった。先ほど見たものを必死で探し、そして見つけた。

「猫が！　子猫がいるわ！」

馬車の窓から見えたのは、今にも消えてなくなってしまいそうな小さな塊だった。

二つの耳も見えた。あれは猫だ。間違いない。

路地の片隅で、まるで助けを求めるように蹲《うずくま》っている。その姿はあまりにも哀れで、私はたまらず叫んでしまった。

「扉を開けて！」

見捨てることなんてできない。

私は馬車の扉が開くと同時に飛び出した。急いでいたので転びそうになったが堪《こら》え、全力で駆ける。

「スピカ！」

アステール様が焦ったように私を呼んだが、返事をする余裕などなかった。

「ああ……！」

その子は煉瓦《れんが》造りの建物の壁の側で、蹲って震えていた。私が目の前に立ったことには気づいているだろうに、逃げもしない。そんな気力もないのだろう。

子猫は傷だらけで、生きているのが不思議な有様だった。その場にしゃがみ込む。

「にゃあ……」

子猫は私を見ると、一声だけ鳴いた。掠《かす》れた精一杯の小さな鳴き声。その声が私には『助けて』と言っているように聞こえ、涙が出そうになってしまう。

「大丈夫、大丈夫よ。絶対に助けるから！」

これは転生前の記憶だが、当時の友達がよく子猫を拾っていた。彼女は見つけたら拾うしかないと苦笑しながら言っていたが、その気持ちが今なら分かる。

——こんな小さな命を見過ごせるはずがないわ！

絶対に助けないと。

私は唇を噛《か》みしめ、制服のスカートのポケットから花の刺繍《ししゅう》が入ったハンカチを取り出した。大判のハンカチを広げると、小さな猫くらいなら余裕で包めるほどの大きさになる。

子猫をそっと掬《すく》い上げた。……温かい。

小さな温《ぬく》もりがとても尊いもののように思え、私は涙が滲《にじ》んでくるのを堪えるのに必死だった。柔らな感触にドキドキしたが、なんとかハンカチの上に下ろす。

その間、子猫は一切抵抗しなかった。

私に全《すべ》てを預けるとばかりに身を任せていた。そんな姿にまた、泣けてくる。

よく見れば、子猫の目は片方が目やにで潰《つぶ》れており、片目しか開いていないような酷《ひど》い状態だった。白かったであろう体毛はところどころ灰色っぽくなっているし、あちこち毛がゴミでもつれてもいる。まだ柔らかな肉球には傷があり、血が固まった跡があった。見るも無惨な様子に、胸が痛む。

「待っててね。すぐに連れて帰ってあげるから」

子猫をハンカチでそっと包み、慎重に両手で抱える。

「みゃあ……」

小さな声が聞こえた。それは先ほどの助けを求めるようなものとは違い、少しホッとしたような、力の抜けた声だった。子猫は一生懸命私に擦り寄ってくる。

「スピカ。その子、拾うのかい？」

いつの間に馬車から降りてきていたのか、アステール様が後ろから話しかけてきた。問いかけにはっきりと頷く。

「はい。この子は、私に助けを求めてきたんですもの。私が責任をもって飼います」

アステール様と話している最中も、子猫は私に己の身を預け、大人《おとな》しくしている。

私のことを自分を助けてくれる人だと信じているのだ。その気持ちを裏切りたくはなかった。

「そう。……分かった。乗りかかった船だ。私も協力するよ。とりあえず、君の屋敷に行けばいいかな？」

「はい」

「急ごう。助けるつもりなら、早く連れて帰ってやった方がいい」

アステール様の言葉に同意し、子猫を刺激しないよう気をつけながら馬車に乗り込む。

「みー、みー、なーん」

車輪の音が気になるのだろうか。馬車が動き出すと子猫は盛んに鳴き始めた。鳴き声の種類がずいぶんと豊富だ。見つけた時の今にも死にそうな感じとは違い、多少生気を感じ、安堵《あんど》した。

「大丈夫だからね」

ハンカチを少し広げ、額から頭に掛けて、ゆっくりと撫でた。子猫は気持ち良さそうに目を閉じ、私の膝を前足でふみふみとし始めた。

子猫がよくする仕草というのは知っていたが、可愛すぎて悶絶《もんぜつ》するかと思った。

「か、可愛い……」

飼うと決めたからだろうか。相当酷い状態にもかかわらず、私にはこの子がとても可愛く見えていた。

「まずは、お風呂《ふろ》に入れないとね……あと、それから……」

ごはんにお水。怪我《けが》の治療だってしないといけない。

私は子猫の頭を撫でながら、前世の友人が猫を拾った時に何をしていたのか必死に思い出していた。

第2話　新しい家族

Akuyakureijou rashii desuga Watashiha neko wo mofurimasu

「コメット！　コメット！」

屋敷に着いた私は、馬車を降りるのとほぼ同時にメイドの名前を呼んだ。

迎えのために玄関前に並んでいた大勢の使用人の中から、ひとりの女性が前に出てくる。

栗《くり》色の髪をひとつにまとめた私より少し年上の女性。彼女――コメットは私専属のメイドだ。お仕着せに身を包んだ彼女は深々と頭を下げた。

「お呼びでしょうか、お嬢様」

「すぐにお湯を用意してちょうだい。この子を洗いたいの」

「この子、ですか？」

首を傾《かし》げるコメットに、私はハンカチを少し広げて見せた。中から子猫が勢いよく顔を出す。

「っ！」

コメットがビクッと肩を揺らした。

「ね、猫……ですか？」

「そう、帰り道にね、拾ったの。怪《け》我《が》の治療もしたいけど、まずは汚れを落としたいから」

「しょ、少々お待ち下さい！」

私が子猫を見せると、他《ほか》の使用人たちもざわつき始めた。

何人かのメイドやフットマン、そして執事たちが頷《うなず》き合い、屋敷の中に戻っていく。その背中に向かって言った。

「お父様たちにこの子のことを先に話しておいて。詳しくは後で自分で説明するから」

「承知いたしました」

ひとりの執事が、丁寧に頭を下げる。

皆が動き出したのを確認してから、私は隣に立っていたアステール様に向かって深々とお辞儀をした。

「お送りいただきありがとうございました、アステール様。バタバタとしていて申し訳ありませんが、こういう事情ですのでご寛恕《かんじょ》いただきたく存じます」

「いいよ、気にしていない。気にするわけないじゃないか」

「ありがとうございます」

いつも優しい態度を崩さないアステール様が怒るとは思っていなかったが、許しを得られてホッとした。あとは彼が馬車に乗って城に向かうのを見送ろうと思ったのだが、何故《なぜ》かアステール様は馬車に乗り込もうとしない。

「アステール様？」

「うん？」

にこりと笑うアステール様を見つめる。

「どうして、馬車にお乗りにならないのですか？」

私の疑問に、アステール様はキョトンとした顔をした。

「え？　子猫に関しては私も当事者のひとりだろう？　最後まで見届けるのが筋だと思っているんだけど」

「え？」

当たり前のように言われ、私の方が戸惑った。

困惑しつつも思うところを告げる。

「……あの、お気持ちは嬉《うれ》しいのですが、拾ったのは私です。私に責任があると思います」

偶然その場に居合わせただけだというのに、責任を持とうとする辺り、さすがアステール様である。

だが、私が見つけ、拾ったのだ。彼は何も関係ない。

「アステール様もお忙しいでしょうし、無理に屋敷に寄っていただかなくても……」

「気になるんだ。それとも、私が一緒にいると迷惑かな？　それなら仕方ないから帰るけど」

「迷惑なんて……！」

残念そうに言われ、慌てて首を横に振った。アステール様が顔を輝かせる。

「本当に？　それなら一緒に行ってもいいかな？」

「……うっ」

笑顔が眩《まぶ》しい。顔がよすぎる。

アステール様の顔面攻撃力の高さにあえなく屈した私は、子猫を抱いたまま降参の意を伝えた。

「はい……お好きにどうぞ」

「ありがとう。じゃ、遠慮なく」

ニコニコと嬉しそうにしながらもアステール様は、護衛に城に連絡を入れるよう命じた。婚約者の屋敷に寄るから少し遅くなると告げると、護衛は分かりましたと頷く。

アステール様の護衛は、近衛《このえ》騎士団に所属する騎士の中でも特に優秀で、二十代半ばくらいの人物だ。短い青っぽい髪が特徴で、男らしい顔立ちをしている。近衛騎士団の騎士であることを示す真っ黒な団服とマントは騎士を目指す者たちの憧《あこが》れだ。

そんな彼は城にアステール様の言葉を伝えるべく、マントを翻《ひるがえ》し、足早に屋敷から出ていった。

「いいんですか？　護衛を離してしまって」

「構わないよ。君の屋敷にいるだけなんだから。私が帰るまでには彼もこちらに戻ってくるだろうし、問題ないかな」

「そうですか」

「うん。でも君の屋敷に入るのは初めてだね。楽しみだな」

言葉通りウキウキしているアステール様を見ながら、私もまさかこんな展開になるとはと内心とても驚いていた。

だって私と彼は婚約者という間柄でこそあるが、互いに恋情がある恋人同士というわけではない。

少し前までは会うのは決められた日だけで、月に一度。それも午後の一時間のみだったし。

学園に行くようになってからは送り迎えをしてもらって多少は会話も増えたけれど、彼が私の屋敷に寄るようなことなど今まで一度もなかったのだ。

「お嬢様、お湯の用意ができました。お部屋の方に準備しましたが宜《よろ》しいですか？」

初めての展開にドキドキしていると、戻ってきたコメットが声を掛けてきた。それに頷く。

「ありがとう。……ではアステール様。どうぞこちらに」

「うん」

どうやら本気でうちに寄るつもりらしい。興味深げな様子でアステール様が屋敷の中に入っていく。

その後ろに続きつつ、妙なことになったものだと思ってしまう。

だが、今はそんなことを考えている場合ではない。何よりも子猫を優先しなければ。

気持ちを入れ替え、二階にある自分の部屋へと向かう。玄関ロビーにある大階段を上り、廊下を歩いた。抱えた子猫がもぞもぞと動いていたが、ここで逃がすわけにはいかないので、しっかりと抱きしめ直す。

「駄目。まずは洗わなきゃ。大人《おとな》しくしてちょうだい」

「にゃあん」

まるで返事をするように子猫が鳴く。小さな声だったが、その響きは拾った時よりもよほど力があった。

安心したことで多少元気になってくれたのだろうか。それなら良いのだけれど。

部屋の前には使用人たちが三名おり、私たちに向かって頭を下げていた。

「どうぞ、アステール様」

アステール様を自室に招いている今の状況を不思議に思いながらも、中に足を踏み入れる。

部屋の中ではコメットではないメイドが、大きなタライへお湯を入れる作業に勤《いそ》しんでいた。他の使用人たちも手伝っている。

部屋の絨毯《じゅうたん》を濡《ぬ》らさないように、タライの下には敷物が敷いてあった。

「お嬢様、こちらで宜しいでしょうか」

「ええ。ありがとう」

お湯を張り終わったタライの前に座り、温度を確かめた。ぬるま湯というくらいだ。ちょうどいい。

「怖くないからね……」

ハンカチを広げ、タライの中に猫ごと入れる。途端、猫は「ふぎゃっ！」という叫び声を上げ、逃げだそうとした。お湯が跳ねる。

制服が少し濡れたが、気にしている余裕はなかった。

「なー！　なー!!」

「ごめん、ごめん」

何をするんだとばかりに睨《にら》み付けられた。尻尾《しっぽ》が膨らんでいる。嫌だろうなとは思うが、やめるわけにはいかない。逃げようとする子猫を押さえつけ、何とか再度お湯に浸《つ》ける。軽く擦《こす》っただけでどんどん汚れが取れていった。

「猫用のシャンプーがあればいいんだけど……」

前世での知識だが、人間用のシャンプーは猫には少々刺激が強すぎるのだ。

こちらの世界のシャンプーが猫にいいのか悪いのか不明だが、分からないのならやめておいた方が無難だろう。

「ああ……酷《ひど》いわね」

毛がもつれているのをほどくような気持ちで洗う。

肉球が深く傷ついていないか心配だったが、大きな傷はないようだ。洗うとこびりついていた血の痕《あと》がなくなり、かさぶたになっているのが見えた。

足以外に怪我をしているところはないようだが、目が開かないのが気に掛かる。

目やにが酷すぎるのだ。

とはいえ、さすがに顔を無理やり洗うのは気が咎《とが》めたので、先にそれ以外の場所を洗ってしまうことに決めた。

「真っ黒……」

すぐにお湯は色が変わり、真っ黒になった。毛にくっついていたゴミがタライの底に溜《た》まっている。

「お嬢様。お湯を替えましょう」

「そうね。お願い」

メイドたちが汚れたお湯の入ったタライを引き下げ、新しいタライを持ってくる。最初は抵抗していた猫も、今はぐったりとして、逆らう気力もなくなったようだ。

「にゃあ……ん」

「ごめんね。もう少し我慢して」

汚れを落とすと、灰色だった毛並みは綺麗《きれい》な白になった。黒と茶色が混じった丸い模様が身体《からだ》に数カ所あり、とても可愛《かわい》い。

足はかなり短く、耳は大きく綺麗な三角で、尻尾は長く、黒と茶色だった。額がハチワレ模様のようになっている。

しかし見事な三色だ。これは、三毛猫だろうか。

「とび三毛、になるのかしら？」

「とび三毛？　なんだい、それは」

私が猫を洗うのを物珍しげに観察していたアステール様が尋ねてきた。メイドから渡されたバスタオルで猫を包み、立ち上がる。

「三毛猫の一種です。白、黒、茶色の三色の毛があるのが三毛猫。とび三毛の柄は白い毛が殆《ほとん》どで、ところどころに黒と茶色の毛があるのが特徴なんです」

「へえ、確かに。黒と茶色と白の綺麗な三色だね。とび三毛というのか。覚えておこう」

「……うろ覚えの知識ですので、真に受けない方がいいと思いますけど」

一応釘《くぎ》を刺しておいた。

何せ私の知識は、前世のもの。更に言うのなら、異世界のものだ。

こちらの世界で、『とび三毛』と言っても理解されない確率の方が高いだろう。

「あ……」

バスタオルにくるまれた子猫がブルブルと震えていた。よほど洗われるのが怖かったのだろう。

これ以上恐怖を与えるわけにはいかないと思った私は、猫をあやしながら目を閉じ、精霊語で命じた。

『風の精霊、ルシエル。お願い、この子を乾かしてあげて』

魔力を込め、自分が契約している風の精霊に呼びかける。

私の生きるこの世界では、当たり前のように魔法が使われているのだが、その中でも特に精霊を使《し》役《えき》する種類の魔法が発達していた。皆、精霊と契約し、『お願い』という形で魔力を提供して、願いを叶《かな》えてもらうのだ。

もちろん契約している精霊の種類によって、できることは変わってくる。使う魔力の量もだ。

幸いなことに私は魔力量も豊富で、困ったことはないけれど。

普通は炎や風といった、二、三種類の精霊と契約できれば御《おん》の字《じ》というところを、私は今いる殆どの種類の精霊と契約することができている。

それは私の隣にいるアステール様も同じなのだけれど、そういう人間が希有《けう》であることは確かで、当時私は「これが私のチートか……異世界転生のお約束、チートはあるんだ」と納得していた。

今となれば『悪役令嬢だったから』の一言に尽きるのだが、(悪役令嬢は高スペックだと相場が決まっているのだ)まあ、言っても仕方のないことだし、たくさんの精霊と契約できることは自分のステータスに繋《つな》がる。有り難いので、今後も与えられた力だと割り切り、臆《おく》せず使っていこうと考えている。

私の呼び声に応《こた》え、女性の形をした風の精霊が現れ、子猫に向かって息を吹きかける。子猫の身体はあっという間に乾き、役目を終えた風の精霊は姿を消した。

「ふにゃ～ん」

身体が乾いたことに驚いたのか、開いている方の目が、まん丸になっている。

「みゃあ？」

クリクリとした目が私を見上げてくる。目の色は綺麗な緑色だ。さて、次はどうしよう。医者か、それとも先にごはんか。考えていると、アステール様が言った。

「先に医者に診《み》せた方がいいんじゃないかな。健康状態を調べておかないと。片目が開いていないのも気になるところだし、傷もあるんだろう？」

「そうですね。餌《えさ》をあげたいところですけど、どんなものを用意すればいいのかも分かりませんし、健康状態は何より気になりますから」

抱き上げた感じ、一キロくらいはありそうなのだが、それは私の感覚でしかない。

先に医者に診せて、どれくらいの月齢なのか調べてもらった方がいいだろう。

月齢に応じて、食事内容も変えないといけないだろうし。

だけど——。

「うちの侍医に頼んでもいいものかしら」

いや、駄目に決まっている。

口に出してみたものの、即座に却下した。

どう考えてもここは獣医に頼むべきだ。

この世界でも犬や猫を飼っている家は多いし、獣医という職業が存在するのも知っている。だけど、一言で獣医と言っても、どこの誰《だれ》を頼ればいいのか分からなかった。

「いつも馬を診ていただいている先生はどうでしょう？」

困っていると、コメットが控えめにではあるが、案を出してくれた。

少し考え、頷く。

――アリだ。

猫と馬では全然違うが、人間専門の医者よりはいいだろう。

アステール様もコメットの言葉に同意した。

「いいと思う。専門ではないだろうけど、お願いすれば基本的なところくらいは診て下さるだろう」

「そうですね。コメット、悪いけどシャリオ先生を呼んできてちょうだい。確か今日は往診の日よね？　まだいらっしゃるといいんだけど」

シャリオ先生は、我が家の馬を診てくれる七十歳過ぎのおじいちゃん先生だ。

週に一度、馬の様子を診に来てくれる。運良く今日はその往診日だということを思い出したのだ。

「いらっしゃると思います。すぐに呼んで参りますので」

「お願いね」

コメットは頷き、部屋を出ていった。身体の汚れが取れた子猫は、キョロキョロと周りを見回している。保護した時、死にそうだったのが嘘《うそ》みたいだ。興味が勝っているだけかもしれないが、元気な姿を見せてくれるのは嬉しい。

でも、元気なら元気で、逃がさないよう注意しなければ。

「……一時的にだけど、ケージを用意した方がいいのかもしれないわ」

公爵家令嬢ということもあり、私の部屋はかなり広い。今いる主室の奥には寝室もあるし、小さな子猫が潜り込めそうなところはいくらでもある。

「お嬢様。私が庭師に相談してまいります。納屋《なや》に、ケージの代わりになるようなものがあるかもしれませんし」

「そうね、お願い。でも、なかったら無理にとは言わないから」

「分かりました」

部屋に残っていた使用人たちのうちのひとりが提案してくれたので、お願いする。

皆、協力的で有り難い。子猫はお腹《なか》が減ったのか、「みーみー」と切なげな声で鳴き始めた。

とても可哀想《かわいそう》で心が痛む。だけど、何を食べさせていいのか分からない状態で、適当なことはできないのだ。

「ごめんね。ちょっと待っててね。もう少し。先生にどんなものなら食べさせていいのか聞いてから……！　あ、でも、水なら大丈夫よね。誰か、お水を持ってきてちょうだい」

「かしこまりました」

更に使用人がひとり、部屋を出ていく。子猫に興味があるのか、部屋にはまだ数名のメイドが残っていた。

「みあーん……！　みあーん」

バスタオルの中をもぞもぞと動く子猫は非常に可愛らしかったが、空腹が激しいのか、鳴き方が悲《ひ》愴《そう》なものになってきた。私の腕の中から逃げ出そうと藻《も》掻《が》いている。

「駄目、逃げないで」

「みー！」

「……くっ。可愛い」

こちらを非難するような声が、死ぬほど可愛かった。可愛すぎて力が抜けそうになる。

「おやおや、ずいぶんと可愛らしい子をお拾いになりましたなぁ」

「先生！」

早く早くと焦《じ》れていると、頭上から優しい声が聞こえきた。顔を上げる。どうやらコメットは無事シャリオ先生を連れてきてくれたようだ。

総白髪のシャリオ先生は白衣を着て、ニコニコと笑っている。仕事道具が入った大きな鞄《かばん》を持っていた。

「ちょうど帰ろうと思っていたところでしてな。タイミングがようございました」

シャリオ先生が部屋の扉を閉める。万が一にも猫を逃がさないためだろう。先生は私の前にやってくると両手を差し出してきた。その上にバスタオルごと子猫を乗せる。

「ほう……ずいぶんと小さい」

「先生。先生が猫専門のお医者様でないのは分かっています。でも……！」

「ご安心めされよ。こう見えて、馬だけでなく羊やうさぎ、牛や豚も治療したことがありますのでな」

「お、お願いします」

――猫は？

告げられた中に猫が入っていなかったことに不安を覚えつつも、先生に頼るしかないので頭を下げる。

シャリオ先生はソファに座り、子猫の身体をチェックしたあと、彼が契約している精霊を呼び出した。

魔法を使い、子猫に寄生虫などがいないか調べるらしい。精霊にそんなこともさせられるのかと驚きつつも、大人しく結果を待った。

シャリオ先生が子猫を持ち上げ、股《また》の間を見る。

「ふむ。雄猫ですな」

「雄。男の子なんだ……」

私には分からなかったが、先生が言うのならそうなのだろう。

役目を終えたのか精霊が姿を消す。先生は鞄の中からはかりを取り出すと、今度は猫の体重を調べだした。傷の手当ても同時に行っていく。

「ふむ。大した傷はありませんな。消毒しておけば大丈夫でしょう」

「あ、ありがとうございます。ですが先生。その子、目やにが酷くて……」

「猫風邪《かぜ》やもしれませんな。……ちょっと失礼」

先生が濡れたコットンを使って、目やにを拭《ぬぐ》い取る。子猫はキュッと目を瞑《つむ》った。固まっていたものが取れ、綺麗な目がパチリと開く。

「ああ。これは、ただ汚れがこびりついていただけですな。問題ないでしょう。ふむふむ。寄生虫の心配もなさそう、と。少し痩《や》せ気味なのが気になりますが、野良だったのなら仕方ありますまい。今後、しっかり栄養のあるものを食べさせてやればなんとでもなるでしょう。体重は……と、七百五十グラム。月齢は、三ヶ月弱、といったところですかな」

「食事は？　食事は何をあげればいいのかしら？」

「すでに離乳も終えた時期ですので、固形の食事でも問題ないでしょう。猫用のフードが町に売っておりますから、それを与えれば宜しいかと。とりあえず今日のところは、わしが持っているこれをお使い下さい。子猫には少し硬いと思うので、お湯でふやかすのです。餌は一日二回、朝と夜にお与え下さい」

先生が鞄から茶色い袋を取り出す。中を開けると、丸型の小さな粒がたくさん入っていた。

直径一センチくらい。色は茶色だ。

「これは？　カリカリ？」

前世の友人が、確かこんな形のフードを愛猫《あいびょう》にあげていたような気がする。

確認すると、先生は「カリカリ？」と首を傾げた。どうやら通じないようだ。

世界が違うのだから当然なのだろうけど。

なんでもありませんと誤魔化す。こちらの世界での名称を知っておかなければ困るのは私なのだ。

「これは、マルルという猫用のドライフードですな。色々な種類がありますが、それは実際に店で確認をなさるといい」

「マルル……」

ずいぶんと可愛らしい名称だ。

だけどどうしてこの素晴らしいタイミングで子猫用の餌を持っていたのだろう。先生は馬のお医者様なのに。

首を傾げる。私の疑問に気づいたのか、先生は顔を赤らめ。鼻をポリポリと掻《か》いた。

「いや……最近、よく見かける猫がおりましてな。今度見つけたら、餌でもやりついでに、健康状態でも確認してやろうと企《たくら》んでおりました」

「まあ、そうでしたの」

お目当ての猫にやるために、餌を持ち歩いていたと知り、口元が緩んだ。同時にそんな大事な餌をもらってもいいのか心配にもなってしまう。

「宜しいのですか？　この餌は、その猫ちゃんのために用意したものなのでしょう？」

「会えるか分からない猫よりも、今、目の前にいる猫のために使いたい。それに家にはまだ在庫がありますでな。問題はありませんぞ」

「ありがとうございます……！」

そういうことなら有り難くいただこう。

早速使用人に餌皿になりそうなものを持ってきてもらい、準備をする。

その時に、猫用の水もやってきた。深皿になみなみと注《つ》がれたものを置く。

水を見た子猫は、興味深げにしていたが、近づこうとはしない。

初めての場所。やはり警戒しているのだろう。

だけどマルルの袋を開けて餌皿に移すと、子猫の目があからさまに輝いた。

自分のご飯だと分かるのだろう。元気に「にゃーにゃー」と、アピールするかのように鳴き始める。

たまに「めー」と鳴いていて笑ってしまった。

羊か。

「ちょっと、待ってね」

急《せ》かしてくる猫に苦笑しつつも、先生に言われた通り、お湯でふやかしてから子猫の前に置いた。

先生に抱かれていた子猫は、我慢できないとばかりにその腕から飛び降りる。

喜んでいるのが一目で分かる様子が酷く可愛かった。

「にゃー！」

子猫は尻尾をピンと立たせ、大喜びで餌皿に顔を突っ込んだ。はむはむと一心不乱《いっしんふらん》に食べている。

よほど空腹だったのだろう。

「ま、この調子なら大丈夫そうですな」

「ありがとうございます」

先生が鞄を持って立ち上がる。慌ててお礼を言った。

「申し訳ありません。お手数をお掛けしてしまって……」

「いや、なんの。こういうことでしたら、いつでもお呼び下さい。命を助けるというのはとても尊い行為ですのでな。いかようにも協力いたします」

「ありがとうございます……！」

「では、わしはこれで」

鞄を持ち、先生が部屋を出ていく。せめて玄関まで見送ろうと思ったが断られてしまった。代わりに使用人に送っていくよう命じる。

「お嬢様。これを」

「ん？」

ホッとしたところで、使用人のひとりがやってきた。手には大きな紙の箱を持っている。

段ボール箱のようなものだ。

「その……猫が入るかと思って。他にケージの代わりになるようなものがなく……」

「ありがとう。十分よ」

段ボールは一二〇サイズ程度。猫を入れるには十分……いや大きすぎるくらいだ。

中にふわふわした生地の小さめの毛布を敷く。猫を入れると、最初は驚いていたようだがウロウロした後、丸くなり、あっという間に眠ってしまった。

疲れていたのだろう。そこでご飯を食べ、空腹が満たされ、眠気がやってきたといったところだろうか。キュッと目を瞑る姿が可愛かった。

「これがアンモニャイトなのね……！」

丸まった姿が驚異的に可愛い。あまりの可愛さに悶絶《もんぜつ》していると、アステール様がやってきて一緒に段ボールの中を覗《のぞ》き込んできた。

「……寝てるね」

「はい。疲れたのだと思います」

「そうだろうね。それでその……話によると、明日、この子の食事を買いに行くようだけど」

「はい。先生からいただいたマルルは、先ほどのと、明日の朝食分だけですので。明日、学園が終わり次第、店に向かいたいと思っています。他にも必要なものはあるでしょうし」

まずは、その店がどこにあるのかを調べるところから始めなければならないけれど。

可愛い愛猫のためだ。それくらい頑張って調べてみせると思っていた。

アステール様が、こほんと、なんだか妙にわざとらしい咳払《せきばら》いをする。

「アステール様？」

「い、いや。その、だね。私も明日の買い出しに付き合おうかと思って」

「え？　いえ、アステール様にこれ以上ご迷惑を掛けられません。今日も、ずいぶんと引き留めてしまって、お仕事に差し支えがありますでしょう？」

「大丈夫！　問題ないから！」

「え、は、はあ……」

妙に必死な様子だ。何なのだろうと思ってアステール様を見る。彼はコホンともう一度咳払いをした。

「ええと、つまり私には十分に時間があるんだ。だから、是非、君の買い物にも同行したいと思っている」

「アステール様に喜んでいただけるようなものではないと思いますけど……」

「私は楽しいんだ！」

「……あ、はい」

力強く訴えられ、私は驚きつつも頷いた。そして気づいたことを口にしてみる。

「もしかしてアステール様って、猫がお好きなのですか？　今まで存じませんでしたけど」

アステール様は何故か唖然《あぜん》とし、五秒ほど黙った後、こくりと頷いた。

「……実はそうなんだ」

「そういうことでしたら！」

大喜びで手を打った。

普段のアステール様とは様子が違うと思っていたが、どうやら彼は猫が好きだったらしい。

なるほど、だからここまでついてきたし、明日も買い物に付き合いたいと言い出したのか。

「分かりました。それなら一緒に参りましょう。猫好きなら行きたいですよね。分かります」

私も前世で、友達とペットショップに行くのが楽しかった。猫は飼えないけれど、猫の餌やおもちゃなどを見ているだけで、心がときめいたのだ。

その気持ちを覚えていたので、アステール様の言い分は十分に理解できた。

「……そんな感じ、かな」

何故かがっかりした声でアステール様が呟《つぶや》く。どうしてそんな声を出すのか不思議に思いながらも彼を見ると、私の視線に気づいたアステール様は慌てて口を開いた。

「そ、それで？　名前はどうするのかな？」

「名前ですか？　ええと、実はリュカと名付けようと思っています」

迷わず答えると、アステール様は目を瞬かせた。

「へえ。もう考えていたんだ。いい名前だと思うけど、何かその名前にした意味でもあるの？」

「いえ……そういうわけではないのですが」

口ごもった。

本当はある。

前世で猫を飼えなかった頃《ころ》、もし自分が猫を飼ったらどんな名前をつけようか、妄想していた時があったのだ。検索サイトで色々調べ、雄猫なら『リュカ』と名付けたいなと思っていた。

リュカとはラテン語で、『光をもたらす人』という意味がある。

猫を飼ったらきっと、日々の生活に潤いを与え、光をもたらしてくれる存在になるのだろう。そんな風に思い、いつかはと望んでいた。

それを思い出したからの回答だったのだが……アステール様に言えるわけがない。

「なんとなく、です」

誤魔化すように笑う。有り難いことに、アステール様はそれ以上追及しないでくれた。

段ボールの中を覗き込み、その頭を少し撫《な》でる。

「良かったね。お前の名前はリュカだそうだよ」

「……にゃ」

頭を撫でられたことが刺激になったのか、リュカは薄らと目を開け、アステール様と私を見た。むにむにとした表情がとても可愛い。思わず声を掛ける。

「リュカ」

「なあ」

呼びかけると、リュカは不思議そうな顔をした。当たり前だがよく分かっていないようだ。アステール様が愛《いと》おしげに笑いながら、再度リュカの頭を撫でる。

「リュカというのは、お前の名前だよ。ま、言っても分からないだろうけど。呼び慣れてくれれば自分の名前だと認識するかな」

「そうですね、きっと」

アステール様の言葉に頷く。よほど眠いのだろう。リュカはうとうとと目を瞑り、またぐっすりと眠ってしまった。撫でられているうちに再び眠くなったのだろう。

「おや、起きたと思ったのに」

「偶然目を覚ましただけみたいですね」

「あとはゆっくり寝かせてあげよう。……ああ、もうこんな時間か」

アステール様が立ち上がる。そろそろ時間は夕方に差しかかろうとしていた。

「お帰りになりますか？　その、もし時間がおありなら、お茶でもと思ったのですけれど」

王子が来たというのにお茶ひとつ出していなかった。

子猫のことがあってバタバタしていたから仕方ないとは思うけど、さすがにこのまま帰してしまうのは抵抗がある。そう思っての提案だったのだが、アステール様は首を横に振った。

「帰るよ。とても残念だけど」

「そう……ですか。そうですよね」

「君とお茶というのは魅力的だけど、時間がね。だからまた今度、誘ってくれるかな？」

「お仕事がありますものね。本当に、長々とお引き留めして申し訳ありません」

「私が勝手に残ったんだ。スピカのせいじゃない。あ、見送りはいいよ。リュカを見てやって」

「はい」

アステール様が出ていくのを部屋から見送り、リュカのところに戻る。リュカは気持ちよさげに眠っており、まだまだ目を覚まさなそうだ。

「あ……」

そういえば、トイレを用意するのを忘れていた。

猫トイレ。

前世では『猫用トイレシート』なるものがあったが、こちらの世界ではどうするのがいいのだろう。似たようなものがあるのだろうか。

悩んだ私はコメットにトイレの代用品になりそうと思ったものをいくつか挙げ、そのどれかを持ってくるよう命じた。

彼女が持ってきてくれたのは四角い籠《かご》のようなもの。

うん、悪くない。

これなら高さが低いので、子猫でも十分に使えるだろう。

まずは使わなくなったシーツを敷き、契約している精霊を呼び出して、裏側に防水の魔法を掛ける。

おしっこシートの代わりだった。

「あとは……砂もいるのよね」

猫は砂を掻くものだと聞いている。だから入れ物を二層にし、その上に庭の砂を入れた。

猫用の砂なんてない。これも買えるのなら買わなくてはならないだろう。ある程度の出費は覚悟しよう。幸い、使い道のなかったお小遣いならかなりの額が手元にある。

リュカが使ってくれるかは分からないが、準備をし、一息ついた。

とてもハードな一日だった。ソファに腰かけ、ぐったりとしかけたところで「あ」と思い出す。

「そうだ。お父様とお母様に報告……」

すっかり忘れていた。使用人に報告を頼んでいるから状況は分かってくれているだろうが、早めに話をしに行った方がいい。

疲れた身体に鞭《むち》を打ち、立ち上がる。

私は後ろに控えていたコメットに尋ねた。

「……お父様たちは？」

「談話室でお嬢様がいらっしゃるのをお待ちです。ひと通り、世話が終わってからでよいとのことでした。少し休憩なさってからでも宜しいのでは？　お茶をご用意いたしますけど」

「ありがとう。気持ちは嬉しいけど、待って下さっているのなら行くわ」

帰ってきてからかなり時間が経過している。これ以上両親を待たせるのも申し訳ない。

だが、コメットは良い顔をしなかった。

「それならせめてお着替えを済ませて下さい。さっき制服を濡らしていましたよね？」

「あ」

リュカを洗った時に水が掛かったことを思い出した。もう殆ど乾いてしまっているが、確かに着替えた方がいいかもしれない。

コメットが用意してくれていた部屋着に袖《そで》を通す。

ふんわりとした素材の可愛らしいワンピースは、胸の下に切り替えがある形で、スカートがヒラヒラとしてとても気に入っている。

髪を梳《と》かしてもらい、鏡で最終確認をする。うん、問題ない。

準備を終えた私はすぐさま廊下に出て、一階に下りた。

玄関ロビーの先にある家族のための談話室。この部屋に扉はない。談話室は屋敷の奥にある庭にも出られるようになっており、非常に開放的な造りだ。

両親はそれぞれ部屋にあるひとり掛けのソファで寛《くつろ》ぎながら私を待っていた。父は新聞を読んでいたようで、母はハンカチに刺繍《ししゅう》をしていた。刺繍は母の趣味で、玄人《くろうと》はだしの腕前を誇っている。壁にも何枚か母の作品が額に入れられ、飾られていた。

「申し訳ありません。お待たせいたしました」

私が声を掛けると、父は新聞から目を上げ、私を見た。

「話は聞いている。構わないよ、スピカ」

優しく微笑《ほほえ》んでくれる両親はかなりの高齢で、頭には白髪が交じっている。

私は両親がもう子供が望めないと諦《あきら》めかけた時にできた子供で、だからか父たちは私をとても可愛がっている。私には弟もいるのだが、弟に対しても同様、いやそれ以上の溺愛《できあい》ぶりで、さすがにもう少し厳しく躾《しつ》けた方がいいのでは？　と娘ながらに思ってしまうくらいだった。

年を取ってからできた子供。それもふたりも。

爵位を継ぐ子供がいないからと、一時期養子縁組も真剣に考えていた両親は、私たちの誕生を、当たり前だがとても喜んだ。そして甘やかしまくっているというわけだ。

私が前世の記憶持ちではなかったら、もっと我が儘《まま》で傲慢《ごうまん》な女になっていただろう。そうすればきっと見事な悪役令嬢ぶりを発揮していたはず。

――前世の記憶を思い出して良かったわ。

破滅の道を辿《たど》るなんてお断りなのだ。

今の私は、そこまで我が儘ではない……はずだし、なんといってもアステール様をヒロインに譲る用意がある。大丈夫。この先も家族と平和に暮らしていける。大丈夫、大丈夫だ。

ふうと深呼吸。まるで自己暗示を掛けるかのように自らに言い聞かせていると、父が「それで」と話を振ってきた。

「猫を拾ったと聞いたよ」

「はい。学園からの帰り道に。まだ子猫で、私が助けなければきっと死んでしまったと思います。お父様、お母様。私、これは運命だと思うのです。あの子を家族として迎え入れよという運命！　お願いします。私、あの子を飼いたいんです！」

思いの丈を父にぶつけた。

父は驚いたように私を見ていたが、やがて笑みを浮かべて頷いた。

「お前がそこまで言うのなら、私たちに断るつもりはないよ。好きにしなさい」

答えを聞きホッとした。

「ありがとうございます」

胸を撫で下ろしていると、父が「そういえば」と話を続けてきた。

「殿下がいらしていたそうだね。お前たちが忙しそうにしていたから挨拶《あいさつ》は控えることにしたが、仲良くやっているようで何よりだ」

「……はい」

少し間は空いたが頷いた。

確かに仲は良い。それは間違いではないからだ。

ただ、今後どうなるかは分からないけれど。

一瞬、父にこれから殿下と一緒に登下校はやめようと思うと告げようとしたが、先ほどの嬉しそうなアステール様の様子を思い出し、とりあえず今は言わないでおくことにした。

――今、言う必要はないわよね。

アステール様は猫が好きだと言っていた。私の買い物に同行したいとも。

猫好きなら今後、より関わり合いになる可能性は高く、今、一緒に行かないとわざわざ父に言う意味はないのだ。

――アステール様がヒロインに惚《ほ》れた辺りで言い出せばいいか。

猫好きなら、できるだけ猫と一緒にいたいだろう。私もそれを拒否しようとは思わないし、存分に可愛がってくれればいいと思う。だから、『その時』が来るまでは今まで通りにすればいいのだ。

――そうよね。そうしよう。

納得した私は笑顔を作り、父に言った。

「私も存じ上げなかったのですけど、アステール様は猫がお好きなようですわ。猫の世話をする私を興味深げにご覧になっておられましたし、明日も猫の餌を買いに行くと言うと、同行したいとおっしゃって下さいましたの」

「ほう？　殿下がかね？　猫がお好きとは初耳だが……」

「単に言う機会がなかっただけでは？」

「……そうかもしれないね」

不思議そうな顔をする父。それまで黙っていた母がソファから身を乗り出して私に聞いてきた。

「ねえ、スピカ。名前は？　どんな子なの？」

母は動物好きだ。猫と聞いて気になっているのだろう。

好意的な言葉を嬉しく思いながら、私も笑顔で答えた。

「リュカと名付けましたわ。雄猫です。体毛は白で、黒と茶色が混じっています」

「まあ、三毛猫なのね。雄の三毛猫なんて珍しいわ！」

パンッと手を打って母が喜ぶ。

私はといえば、『三毛猫で合っていたのか』と少々驚いていた。こちらの世界の猫用語など全く知らないのだ。妃《きさき》教育しかしてこなかったツケがこんなところにきている。

「先生に診ていただいたのよね？　世話をする用品は？　全部揃《そろ》っているのかしら」

「明日、学園が終わったあと、餌を買うついでに見てこようと思っています」

「そう。費用はこちらで支払いますからね。自分のお金を使う必要はないわよ」

「えっ……そういうわけには……」

顔色を変える私に、母はにこにこしながら言った。

「家族として迎え入れるのでしょう？　それなら、私たちにも協力させてちょうだい。それとも駄目かしら」

「……いえ、ありがとうございます、お母様。宜しくお願いします」

『家族』と言われたのが嬉しかったので、素直にお礼を言った。父もうんうんと頷きながら言う。

「遠慮などしなくていいよ。最高の品を揃えてあげなさい」

「ありがとうございます。吟味《ぎんみ》して、一番リュカのためになるものを買いたいと思います」

高いから良いというものでもないだろう。

たとえばフードだが、リュカの好みもあるだろうし、店員と相談して決めたいと思っていた。

両親は終始上機嫌で、無事に猫を飼う承諾を得ることができた私は安堵《あんど》した。あとひとつ、気になるといえば、弟のことだ。

「その……カミーユは何と言うでしょうか」

今年十二歳になる私の弟。私と同じ、銀髪青目のなかなかの美少年だ。

弟が動物が嫌いという話を聞いたことはないが、猫を飼うと聞いて嫌な気持ちにならないかだけが気になった。

父が腕を組み、ゆったりとした声で言う。

「さて、あの子がどう言うかは分からないが、飼うと決めたものを今更なしということにはしないよ。お前はお前のやりたいようにしなさい。今まで真面目《まじめ》に妃教育に取り組んできて、一度も我が儘を言わなかったお前の望みだからね。私たちは喜んで叶えるよ」

「ありがとうございます」

「夕食の折りにでも、直接話すといい。お前が話し辛いなら私たちから話すが、どうする?」

「……自分で話します」

自分の愛猫のことだ。これも飼い主としての責任だろう。

リュカのことをきちんと弟に話し、了承をもらおう。もし弟が嫌だというのなら、私の部屋から出さないように注意しないと。

私の言葉に両親は満足そうな笑みを浮かべて頷いた。

◇◇◇

そろそろ夕食の時間だ。

私は予定時間の十分前に、一階の食堂へ移動した。

部屋を出る際にリュカの様子を見たが、彼はぐっすりと眠っており、起きる様子はなかった。その際、ちょいちょいと平たいおでこを撫でたのだが、擽《くすぐ》ったそうな顔をされ、危うく悶絶死しそうになった。

——何、この愛くるしい生き物。めちゃくちゃ可愛いんですけど。

可愛い前足にも気を惹《ひ》かれ、更にちょんちょんと触ってみたところ、キュッと指を握られてしまった。

「ひえっ……柔らかい……気持ちいい……幸せの感触……」

感極まり、声が震えた。

温かい肉球の感触が、信じられないほどの多幸感を運んでくる。むにっとした表情は笑っているようにも見え、愛おしさで胸が苦しくなった。

——可愛い。この笑顔、守りたい……！ いえ、私が守るのよ！

僅《わず》か半日ですでにメロメロである。分かってはいるけれど、子猫の驚異的な愛らしさにはとてもではないが勝てそうにない。むしろ全面降伏だ。

——はあ……お猫様、尊い。可愛い……。

心臓が、バクバクしている。

「はうん……」

幸せを噛《か》みしめていると、指を放してくれたので、残念に思いつつも起こさないようにそっと離れた。

一応、目を覚ました時のため、使用人のひとりに様子を見ておいてもらうことにする。

まだ生まれて三ヶ月ほどの子猫なのだ。目を離すのは心配だった。

「あら？」

食堂に入ると、すでに全員が揃っていた。

父に母、そして弟のカミーユ。

弟は食堂に入ってきた私に気づくと、パッと顔を輝かせた。

「姉様！　お帰りなさい！」

「ただいま、カミーユ。今日は何をしていたの？」

「うっ……」

席に座りながら尋ねる。カミーユはばつの悪そうな顔をした。

「その……今日は家庭教師の先生が来る日で……」

「そう、勉強をしていたのね。偉いわ」

「……うん。まあね」

両親が甘やかしているせいか、カミーユは勉強が苦手だ。家庭教師から逃げる日も多くあり、教師たちはいつも手を焼いている。

そしてせっかく美少年に生まれたにもかかわらず、弟はちょっとどころではなく太っていた。

弟は甘いものが大好きで、運動が嫌いなのだ。

私も注意はするのだけれど、弟は怒られるのが嫌いで、すぐに逃げ出してしまう。

このままではいけないと思ってはいるようなのだけれど、弟は意志が弱くなかなか上手《うま》くいかないみたいだった。

──本気なら、私ももっと協力するんだけど。

実際、何度か弟のダイエットなり、勉強なりを手伝ったことがあるのだが、すぐに挫折《ざせつ》してしまった。

両親も、無理なダイエットをする必要はないと言い、カミーユも辛いのは嫌だと言うので諦めたが、もっと心を鬼にすればよかったと今は後悔している。

そんなカミーユは、やはり今日も家庭教師の先生から逃げていたらしい。

返事をした時に目を逸《そ》らしたので一発で分かる。

「駄目じゃない、カミーユ。将来、あなたはこの家を継ぐんだからしっかり勉強しないと」

「……分かってるけど、今日は新作のお菓子が食べたくて」

「もう……」

「ごめんなさい、姉様」

「私に謝られても困るわ。明日でいいから、家庭教師の先生に直接謝りなさい」

「……うん」

「スピカ、それくらいで」

父がやんわりと諌《いさ》めてくる。食事の前にするような話でもないと気づき、私は話をやめ、父に謝った。

使用人たちが動き始める。執事がスープを並べ始めた。

今日のスープは、豆の冷製スープのようだ。

「……僕、豆は嫌い……」

「駄目よ、ちゃんと食べないと」

弟は好き嫌いも多い。父も母も嫌いなら食べなくていいと言う人たちなので、嫌そうな顔をするカミーユを諌めるのは私の役目だ。じっと弟を見つめると、カミーユは諦めたようにスプーンを手に取った。

私が口うるさく言うせいか、弟は私には弱いところがある。

普通なら嫌われてもしかたないと思うのだが、何故か弟は妙に私に懐いていた。

私も年の離れた弟が可愛く、なんやかんや小言を言いつつも、寄ってくる弟に付き合うのが常だった。

「……うう。美味《おい》しくない……」

「何を言っているの。美味しいじゃない」

冷たい豆のスープは口当たりもよく、とても美味しかった。手間を掛けて裏ごししているのだろう。滑らかで優しい味わい。おかわりが欲しいくらいだ。

文句を言う弟を窘《たしな》めながらの食事が続く。

食後のお茶になったタイミングで、父が私に目配せをしてきた。

「……スピカ」

これは、リュカのことを話せと言っているのだとピンときた私は頷いた。

カップを置き、カミーユを見る。

「カミーユ、ちょっといいかしら」

「なに？」

デザートを三人前平らげたカミーユが、上機嫌で返事をする。そんな弟に私は聞いた。

「あなた、猫って嫌いだったかしら？」

「猫？　ううん、別に。好きでも嫌いでもないけど。それがどうしたの？」

嫌いではないという言葉を聞きホッとした。

「あのね、実は私、今日、子猫を拾ったの。お父様たちにはもう了承をいただいているのだけれど、あなたにも報告しておこうと思って。その、飼うつもりなのよ」

「は？　姉様、猫を拾ったの？」

「ええ」

頷くと、カミーユは眉《まゆ》を顰《ひそ》めた。

「……ふうん」

「何？　嫌なの？」

「ううん、別に。そっか……猫を飼うのか」

そう答えながらもカミーユの頬《ほお》は膨らんでいる。機嫌を損ねているのは明白だった。

だけど今の私には、弟が『嫌ではない』と言ってくれたことが何よりも嬉しかったのだ。

だから私は弟が機嫌の悪くなったことには目を向けず、笑顔でお礼を言った。

「ありがとう、カミーユ。良かったらあなたもリュカと仲良くしてあげてね」

「……気が向いたら。でも姉様。猫が来たからって、僕を蔑《ないがし》ろにはしないでよ？」

「馬鹿《ばか》ね。そんなことするはずないじゃない」

「……本当かな」

ムスッとするカミーユだったが、可愛い弟を放《ほう》っておくはずがない。

疑わしげな顔で見てくる弟に大丈夫だともう一度告げると、不承不承《ふしょうぶしょう》ながらもカミーユは頷いた。

「……分かった。信じるよ、姉様」

「ええ。ところで、明日はお勉強をサボっては駄目よ。ちゃんと勉強をしないと将来困るのはあなたなんですからね」

「うへえ……」

カミーユが口をへの字に曲げる。聞きたくないと両手で耳を塞《ふさ》ぎ始めた弟を見て、両親が微笑ましげに言った。

「姉弟、仲が良くて私たちも嬉しいわ」

「本当に。お前たちが幸せに暮らしてくれることが私たちの望みだよ」

母と父が慈愛の笑みを浮かべる。

そんな両親を見て、改めて思った。

本当に優しい人たちなのだ。前世の記憶を持っていたせいであまり子供らしくなかった私のことだって、「この子は賢い子だ」の一言で受け入れてくれた。

家族と変わらず過ごせることが、私の一番の望み。

今日判明した『乙女《おとめ》ゲーム』になんて負けるわけにはいかないのだ、と。

そう、子猫騒ぎですっかり忘れていたけど、私は『悪役令嬢』なんて立ち位置にいるらしいのだから。

『悪役令嬢』。

ある意味破滅を約束された位置にいるキャラ。だけど私は破滅なんかしたくない。

今日家族となったリュカを大切に育てることももちろんだけど、変わらぬ穏やかな未来を掴《つか》むために、できることはしなければ。

——そのためにも、アステール様とヒロインのことは注視しておこう。

アステール様がヒロインにグラリときたら、即座に婚約者の地位を返上できるように、今から心の準備を始めるのだ。

よく知らないヒロインにならまだしも、あの優しい人に断罪されるような未来は、絶対に避けたいと思うから。

——頑張ろう。

改めて私は、恐ろしい未来を回避しようと誓うのだった。

第2.5話 鈍すぎる婚約者

Akuyakureijou rashii desuga Watashiha neko wo mofurimasu

「はあ……」

馬車に乗り、溜息《ためいき》を吐《つ》いた。

護衛は御者と一緒に御者席に乗っている。車内は私ひとりで、誰《だれ》に取り繕う必要もない。それをいいことに、私は王子としては少々だらしない格好で壁にもたれ、婚約者のことを思い出していた。

「スピカ……」

スピカ・プラリエ公爵令嬢。

青い瞳《ひとみ》と星の輝きのように美しい銀色の髪を持つ、ひとつ年下の私の婚約者だ。

彼女と初めて王城で会った時、まだ子供だったにもかかわらず、私は一目で恋に落ちた。

綺麗《きれい》な少女だった。勝ち気な瞳《め》。美しい銀の髪は真っ直《す》ぐで、腰の辺りまで流れていた。

どこに惚《ほ》れたのかと聞かれれば、上手《うま》くは答えられない。

ただ、スピカを見た瞬間、全身が震えた。彼女だと思った。運命の人だと確信したのだ。

だから私はその衝動のままに、スピカを婚約者にしたいと両親に訴えた。

国の第一王子として生まれた私には、いずれ国を継ぐという義務がある。

広大な国土を持つディオン国を更なる発展へと導き、次代に受け継がせるという義務が。

ディオン国は自然豊かな国で、資源も豊富だ。国民の性質も穏やかで、近隣諸国とも大きな諍《いさか》いはなく、ここ百年ほどは平和な時代が続いている。それを更に続かせるのが私の役目。

そんな私は幼少の頃《ころ》からずっと、両親と周囲の期待に応《こた》えるべく努力してきた。

我が儘《まま》なんて言ったこともない。皆に公平であるよう、感情を乱さぬよう、国を継ぐ王子として相応《ふさわ》しくあれるよう、いつだって全力を尽くしてきた。

感情を乱さぬよう努力し続けた結果、特別好きなものも嫌いなものもなくなった。だけどそれでいいと思っていた。国を治めるのは綺麗事だけではできない。時には冷徹になる必要もある。

そういった時に好き嫌いといったくだらない感情に左右されるわけにはいかないのだから。

国の利益を最大限に出すためには、個人の感情など不要。いや、不要とまでは言わないが、少なくとも『特別』を作る必要はない。そう思っていたし、その通り、実行してきた。

そんな私を両親はとても心配していた。

私の笑顔には熱がないと嘆き、何でも良いから『特別』を作れと諭《さと》してきた。

何を言っているのだろうと思った。最初に『国を継ぐ者は、感情に左右されてはならない』と教えてくれたのは他《ほか》ならぬ父だというのに。

訝《いぶか》しく思いながらも日々を過ごし、そして出会ったスピカという少女。

私が彼女を欲しいと言うと、両親は殊《こと》の外《ほか》それを喜んだ。

ようやく息子に欲しいものができたと、すぐに私の望みを叶《かな》えてくれた。

幸運なことに、父たちにとっても、私の選んだ相手は都合が良かった。

公爵家の令嬢。そしてその父親は議会でかなりの発言力を持つという。私の後ろ盾としては最高の相手だ。

ただ、スピカは公爵が年を取ってからできた娘ということで、彼は非常に娘を溺愛《できあい》していた。蔑《ないがし》ろになどすれば、それこそ手痛い報復が待っているだろう。それでも構わないのかと父に問われた時、私は一も二もなく頷《うなず》いた。

報復なんて起こるはずがない。

だって私はスピカが欲しいのだ。彼女と共に人生を歩めることは、私にとって幸せでしかない。

そうして無事、婚約者となったスピカと、残念なことに私はなかなか会えなかった。

何せ王太子というのは忙しい。

学園に入るまでは毎日休む暇なく家庭教師と勉強していたし、年を重ねるに連れ、少しずつ仕事を割り振られるようになったからだ。はっきり言って自由な時間なんてどこにもない。

それでも必死に暇を作り、ひと月に一回ではあったが彼女と会った。

たった一時間ほどのお茶会。私が忙しいため、いつも場所は城内だったが、彼女と会えるだけで幸せだった。

彼女と話した後は、また一ヶ月、頑張ろうと思うことができた。

本当は一緒に町に出かけたり、彼女の部屋に遊びに行ったりもしたかった。だけどそれをするには多忙すぎて不可能だったのだ。

――スピカに近づきたいのに。

ひと月に一度程度のお茶会では、彼女が何を考えているかも分からない。

焦《じ》れながらも私は十五歳になり、国の法律に従い、アルファード王立魔法学園に入学することになった。

魔法学園に入学すると同時に、家庭教師がつくことはなくなり、私には多少ではあるが自由な時間が増えた。腹立たしいことにスピカとの時間は増やせなくて、歯噛《はが》みする思いだったが。

そしてそれから更に一年。

スピカも同じ学園に入学し、私はこれ幸いと一緒に登下校することを提案した。

いくら忙しくても、登下校を一緒にすれば、馬車に乗っている間、ふたりきりで過ごすことができる。しかも、学園がある日は毎日会うことができるのだ。

こんなに素晴らしい話はないだろう。

私の案をスピカは笑顔で受け入れてくれた。嬉《うれ》しかった。彼女も喜んでくれたと信じていた。

それから毎日彼女と一緒に過ごし、しばらくは幸せな日々が続いていたのだが、ある時、私は気がついてしまったのだ。

彼女が私に対し、恋情を抱いていないということに。

気づいた時には相当なショックを受けた。

当然、好かれているものとばかり思っていたのだ。だって折に触れ、私は彼女に好意を伝えてきたし、彼女も同じように返してくれていたのだから。

だがまさか、その好意が恋情を孕《はら》んでいないなんて考えもしなかった。そして何より驚いたのが、彼女は私の好意を、『婚約者への義理』としてしか受け取っていなかったという事実だった。

私の『好き』の言葉に彼女が微笑《ほほえ》んでくれる時、彼女はそれを『愛想』だと、『義理』だと思い受け取っていたのだ。

彼女は私たちの間には、恋愛感情は存在しないと思い込んでいる。

そんなわけないのに。

最初から私はスピカしか欲しくなくて、生涯《しょうがい》唯一の相手だと認識しているというのに、気づいた時は裏切られた気持ちになった。

ショックに打ちひしがれ、だけど普段の私の態度を思い出せば、彼女がそんな勘違いをするのも無理はないのかもしれないと思い直した。

私はその育ちのせいもあり、滅多に感情を露《あら》わにすることがない。だから淡々としている私を見て、スピカは『愛されていない』と判断したのかもしれない。

それならそれでやりようはある。

私がどれだけ彼女のことが好きなのか、彼女にも分かるよう態度に出す努力をすればいいだけだ。

そう結論を出し、私はそれを実行した。

好意を持っていることを伝えるためにスキンシップを増やし、自らの思いの丈を心から伝える。

私のその努力はスピカにはいまいち伝わらなかったが、学園にいる生徒たちや彼らから話を聞いたその父親や母親。つまりは現役で爵位を持つ貴族たちには知れ渡った。

私がスピカを殊の外愛していること。

彼女以外など考えてもいないことを皆が知ったのだ。

……そう、スピカ以外の皆が。

どうして肝心の彼女は気づいてくれないのか。本当に謎《なぞ》でしかなかった。

言葉の出し惜しみはせず、態度にも出している。

それなのに、スピカは気づいてくれない。

彼女は私の好意をいつだって、『婚約者として当然のもの』程度にしか思っていない。

……たとえ婚約者相手だとしても、好きでなければこんなにも涙ぐましい努力をするものか。

どうでもいい女性なら適当にしか相手をしないし、ない時間をひねり出したりなど絶対にしない。

それくらい、分かってくれてもいいと思うのだけれど。

ああ、本当に泣きそうだ。

そうして何も進展しないまま彼女との魔法学園での一年が終わり、今日、新たな年を迎えることになった。

私は三年に、彼女は二年生になる。

学園で過ごす時間を増やすためには、彼女を執行部に入れてしまえば早いのだが、それはあまり賢くない手段だと知っている。基本的に、執行部員は男性のみとされているからだ。

せいぜいが今日のように『手伝い』をしてもらう程度。

私は、できるだけ長い間彼女と過ごしたいと思っているのにままならないものだ。

しかし、今年こそは彼女に私の思いを知ってもらいたい。

私ももう三年。あと一年で卒業となる。そのあとは一年待って、卒業した彼女と結婚するつもりだが、その前までにスピカと恋人同士になっておきたいのだ。

愛のない結婚などではない。私たちの結婚はお互いの望んだもの。

そうありたいと心から思っている。

そのために今日もできる限り頑張ったのだが、スピカには見事にスルーされてしまった。

何を言っても、軽く受け流されてしまう。どうにか、打開策を見つけたい。

そんな時だった。彼女が子猫を見つけたのは。

彼女が子猫を抱き上げるのを見て、ピンと来たのだ。これを理由にすれば、彼女とより親しくなれるのではないだろうかと。

責任があるからとやや強引にではあるが、彼女の合意を取り付け、屋敷の中へと入った。

初めて入る彼女の部屋は、なんだかとても良い匂《にお》いがしてドキドキした。頑張って粘ってよかったと心から思った。

そして何より一生懸命子猫の世話をする彼女の様子は猫などより余程可愛《かわい》らしくて、応援したくなるようないじらしいものがあった。

こんなに長い時間、スピカと一緒にいたのはもしかしなくても初めてではないだろうか。

私はうっとりしながら彼女との時間を堪能《たんのう》していた。

帰り際には、次の約束も取り付けた。

猫の餌《えさ》を買いに行く。それだってやりようによってはデートだと思ったからだ。

それなのに、彼女は全く分かってくれない。

私の思いになど気づこうともしてくれないのだ。

猫が好きなのかと真面目《まじめ》に問われた時は、分かってくれない彼女に酷《ひど》くガッカリしたのだが——気を取り直した。

落ち込むのはまだ早い。

これから更に努力して、分かってもらえればいいだけの話だ。

一緒にいる時間を増やし、共通の思い出を作り、少しずつでも私を意識してもらう。

そしていずれは私のことを好きになってもらうのだ。

そのためなら、猫好きにでもなんでもなってやる。

「我ながら、涙ぐましいことだな……」

好きな女性ひとり振り向かせることもなかなかできない。王子と言ったって、所詮《しょせん》はその程度のものの。

動物は嫌いではないが、猫が特別好きというわけでもない。

それなのに彼女の言葉に頷いたのは、そうとでも言わなければ同行させてもらえないと危ぶんだからだ。

少しでも彼女の側《そば》にいるために。

好きだと伝えても分かってくれないつれない彼女に、私の気持ちを知ってもらうチャンスを作るために。

「帰ったら、明日の予習でもしておくかな……」

スピカに頼りになる男だと思われたい。

残念なことに今日の私は殆《ほとん》ど良いところがなかった。猫なんて飼ったことがなかったから適切な助言ができなかったのだ。それを顔には出さなかったし、スピカも気にした様子はなかったが、私自身、とても悔しく思っていた。

「まずは、猫の餌を売っているという店を調べて……あとは、何が必要なのかも事前に調べなければ……」

今度こそ、頼りになる男だと思われたい。

私は姿勢を正し、城に戻ったらさっさと仕事を終わらせ、愛する彼女のために猫について調べることを決めた。

第3話　新たな出会いとペット用品店

Akuyakureijou rashii desuga Watashiha neko wo mofurimasu

——夢の中、『ごはーん、ごはーん』という声が聞こえた気がした。

「みゃー、みゃー、みゃー!」

「うう……何?」

ぐっすりと眠っていた私は、元気なリュカの声で目を覚ました。

眠い。目を開けると辺りはまだ真っ暗で、時間だって早朝というより夜中に近かった。

午前三時。

「え、なんでこんな時間に?」

目を擦《こす》る。

リュカは元気にミャーミャーと鳴き続けている。力強い声。何かを求めるような鳴き声だ。

そう思ったところで、つい先ほど見ていた夢を思い出した。

ごはん、そう、ごはんだ。

「……まさか、朝ご飯?」

こんな夜中に?

いや待て、でも、と思い出した。

前世の友人が言っていた。彼女によれば、猫というものは総じて朝が早く、真夜中に起こされて朝食を強請《ねだ》られることも多くあったという。

リュカの場合もそれではないかと察した私は、ベッドから身体《からだ》を起こした。主室へ続く扉を開ける。

そこには段ボールの中で寝ていたはずのリュカがいて、じっと私を見上げていた。

「リュカ?」

「にゃー!!」

どうやら私が出てくるのを扉の前で待っていたらしい。その可愛《かわい》らしさにはぎゅんとときめくが、彼の目は確実に怒っている……というか。

「段ボールから出てきちゃったの……」

蓋《ふた》をしていたわけではないから仕方ないが、ひやりとした。もし誰《だれ》かが部屋の扉を開けていたら、廊下に出ていった可能性だってあったのだ。

公爵家というだけあり、屋敷内は広い。子猫を探し出すのも一苦労のはず。

「……入り口に柵《さく》でもしておけば少しは違うかしら」

みーみーと主張するリュカを抱き上げる。特に抵抗することなく、リュカは私の腕の中に収まった。嬉《うれ》しそうに頭を押しつけてくる。

昨日も思ったが、ずいぶんと人懐っこい子だ。シャーというような威嚇《いかく》する声を未《いま》だ聞いたことがない。

「人間に対して嫌な思いをしたことがないのかも」

そうだとしたら素晴らしいことだ。

野良猫は、人見知りが激しい場合も多く、警戒心をなくすまで数ヶ月、下手《へた》をすれば年単位で掛かる場合もあると聞く。

この子は今も尻尾《しっぽ》を振ってご機嫌な様子だ。警戒心……うん、どこにあるんだろう。

「リュカ、少しくらい警戒しなきゃ駄目よ」

「なー！」

タイミング良くリュカが鳴く。だけど絶対に分かっていないだろう。お猫様なんてそんなものだからだ。

まあいいけど。この子が警戒しないで済むよう、これから私が全力でお世話をしていけばいいだけの話なのだから。

リュカを抱きかかえたまま、段ボールを置いた場所に戻る。段ボールは見事にひっくり返っており、リュカが暴れた形跡があった。敷いていた毛布もくしゃくしゃだ。

リュカを下ろし、段ボールを元の位置に戻す。毛布を畳み直していると、リュカが足下に擦り寄ってきた。さわりと体毛が足に触れる。柔らかくてあったかい。そして少し擽《くすぐ》ったかった。

「なーん、なーん」

額を足首辺りに擦りつけている。グリグリと押しつけてくる姿は可愛いの一言だ。

ゴロゴロという低い音が聞こえ、気持ちがほっこりした。

「……ゴロゴロ言ってる。可愛い……」

保護されたばかりだというのに、すっかり心を開いてくれているようである。いや、ご飯が欲しいだけかもしれないけれど。

「あっと……そうだ、ご飯」

「みゃーん！」

口の形が三角になっている。間違いなくご飯を寄越せと言っているのだろう。

なんとなくだが分かる。

「……仕方ないわね」

朝ご飯には少々早すぎる時間だったが、リュカは我慢できないようだし構わないだろう。キャビネットの中にしまっておいた最後の餌《えさ》を取り出す。そこで気がついた。

「あ、お湯」

お湯でマルルをふやかさなければならないのだった。

「……どうしよう」

ちょっと考えた。

何せ今はまだ早朝と呼ぶにも早すぎるくらいの時間。さすがに皆、寝ているだろうし起こせない。

つまりお湯を手に入れるために、ひとりで屋敷の地下にある厨房《ちゅうぼう》に行かなければならないのだ。

チラリと足下に目を向ける。そこには期待に満ちた目をして私を見上げているリュカの姿があり、とてもではないが、「駄目」なんて言えないと思った。

「……分かったから。もらってくるわね」

白旗を揚げた私は、寝室に戻ってショールを羽織り、リュカを部屋から出さないよう気をつけながら扉を開けた。

「……暗い」

まだ夜中だからか、廊下は薄暗い灯《あか》りしかついていない。

その灯りだけを頼りに廊下を歩いて階段を下り、厨房に向かった。

地下の厨房に辿《たど》り着くと、有り難いことに灯りがついている。中を覗《のぞ》くと料理長が仕込みらしきものをしていた。まだ寝ていないのかそれとももう起きたのか分からないが、ずいぶんと熱心なことだ。

「……ちょっと、いい？」

「お嬢様？　こんな時間にどうしたんです？」

ギョッとしたように料理長が振り向く。そんな彼に私は申し訳なく思いつつも尋ねた。

「その……お湯をもらいたいの。子猫に餌をあげようと思って」

「猫？　ああ、そういえば昨日お嬢様が猫を拾ったと噂《うわさ》になっていましたね」

「そう。その子のことよ」

「でも餌ですか？　こんな時間にやるんです？」

料理長の疑問は尤《もっと》もだと思いつつも頷《うなず》いた。

「……私もそう思うんだけど、お腹《なか》が減ったってずっと鳴いていて……」

「空腹は辛《つら》いですからね、分かりました」

事情を説明すると、料理長は小さめのポットにお湯を注いで渡してくれた。

「どうぞ」

「ありがとう。あなたはまだ眠らないの？」

「もうすぐ寝ますよ。今日はたまたま寝付けなくて、暇潰《つぶ》しに厨房で仕込みをしていただけなんです。身体を動かせば眠くなるかなと思いまして」

「そう」

一瞬、いつもこんな時間まで起きているのかと気になったが、そうではないようだ。

もう一度お礼を言って、部屋に戻る。リュカが出てこないように気をつけながら扉を開けた。リュカの姿が見えない。

「え、リュカ？　リュカ？　どこに行ったの？」

リュカの名前を呼び、部屋の中を探る。ソファの下を覗いたり、キャビネットの裏側を見たり、カーテンの中に潜んでいないかも確認した。いない。

焦っていると、奥の方からのんきな声が聞こえてきた。

「みあーん」

「……寝室？」

鳴き声は寝室から聞こえていた。扉が開いているから、多分、そこから中に入ったのだろう。

声に悲愴《ひそう》な感じはないし、特に何か起こったというわけではなさそうだ。

そのことに安堵《あんど》しながら寝室に入った。

「リュカ？　あ……」

ベッドの上。リュカがご満悦な顔で、私の枕《まくら》に陣取っていた。まるで自分の場所であるかのような態度だ。

ちょいちょいと短い前足が動いているのが死ぬほど可愛い。

――なにこれ、ものすごく癒《い》やされるんだけど。

叱《しか》らなければと思うのに、可愛さの方が勝っていて怒れない。リュカを見るだけでニヤニヤしてしまう。

悶絶《もんぜつ》するほどの可愛さに震えながらも、私はなんとかリュカに言った。

「き、気に入ったの？」

「あーん」

「くっ……」

まるで返事をしてくれているみたいだ。ますます可愛い。

「そ、そう、でもとりあえずは食事にしましょうね。待っていたんでしょう？」

「にゃあ！」

餌皿をリュカに見せると、彼は目の色を変えてベッドから飛び降り、私の足下まで走ってきた。

もうこのお皿が自分の好きなものを入れてもらえる素敵アイテムだと理解しているのである。賢い。

リュカは私の足に必死に擦り寄り、甘え始めた。尻尾が真っ直《す》ぐ立っており、目はキラキラと輝いている。

「ああっ、可愛い……」

こんなに愛らしい姿を見せてくれるのなら、夜中に起こされたって構わない。

可愛いリュカに震えながらも私は最初に餌をあげた時と同じようにお湯でマルルをふやかした。それをリュカの前に置く。

リュカはすぐに餌皿に顔を突っ込み、ガツガツと食べ始めた。一瞬も、食べるのを止めない。

まるで犬みたいだ。

「ゆっくり食べてね。よく噛《か》んで……」

言っても分からないだろうが、声を掛ける。背中をそっと撫《な》でると、一瞬食べるのを止めたが、すぐに再開した。尻尾が上がったままなのがまた可愛くて、口元が緩んで仕方ない。

――猫、可愛い……！　最高。

この子を拾うと決めた私、天才か。

きっとリュカは世界一可愛い猫だ。間違いない。

私が全身で萌《も》えを感じている間に、リュカはご飯を食べ終わってしまったようで、悲しそうな顔をしながらお皿を舐《な》めていた。

『お腹減ってるのに！　足りない、足りないよ！』

「ん？」

今、何か聞こえなかったか。

なんとなくリュカを見る。子猫はまだお皿を舐めていて、私の視線には気づいていない様子だ。

「……気のせいよね」

きっと寝ぼけていたのだろう。

私は気を取り直し、リュカに話しかけた。

「ごめんね。それでおしまいなの」

絶対に今日学校が終わったら、この子のご飯を買いに行かなければ。

改めて決意していると、リュカはお皿を舐めるのを諦《あきら》め、今度はペロペロと自身の毛繕いを始めた。

それもまた愛らしい。

「はあああ……」

もう、リュカのどんな動きにもキュンキュンする。

プルプルと震えつつ、毛繕いを終えたリュカを抱き上げ、段ボールの中へと戻す。

無理だろうなと思いながらも、一応言い聞かせてみた。

「リュカ、あなたは小さいんだから、外へ出ないでね。見つからなくなっては困るから」

「にゃあ?」

まるで分かっていない様子のリュカにそうだろうなと思いつつ苦笑する。クリクリとした目で見上げてこられると、ずっと側《そば》についていてやりたくなってしまうから困ったものだ。

「ごめんね。まだ夜中だから、眠らせてね」

頭を撫でる。気持ち良いのか、リュカは耳を横に広げ、おでこの面積を広くした。もっと撫でて欲しいという分かりやすいアピールに口元が綻《ほころ》ぶ。

「はあ……可愛い……」

「にゃあん」

「う……」

少し高めの甘えるような声が矢となり、心臓に見事に突き刺さったような気がした。これ以上は駄目だ。癖になる。

私は後ろ髪を引かれる思いでリュカに「おやすみ」を言い、寝室へ戻った。寝室の扉は開けたままにしておいた。閉めてしまうとリュカが寂しがるのではないかと思ったからだ。ベッドの中に潜り込む。

「はあ……リュカが可愛い……」

ベッドの中で悶《もだ》えながらも目を瞑《つむ》る。まだまだ朝には遠い時間帯。眠らなければ困るのは私なのだ。

「……」

眠れないと思ったが、気づけば眠りの世界に落ちていた。

◇◇◇

「……ん？」

なんだか暖かいものが頬《ほお》に当たっている。

ふわりとした柔らかい感触。これは何だろうと思い目を開けると、私の顔のすぐ横で、リュカが身体を丸めて眠っていた。当たっていたのは尻尾のようだ。

「ひえっ⁉」

予想外の出来事に、一瞬で目が覚めた。明るい。とりあえず、朝にはなっているようで安堵する。

改めてリュカを見た。

ここまで来たということは、やっぱり寂しくなってしまったのだろうか。だけど本当に人懐っこい。まさか拾ってきてたったの一日で、顔の近くで寝てくれるとは思わなかった。

「……」

身体が規則正しく上下している。眠っているのを確認し、そうっと頭に触れた。そのまま手を滑らせ、背中と尻尾も撫でる。

「……可愛いなあ」

勝手に声が漏れる。時折揺れる長い尻尾は毛がたっぷりで、触るとえも言われぬ柔らかさと気持ち良さがあった。

「……っと、起きないと」

ぼうっとリュカを見つめているうちに、いつもの起きる時間になっていた。ほぼ同時にノックが聞こえ、主室の扉が開く。

コメットだ。

「お嬢様、起きていらっしゃいますか？」

「おはよう、コメット。ええ、起きているわ」

コメットには、朝、返事なしで部屋に入ることを特別に許可している。それは何故《なぜ》かといえば、起こしてもらうためだ。大体は自分で起きるのだが、たまに寝坊しそうになる時があるので念のため。アステール様に迎えに来てもらうのに遅れるなど、婚約者としてできるはずがない。私も彼に相応《ふさわ》しい女であろうと、色々努力しているのだ。これはその一環。

コメットが寝室にやってくる。その手には、学園の制服を持っていた。

私とその隣で丸まって寝ているリュカを見て、コメットは「まあ」と驚いたように目を見張った。

「一緒に寝ていらしたのですか？」

「一緒にというか……夜中に入ってきたみたいなの」

「そう、ですか……」

ベッドの側までやってきたコメットが、そうっとリュカを覗き込む。その瞬間、リュカはパチリと目を開けた。

「みゃー！」

「きゃっ！」

いきなり声を上げられ、コメットがビクリと身体を震わせる。

「び、びっくりしましたわ……お嬢様、とりあえずお着替えを」

「ええ。あ、コメット。申し訳ないんだけど、学園に行っている間、リュカを見ておいてくれる？」

子猫をひとりにはしておけない。そう思い頼むと、彼女は笑顔で了承してくれた。

「はい、そのつもりです。皆も世話をしたがっていますから。お嬢様、皆で交互に世話をしても構いませんか？」

「皆がそれでいいのなら」

「ありがとうございます。やっぱり子猫は可愛いって、昨日は使用人たちの大部屋で噂になっていたんですよ」

「そうなの？」

皆に受け入れてもらえたのなら何よりだ。可愛がってくれるのは大歓迎なので頷く。

この様子なら、学園に行っている間も、リュカは寂しい思いをしないで済みそうだ。

「リュカ、お留守番宜《よろ》しくね」

着替えを済ませ、リュカに声を掛ける。

リュカは丸い目で私を見上げ、眠そうに欠伸《あくび》をした。睡眠が足りていないのだろう。子猫は二十時間くらい寝るということだし、そっとしておこう。

部屋を出て、食堂で食事を済ませてから、玄関でアステール様が来るのを待つ。

アステール様が迎えに来る時間はいつも決まっていて、今日も時間ぴったりに執事が告げた。

「殿下がいらっしゃいました」

その言葉に頷いて外に出ると、すでに馬車は停《と》まっており、顔見知りの御者が頭を下げていた。隣にはいつもの護衛もいる。

「おはようございます、スピカ様。中で殿下がお待ちです。どうぞ」

「おはよう。ええ、ありがとう」

タラップを上がり、馬車の中へと入る。中には魔法学園の制服に身を包んだアステール様が、輝かしい笑みを浮かべて待っていた。

「おはよう、スピカ」

「おはようございます、アステール様」

挨拶《あいさつ》をして、いつも通り隣の席に座る。馬車の扉が閉まり、軽やかに動き出した。

朝の光が馬車の小窓から差し込んでくる。カーテン越しなので、そこまで眩《まぶ》しくはないが、床板が日差しを受けて明るく輝いていた。同じようにアステール様の金の髪もキラキラしている。

その輝きになんとなく見惚《みほ》れていると、アステール様が口を開いた。

「昨日は大変だったね」

アステール様が言っているのはリュカのことだろう。察した私は微笑《ほほえ》みながら頷いた。

「ええ。でももうすっかり元気ですから。今朝なんて、お腹が空《す》いたと朝の三時に起こされましたわ」

「三時？　そんな時間に起こされたの？」

びっくりした様子のアステール様に、私は昨夜（？）のことを説明した。

「そうなんです。鳴き声が聞こえるから何かと思えば、お腹が空いたみたいで。ご飯を食べたあとは寝てくれましたけど……あ、でも、寝室の扉を開けていたせいか、朝起きたらリュカが隣で眠っていて驚きました。ものすごく可愛かったんです！」

リュカの様子を思い出し、小さく笑う。アステール様にも同意して欲しかったのだが、彼は何故か愕然《がくぜん》としていた。

「……アステール様？」

「……隣？　隣で？　君の隣で寝ていたの？」

「え、ええ……そう、ですけど」

何かまずかっただろうか。

怪訝《けげん》に思いながらも答えると、アステール様は突然、カッと目を見開いた。

「えっ……」

私の反応で、自分がいつもとは違う表情をしていることに気づいたのだろう。アステール様はコホンと咳払《せきばら》いをし、普段の彼に戻ってくれた。

「……ごめん。少し驚いてしまってね。まさか……君と一緒に寝ているなんて思わなかったから……猫に先を越されるなんて……」

「？」

最後の言葉が小さすぎてよく聞こえなかった。

首を傾《かし》げると、アステール様は輝くような笑顔で「なんでもないよ」と言う。

本当だろうかとは思ったが、元々追及するつもりはなかったので話を続けることにした。

「とりあえず、昨晩はそんな感じでした。ひとつだけ気になったのが、リュカのために用意したトイレを使ってくれてなかったことです」

朝、確認したのだ。

私が簡易で用意した猫用トイレをリュカが使っているのか。残念ながら、使用した形跡はなかった。

月齢が三ヶ月なら自分でできると思うのだが、まだ屋敷に慣れていないから、トイレを使ってくれないのだろうか。それともやはり気に入らなかったか。

悩んでいると、アステール様が口を開いた。

「リュカにきちんとトイレだと教えた？　もしかして、トイレだと分かっていないだけかもしれないよ」

「あ……」

言われて初めて気がついた。

そうだ、アステール様の言う通りだ。

リュカは元野良。私がトイレを用意しても、それがトイレだと理解できない。それにあのトイレにはリュカの匂《にお》いもついていない。用途が分かっていないと考えるのが自然だった。

「キョロキョロし出したり、いつもと違う動きをする様子を見せたら、トイレに乗せてみるといいかもしれないね。何回か繰り返すと、その場所がトイレだと理解するようだよ」

「そう、そうですね！　ありがとうございます、アステール様！」

アステール様の助言に顔を輝かせた。

さすがアステール様である。

昨日、猫が好きだと言っていたのはやはり本当だったのだ。的確なアドバイスがとても有り難かった。

「やっぱり猫好きなだけあって詳しいですね。私、全然気づきませんでした……！」

「……その、うん。役に立てたようで良かったよ」

何故か視線を逸《そ》らされた。どうしてだろうと思いつつも大きく頷く。

「ええ、とっても。その……猫についてご存じなら、今日の買い物もできれば助言していただけますか？　私、猫を飼うのは初めてで、何が必要なのか抜けている可能性もあると思うので」

「もちろん。私に分かることなら協力するよ」

「ありがとうございます……」

アステール様が店に同行してくれることを本気で感謝した。

知識がある人に一緒に来てもらえるのは有り難い。だけど、ひとつだけ気になることがあった。

「アステール様、猫をお好きだとは伺いましたが、お飼いにはなられていませんよね？　飼い方についても詳しいなんて、驚きました」

トイレについてなど、単に猫が好きなだけでは知らないはずの知識。それを知っているのが不思議だったのだ。

尋ねると、アステール様は気まずげにポリポリと頬を掻《か》いた。あまり見ない仕草だ。珍しい。

「飼ってはいないけど、その……勉強はしたから」

「まあ……好きなものに対する熱意が素晴らしいですわ！　私も見習わないと」

ただ好きなだけではなく、飼い方についても勉強しているなんて。

猫が好きというだけの私とは大違いだ。

さすが将来を期待される優秀な王子はひと味もふた味も違う。私は心から彼を尊敬した。

「アステール様……」

「……うん。なんというか、心が痛むから、そんなに褒めないで欲しいかな」

「?」

どうしてアステール様の心が痛むのだろう。

わけが分からないと思っていると、アステール様は気を取り直したように言った。

「それで、だね。放課後に寄る店の話なんだけど、目当ての店はあるのかな?」

「それが、まだ。昨日はそれこそリュカにかかりきりで、時間もなかったものですから。帰る前までにはどこかで調べたいと思っているのですけど」

昨日はリュカのために部屋を整えるだけで疲れてしまって、すぐに寝てしまったのだ。夜中は夜中でリュカに起こされたしで、調べる暇なんてなかった。

話を聞いたアステール様は制服の内ポケットから折り畳まれたメモ用紙を取り出し、私に差し出してきた。

「アステール様?」

「昨日、私が調べたペット用品店のリスト。学園から寄りやすい場所に五店舗ほどあるようだよ。住所と店名を記載してあるから、君がいいと思う店に行けばいい」

「……! ありがとうございます!」

まさかそんなことまで調べてくれていたなんて。

急いでメモ用紙を広げて目を通すと、確かに店名と住所が五店舗分、書かれてあった。ノープランだったのでとても助かる。

かゆいところに手が届くとはまさにこのこと。私は心からアステール様にお礼を言った。

「本当に、なんとお礼を言っていいのか。助かりました……」

「そう思ってもらえたのなら良かったよ。……ああ、学園に着いたようだね。ではまた放課後。君と出かけられることを楽しみにしているよ」

「はい……！　私も楽しみにしています！」

いつの間にか学園に着いていたようだ。

再度お礼を言い、馬車から降りる。アステール様に別れを告げ、私は二年の教室棟へと続く道を上機嫌に歩き出した。

さっきもらった店名が書かれたメモ用紙はスカートのポケットにしまう。

大事な宝物を譲り受けた気分だった。

「……本当に、アステール様のおかげで助かったわ」

改めて思う。まさか彼が猫のことでこんなにも頼りになる人だったなんて。

彼とは近いうち婚約関係ではなくなるけれど、可能であるなら友人関係を継続したいと思ってしまうほどだ。

もちろん王太子に対し、友人だなんて失礼だという気持ちはあるけれど、昨日今日ですっかり仲間意識が芽生えてしまったのだ。

猫を愛する仲間。

仲良くしたいと思って何が悪いと言うのか。

鼻歌でも歌い出したい気分で二年の教室棟へ入り、階段を上る。

同年代の貴族たちとすれ違う。彼らは私を見ると、品良く微笑み、挨拶をしてくれた。

「おはようございます、スピカ様」

「おはようございます。スピカ様は今日もお美しいですわね」

「ありがとう」

お世辞を言われているのは分かっているので、こちらも軽く微笑むだけで返す。

王子の婚約者にいい印象を持たれたいのは誰でも同じなのだ。

――こんなことだから、本当の友達もできないのよね。

近づいてくる子たちの殆《ほとん》どは、親に「王子の婚約者と仲良くしろ」と言い含められている。自らの将来のために、家のためにと動くその姿はきっと正しいものなのだろうけれど、本気で慕われているわけではないことが分かっているから虚《むな》しいだけだ。

彼らは皆、私の後ろにいるアステール様を、国を見ている。

私に良い顔をするのは、私が彼の婚約者で、後に王妃となるから。そして、議会で発言権を持つ父がいるから。それだけだ。

どちらも私自身の力ではない。

それはとても悲しいけれど、同時に仕方のないことだとも分かっている。裕福な家に生まれたものの定めだ。そして本当の友達がいないのは、私が努力しなかったから。

妃教育《きさききょういく》が忙しいのもあったけれども、ない暇を割《さ》いてまで自分から友人を作ろうとしなかった。だから私は今ひとりぼっちなのだ。

——だけど、これからは違うわ。

友達を作るのだ。本当の友達を。

私が、王太子妃にならなくても構わないと言ってくれる友達を手に入れる。それはとても難しいと分かっているし、時間が掛かるだろうけれども諦めたりはしない。

「友達百人できるかしら？」

道のりは遠いけれど、達成した時喜びは大きいから。

だから、多少高すぎる目標を掲げても構わないと私は思うのだ。

◇◇◇

午前の授業が終わり、昼休み。

学生食堂にて、私は現在非常に困っていた。

座っているのは四人がけの円テーブル。学生食堂は広くゆとりがあり、お洒落《しゃれ》なカフェのような造りになっており、育ちのいい貴族たちにも好評だった。

壁はガラス張りになっていて、店内は明るく、外の景色《けしき》がよく見える。

席は中だけではなくテラス席もあって、晴れの日は外で優雅にお茶をすることもあったが、今日は普通に中で昼食をとった。のんびりする気分ではなかったからだ。

さっさとご飯を済ませたあとは、ひとりで考え事がしたかった。それなのに常に誰かが話しかけてきて、席を立つ暇もなく、私はとても焦っていた。

——困ったわ。リュカのご飯を買うお店を決めたいのに、全然ひとりになれない……！

いつもなら適当に相槌《あいづち》を打ち、話を合わせることにストレスなど感じないのだが、今日だけは違った。皆には申し訳ないが、愛猫《あいびょう》のために悩むはずの時間が削られていくことに焦燥を覚えていたのだ。

「ごめんなさい。少し外で休憩してくるわ」

ようやくやってきた話が途切れたタイミング。

次に話されるまでにと慌てて席から立ち上がった。

「あ、お待ち下さいませ、スピカ様」

——嘘《うそ》。まだ話があるの？

言外にひとりになりたいと言ったつもりなのに、それでもついてこようとする取り巻きたちに頭を抱えたくなる。どう言えば彼女たちに分かってもらえるのだろうと途方に暮れていると、そのうちのひとりがテラス席の方を見て、「あ」と声を上げた。

「あの子、去年貴族の父親に迎えられたって噂の生徒じゃない？　どうして殿下と一緒に？」

「え……」

反応し、つい、テラス席の方を見てしまった。

テラス席、その奥の一角は、三年生……というかアステール様たち生徒会執行部の専用席として、皆に知られている。どんなに混んでいてもそこには座らないという暗黙の了解があるのだ。

その特別な場所に、見慣れぬひとりの金髪の少女が座っていた。

ウェーブした長い髪をハーフアップにし、綺麗《きれい》なリボンで結んだ少女は、遠目から見ても細身でとても可愛らしい。

間違いない。入学式で私が『悪役令嬢』だと教えてくれた子だ。

彼女はアステール様の隣に座り、楽しそうに食事をしている。その光景に違和感はなくて、私はなるほどなと納得してしまった。

――ああ、やっぱり彼女がヒロインなのね。

入学二日目にして、すでにアステール様と食事をしているのだ。間違いないだろう。

何とも言えない気分になっていると、彼女を見つけた子が憎々しげに言った。

「なんてずうずうしい。スピカ様を差し置いて、殿下とお食事なんて……！」

「本当に！　スピカ様は殿下のご婚約者様でいらっしゃるというのに！」

「確かあの子……ソラリス・フィネーと言ったかしら。男爵様の娘ということだけど」

「平民から成り上がったばかりの男爵令嬢ふぜいが、殿下と一緒にお食事？　信じられない。何様のつもりなのかしら！」

他《ほか》の子たちも次々に同意する。聞いていられない酷《ひど》い悪口ばかりだ。

乙女《おとめ》ゲーム、その中でもシンデレラストーリーのヒロインは、確かに序盤、周囲に馬鹿《ばか》にされることが多いが、それでも実際に聞くと眉《まゆ》を顰《ひそ》めたくなると思った。

――こんなの、高位の令嬢たちが言っていい言葉ではないわ。

彼女たちは多分、私に気に入られたいという気持ちで言っているのだろう。

あとは、そんなことはいけないという歪《ゆが》んだ正義感から。

正当な婚約者を差し置いて、殿下と一緒にいる彼女が許せないのだ。……もしかしたら、若干の嫉《しっ》妬《と》もあるかもしれない。その気持ちは分からなくもないけれど、耳を塞《ふさ》ぎたくなるような悪口は聞きたくなかった。

「皆さん」

ぱん、と手を叩《たた》く。皆が私に注目する。

私は高位令嬢が浮かべるに相応しい笑みを作り、皆に言った。

「私は気にしていないわ。彼女については昨日、殿下からも気に掛けて欲しいと言われているし、殿下ご自身も声を掛けるようにするとおっしゃられていたもの。急に貴族になったことで不安になっているのではないかって、心配なさっていたわ。だからこうして食事を一緒にとお誘いになられたのでしょう。素晴らしいことよ。それともあなたたち、殿下の優しいお気持ちを否定しようとでもいうの？　それこそ何様のつもりなのかしらね」

「えっ……」

私の言葉に、文句を言っていた女生徒たちが顔を引き攣《つ》らせた。

王子に逆らったつもりなんてない。そう思ったのだろう。実際彼女たちのひとりは震え声で私に訴えてきた。

「そ、そんなつもりは……ただ、スピカ様にあまりにも失礼だと思って……」

「気にしていないと言ったわ。大体、元々私たちは一緒に食事をしていないし、どなたと共に食事をとろうが、殿下の自由よ。私にいちいち許可を取る必要はないわ」

本心である。そしてどこにも嘘はなかった。

そう、私たちはいつも別々に食事をとっている。昼食を一緒に食べたことはない。

それは何故かと言えば、学園内では適切な距離を保っていたいから。

実は入学してから半年ほどが経《た》った頃《ころ》、アステール様から「これから毎日、昼をふたりきりでどうか」と誘われたことがあったのだ。だが私はその申し出を断った。

私たちは婚約者同士ではあるし、互いに尊敬の念をもって接しているとは思うが、決して恋人同士ではない。毎日の登下校で会話不足は十分に解消できているし、アステール様も執行部の生徒たちとの付き合いは必要だろう。学園内まで無理に一緒にいる必要はないのではないか。皆もきっと気を使ってしまうと思うと、そういった主旨のことを正直に告げたのである。

その時アステール様は、何故かものすごくびっくりした顔をして私を見ていたが——あれはなんだったのだろう。何か私は間違ったことを言っただろうか。

「そ、そう……そうだね。分かったよ」

アステール様はそう答えていたが、妙にもの言いたげな顔をしていた。

「……」

去年したやりとりをふと思い出したが、今はそれどころではない。私は考えを振り払うように首を横に振った。

今は、やらなくてはならないことがあるのだ。

そう、リュカのご飯を買いに行くお店。それを厳選しなければならない。

そのためには一刻も早くこの場所から離れ、ひとりになれるところに移動する必要がある。

「スピカ様！」

「ごめんなさい。皆には申し訳ないけど、今日はひとりになりたい気分なの。お願いだから、誰もついてこないでちょうだい」

追いかけてこようとした取り巻きたちに告げる。分かりやすい拒絶に動けなくなった皆をその場に残し、私は食堂を後にした。

◇◇◇

「……ここまで来れば、誰も追いかけてはこないかしら……」

食堂を出た私は、教室棟から少し離れた場所にある図書館へと向かっていた。

学園の図書館は最近新設された設備で、まるで博物館のような外観をしている。

私は図書館の前にある石段を上り、重い扉を開けて中へと入った。

「……」

ひんやりとした少し暗めの館内は、誰もいないのか静まりかえっている。

図書館は、あまり人気のない場所だ。それは何故かと言えば、貴族の家にはたいてい自前の図書室があり、珍しくも何ともないから。

図書館の方が蔵書はたくさんあるのだが、借りるよりは買う、手に入れるという感覚の方が強いので、皆、あまり利用しない。私もここに来るのは初めてだ。

「……何か探しに来たのか」

「えっ……」

どこかに座って、アステール様からもらったリストをゆっくり検討しようと思っていると、突然左側から声が聞こえた。慌ててそちらを向く。

入り口のすぐ近く。そこは貸し出しカウンターになっていて、ひとりの男性がむっつりとした表情で座っていた。

襟章《えりしょう》の色を確認する。

各学年は襟章の色で判別できるようになっている。一年が赤、二年が青、三年が緑。

目の前の男性の襟章は緑。アステール様と同じだ。

……というか、この人を私は知っていた。

アステール様が所属する執行部、その実技部長の位にいる人。

王家が主催する夜会でも彼の姿は何度か見かけていた。

――シリウス・アルデバラン。

アルデバラン公爵家のひとり息子。父親が近衛騎士団の団長を務めていて、彼自身も相当な剣の名手だ。

黒髪黒目。体つきはがっしりとしていて背も高い。

短髪で額を出した髪型はよく似合っているし整った顔立ちをしているが、目つきが鋭く無愛想であまり喋《しゃべ》らないことから、女性たちからは敬遠されぎみだ。

日に焼けた肌の色は浅黒く、威圧感を覚えて怖いと聞いたこともある。

確か夜会ではいつも父親と一緒にいた。挨拶くらいならしたことがあるが、個人的に話すのはこれが初めてだ。

私は、執行部には近づかないようにしているし。

恋人関係でもないただの婚約者が仕事場にしゃしゃり出てくるほど鬱陶《うっとう》しいことはないだろう。そう思っているのである。

「……アルデバラン様」

ファーストネームを呼ぶのは失礼かと思い、家名で呼びかける。アルデバラン様は片眉をつり上げると、私を見て納得したような顔をした。

「ああ、確か……殿下の婚約者か。プラリエ公爵家の」

「はい。スピカ・プラリエと申します。アルデバラン様とは夜会で何度かお話させていただいたことがあるかと。その……ところでアルデバラン様。こちらの図書館、もしかしてアルデバラン様が管理なさっているのですか？」

　貸し出しカウンターに座っていることから考えてもおそらくはそうだろう。尋ねると、予想外に否定が返ってきた。

「いや。管理というわけではない。オレは……図書委員だからここにいる」

「図書委員……！」

　なんて似合わない響きだろう。

　大柄な熊《くま》のような体格のアルデバラン様と図書委員という姿があまりにもアンマッチで驚いてしまった。それでもできるだけ真面目《まじめ》な顔を作り、頷く。

「そうでしたか。失礼いたしました。それでは私はこれで」

　特に話すこともない。そう思ったのだが、何故かアルデバラン様は私を引き留めた。

「待て」

「はい？」

「お前、図書館に何をしに来た」

　真顔で尋ねられ、私は戸惑いつつも正直に答えた。

「え、少し調べ物をしようと思ったのですけど」

「……その調べ物とは？」

「え？」

　何故そんなことを聞いてくるのか。アルデバラン様には関係ないと思うのだけれど。

「あの……？」

「チッ、調べ物があるんだろう。この図書館は広い。何も分からず探し回っては昼休みなど終わってしまうと言っているんだ」

「……手伝って下さるのですか？」

「……悪いか」

「いえ」

ムスッとした顔をしながらこちらを見てくるアルデバラン様。だが私の調べ物は、リュカのご飯をどこで買うかであり、そのヒントはすでにアステール様にもらっているのだ。

とはいえ、アルデバラン様の厚意を無にするのも申し訳ない気がする。

少し考えた私は、それならとアルデバラン様に聞いてみた。

「その……猫の飼い方、なんて本はありませんか？」

「猫だと？」

「はい」

コクリと頷く。

実は今朝方父に聞いてみたのだが、我が家には猫の飼い方が書いてある本は置いていないようなのだ。

だけど、もしかして学園の図書館にならあるのかもしれない。そしてもしあるのなら、それこそ借りてみたいと思ったのだ。

「実は昨日子猫を拾いまして。初めてのことで右も左も分からず、指南書のようなものがあればいいなと思いましたの」

「……そうか。子猫を」

私の話を聞き、少し考え込んだあと、アルデバラン様は口を開いた。

「残念だが、猫の飼い方なんて本は置いていない」

「そう……ですか」

調べなくても分かるものだろうか。少しだけ疑問だったが、余計なことを言うのもどうかと思い、大人《おとな》しく頷いておいた。

アルデバラン様がムッとした顔で言う。

「なんだ。疑っているのか」

「い、いえ……」

「ないものはない。……その本ならすでにオレが散々探したあとだからな」

「えっ……」

予想外すぎて、言葉を失う。

――アルデバラン様が？　猫の飼い方についての本を探したの？　どうして？

アルデバラン様と猫というのがどうにも結びつかず戸惑っていると、アルデバラン様は「悪いか」と視線を逸らしながら言った。その頬が少しだけ赤い。

「……オレも、猫を飼っているんだ」

「えっ……」

「うちの屋敷には四匹いる」

「四匹も……！」

「黒猫が二匹に白猫が一匹。茶トラが一匹だ」

「！」

種類まで具体的に教えてくれた。

驚きのカミングアウトに、目を丸くすることしかできない。

ただただ驚愕《きょうがく》していると、アルデバラン様は更に言った。

「最初の一匹を拾った時に、ここで散々探したんだ。だからお前の望む本はないと言い切れる」

「……分かりました」

先達《せんだつ》の言葉を疑うはずがない。

猫を四匹飼っているというアルデバラン様に対し、私は勝手に親しみを感じ始めていた。

——猫を飼っている人に悪い人はいないのよ……！

それも四匹もだ。きっと、彼は良い人に違いない。

思わぬところで得ることができた猫飼いの先輩に、私はすっかり心を開いていた。

「その……アルデバラン様。猫をお飼いになられているというのなら、是非教えていただきたいのですけど……猫の餌ってどこの店で買うのがいいとかってお分かりになりますか？」

「は？　待て、いきなり何の話だ」

飼い方の話だったはずが、急に店の話になったのだから、アルデバラン様が戸惑うのも無理はない。

だが、そんなことを気にしてはいられないのだ。

これはリュカのため。

愛猫のために情報収集できる機会があるのなら、気後《きおく》れせず聞くべきだ。

そう思った私はアルデバラン様に説明した。

「実は今日、飼い猫の餌を買いに行こうと思っているのです。ですけどどの店がいいのか全く分からなくて。五店舗ほど候補を書いたメモ用紙をいただいたのですけど、その中のどれを選べばいいのか途方に暮れてしまって……」

正直に今の状況を伝えると、眉を中央に寄せていたアルデバラン様は、大きく息を吐き、私に手を差し出してきた。

「見せてみろ」

「え？」

「そのメモ用紙だ。今、持っているんだろう？」

「は、はい……！」

慌ててポケットからアステール様にもらったメモ用紙を取り出した。アルデバラン様に手渡す。

アルデバラン様はメモ用紙を広げるとカウンターの上に置いた。店名をひとつひとつ確認していく。

「……ふん、悪くない選択だ」

「これらの店をご存じなので？」

「全部行ったことがある」

「まあ！」

口元を押さえる。まさかの全店舗制覇という言葉が頼もしい。実際に行ったことがある人に聞けるのは有り難かった。

「ど、どの店が良いのですか？」

「そうだな……この中なら……」

少し考え込む様子を見せたが、すぐにアルデバラン様は一番上と、真ん中に書かれた店名を指さした。

「ここと、ここだ。この二店舗は餌の種類が豊富だ。特に一番上の店はいい。猫のおもちゃがたくさん揃《そろ》っていて、高級志向ではあるが、ほぼ全《すべ》てのものがこの一店舗で賄《まかな》えるだろう」

「……！」

「お前は公爵家の令嬢なのだし、金銭には不自由していないだろう。それならここを選ぶべきだ」

「ありがとうございます……！　助かりますわ！」

心からお礼を言った。

そう、私が欲しかったのは、まさに今のようなアドバイスだ。

ひとりで店名を見て、うんうん悩まず済んだことが本当に有り難い。店名だけでは分からないからどうしようかと本気で困っていたのだ。

「ふん」

「その！　今後もお話を聞かせてもらっても構いませんか？　私、猫を飼うのは初めてで色々と分からなくて。猫を飼っている方のお話を聞かせてもらえると本当に有り難いんです……！」

これから猫を飼っていくうちに、様々な問題が起こるだろう。その時に相談する相手ができるかもしれないとわりと私は必死だった。

「……」

「アルデバラン先輩！　お願いいたしますわ！」

猫飼いの先輩という意味を込めて言うと、アルデバラン様はものすごく面倒そうな顔をした。

「……他を当たれ」

「他と言われても、私、知り合いが少なくて難しいのです」

「公爵家の令嬢に友人がいないはずがないだろう」

疑わしげに言われ、私はうっと言葉に詰まった。

――これ、友達がいないって白状しないといけない流れよね。

自分から友人ゼロを告白する羽目になるとは思わなかった。だが、言わなければアルデバラン様は納得してはくれないだろう。それが分かったから、私は諦観《ていかん》の念で口を開いた。

「……私を利用価値でしか判断していない友人なら複数おりますが……そういう方々を頼りたくはありません」

「……は？」

正直に告げると、アルデバラン様はギョッとした顔で私を見てきた。こうなればと、思いきり開き直る。

「ええ、私の周りにはそのような方々しかおりませんの。それは友人を作ろうとしなかった私の自業《じごう》自得《じとく》だと思っておりますし、今後は努力して改善していくつもりですけど、差し当たって今となると、候補者があなた様しかおりませんわ」

「……」

ものすごく複雑そうな顔でアルデバラン様が私を見てくる。

「……何ですか」

「……いや、悪かった」

言いたくないことを言わせたと悟ってくれたらしい。そこで謝ってくれる辺り、きっとこの人は優しい人なのだと思う。

「大丈夫です。代わりにアルデバラン様が助けて下さるそうですから」

「……お前な」

アルデバラン様が何とも言えない顔で私を見てくる。しばらく黙っていた彼だったが、やがて諦めたように大きく溜息《ためいき》を吐《つ》いた。

「分かった」

「ありがとうございます！　アルデバラン様！」

良かった。相談できる先輩ができた。

優しい先輩に出会えたことが嬉しくてニコニコしていると、アルデバラン様がムスッとした顔になった。

「そうじゃない」

「？」

「……シリウスだ」

「？」

「ファミリーネームで呼ばれるのはあまり好かん。シリウスと呼べ」

「ええと、シリウス様とお呼びすれば宜しいのですか？」

「……チッ。先輩とさっき言っていただろう」

違う、という風に舌打ちをされた。急いで訂正する。

「シリウス先輩ですわね。分かりました！」

シリウス先輩の意図を理解し、大きく頷いた。

どうやらシリウス先輩は、先輩と呼ばれるのがお好きなようだ。あと、ファミリーネームで呼ばれるのは好まないと。

呼んで欲しい呼び方があるのなら、応《こた》えることは吝《やぶさ》かではない。

私は笑顔で先輩に言った。

「シリウス先輩、これから宜しくお願いいたしますね」

「……チッ。オレは昼休みはいつもここにいる。……図書館は誰の訪れも拒まないものだし、来たければ勝手に来ると良い」

「ありがとうございます」

寡黙な性格なのかと思っていたが、話してみれば意外と会話に応じてくれるし、とても優しい人だった。

猫を拾った後輩を助けてくれる優しい先輩。

そんな先輩に巡り会えた己の幸運を深く噛みしめていると、シリウス先輩が立ち上がった。

「先輩？」

「そろそろ昼休みが終わる。お前も二年の教室棟へ戻れ」

「え？　もうそんな時間ですか？」

慌ててカウンターの上にあった時計を確認した。

確かにあと五分ほどで昼休みは終わってしまう。急いで戻らなければ、午後の授業は遅刻扱いになってしまうだろう。それはいけない。

「し、失礼いたしますわ、シリウス先輩！　放課後、餌を買いに行く予定ですので、また近いうちに報告に参りますわね！」

「……別に急がない。お前の都合の良い時に来ればいい」

「はい！」

話を聞いてくれるつもりがあることが分かり、口元が綻ぶ。

やっぱりシリウス先輩は優しい人だ。

偶然だけど、素敵な先輩と巡り合えたことに感謝しながら、私は図書館を後にした。

◇◇◇

放課後。

全ての授業が終わり、解散となったタイミングで、アステール様が二年の教室棟を訪れた。

教室は、席が後方になるにつれ高くなるように階段状に座席を設けている。いわゆる階段教室と呼ばれるものだ。

その最上段の席に座っていた私は慌てて立ち上がった。

「アステール様!?」

「スピカ。迎えに来たよ」

「ええっ!? わざわざ来て下さったのですか? 申し訳ありません。ご足労をお掛けしてしまって……!」

階段を淑女に許される最高速度で駆け下りる。

いつもは校門の前で待ち合わせているのに、どうしてわざわざ今日はこんなところまで来たのだろう。

皆も突然王子がやってきたことで、かなり動揺していた。それをアステール様は言葉ひとつで抑えてしまう。

「皆、落ち着いて。私はただ、愛《いと》しい婚約者を迎えに来ただけなんだから、騒ぐことはないよ」

わざわざ『愛しい』と付けるところがアステール様である。思った通り、皆が期待にキラキラと目を輝かせ始めた。

これ以上、餌を与えてはいけない。仲がいいと思われるのは大切だが、やりすぎはよくないのだ。

そう思った私は素早く余所《よそ》行きの笑顔を作り、皆に向かって挨拶をした。

「それでは皆さん、ごきげんよう。……さ、アステール様、参りましょうか」

「そうだね、スピカ。今日は君と放課後デートができると楽しみにしていたんだ。時間が惜しい。早く行こう」

「アステール様……」

笑顔が硬まる。

手遅れだった。どうやらアステール様の手により、豪華デザートが投げられてしまったらしい。

わざわざ『デート』という言葉を使うアステール様に皆が見事に反応し、「まあ」だの「仲睦《むつ》まじくて羨《うらや》ましい」だの口々に言い始めた。

アステール様に手を両手で包むように握られる。

やりすぎではないかと咎《とが》めるように彼を見たが、輝く笑顔で返された。

——もう。

握られた手をさっと取り戻し、彼に言う。

「……一緒に店に行くだけですのに、そんな言い方をなさらないで下さい。大袈裟《おおげさ》ですわ」

「大袈裟？　なんのこと？　ふたりで出かけるんだ。デートで間違っていないと思うよ」

「……ああもう、分かりましたわ」

これは何を言っても無駄だと察した私は、会話を切り上げることにした。アステール様が手を差し出してくる。エスコートかとその手の上に素直に己の手を乗せると「違うよ」と首を横に振られる。

「アステール様？」

「今日はデートだから、こう」

「えっ……」

アステール様が私の手をギュッと握る。手と手を絡める、いわゆる恋人繋《つな》ぎと呼ばれる手の繋ぎ方だ。

きゃあああああ!! と周囲から黄色い悲鳴が上がった。

「……っ！」

ハッと我に返る。

驚きすぎて、一瞬意識が飛んでいた。

しかし、一体アステール様は何をしているのか。これから彼はヒロインの子と仲良くなっていく予定なのに。こんなことをすれば、皆はどんどん誤解していくではないか。

迎えに来たり、皆の前でデートだと言ったり、極めつけに手を繋いだりと、まるで本物の恋人のように振る舞うアステール様に困ってしまう。

「アステール様」

皆が大興奮して大変な状態の中、もう十分なのではという視線を彼に向ける。

彼は「ん？」と首を傾げた。

「何？」

「……なんでもありません」

当たり前、みたいに優しく微笑まれ、私は大人しく口を噤《つぐ》んだ。

過去、何度か事例がある。こういう時のアステール様に勝てた試しは一度もないのだ。

——ああ、もう。

繋がれた手から、温《ぬく》もりが伝わってくる。

意識しているつもりはないが、異性とこんな風に手を繋いだことなどないのだ。どうしたって恥ずかしい。

じわりと顔に熱が集まってくる。それを気のせいだと自分に言い聞かせた。

アステール様のことは尊敬しているだけ。ただ、それだけなのに、ドキドキしてしまう自分がどうしようもなく馬鹿だと思った。

◇◇◇

なんとか皆に別れを告げ、馬車に乗り込む。

明日、根掘り葉掘り色々聞かれるのかもしれないと想像すると頭痛がしそうだが、あえて今は考えないことにした。

そう、憂えている暇は私にはない。

私は私の愛猫、リュカについて考えなければならないのだから。

「それで――行く店は決めた？」

「えっと、はい」

馬車に乗ってすぐ、アステール様に問われた私は頷いた。

彼にもらったメモ用紙を広げ、一番上に書かれた店名を指さす。

「この店に行きたいです。その、少し値段は張るけど色々な種類があるそうなので」

「ここだね。分かった」

アステール様は私からメモ用紙を受け取ると、馬車の中にある小さな小窓を開け、御者に渡した。

「この一番上に書かれた住所に行ってくれ」

「かしこまりました」

しばらくして、馬車が動き出す。座席に腰を落ち着け直したアステール様は「それで」と私を見た。

「誰かに聞いた？」

「え……？」

「いや、先ほどの言葉、誰かから聞いたみたいな話し方だったから」

「あ、はい……」

アステール様の指摘は正しかったので素直に口を開く。

「昼休みに、シリウス先輩に教えていただいたのです。先輩、猫を飼っていらっしゃるようで、的確な助言をしていただきましたわ」

「……シリウス先輩？」

「えっ……」

ものすごく低い声が返ってきて驚いた。

恐る恐るアステール様を見る。彼は何故か妙に不機嫌になっていた。

「あ、あの……アステール様？」

「シリウスって、シリウス・アルデバランのこと？　私と同じ執行部に所属している」

「は、はい」

ビクビクしながらも返事をする。

「へえ。で？　いつ、シリウスと仲良くなったのかな？　君と彼に接点なんてなかったと記憶しているんだけど」

ものすごくアステール様が怖かった。

何故彼がこんなに怒っているのか分からない。怯《おび》えながらも私は昼休みの出来事を正直に伝えた。

「そ、その……どの店に行くべきかひとりでゆっくり考えたくて、図書館に行ったのです。きっと静かだろうと思いまして。そこで先輩にお会いしました。その際、偶然先輩が猫を四匹も飼っていることを知りまして、もし店をご存じならとお伺いした次第です」

「そう。彼は猫を飼っていたの。同じ執行部に所属している仲なのに、知らなかったな。でも、君がわざわざ彼をファーストネームで呼ぶ必要はないと思うけど？」

「えっと……そう呼んで欲しいとおっしゃられましたので……」

「……ふうん。呼んで欲しい、ねえ」

アステール様の表情が苦々しいものになった。

「君が、私の婚約者だということを彼は知っていると思うのだけどね」

「あ、はい。それはご存じのようでした。とにかく、親切にしていただきましたの。正直、ひとりでは店を選べないと思っていましたから助かりました……」

シリウス先輩の助けがなければ、放課後までに選べたかどうか分からない。そんな気持ちで告げると、アステール様はじっと私を見た後、口を開いた。

「……シリウスには、店を教えてもらっただけ、なんだね？」

「？　はい。そうですわ」

「他には、何もなかった？」

「ええ」

実際、そのあとすぐに教室に戻ったので私は彼の言葉を肯定した。

アステール様はまだ納得できない、みたいな顔をしていたけれども、やがて諦めたように頷いた。

「分かった。でも一応、私からもシリウスに話をするよ。明日にでもね。君が世話になったというのなら、婚約者として挨拶くらいするのが当然だろう。そう、婚約者としてね」

「……はあ」

婚約者として、というところを妙に強調してくるアステール様に首を傾げつつも、どうやら怒りは収まったようだとホッとする。

胸を撫で下ろしていると、アステール様は残念そうな口調で言った。

「でも、図書館に行くのなら私も誘って欲しかったよ。昼休みなら、食堂にいただろう？」

「え……」

「店をどこにするのか、私と一緒に悩むという選択をしてくれても良かったって言ってるんだけど」

「いえ、でも……」

一緒に悩むとか、全く考えが及ばなかった。でも確かにその通りだ。メモ用紙をくれたアステール様に相談するという可能性があっても良かったかもしれない。……と納得しかけ、昼休みに見た彼の姿を思い出し、指摘する。

「アステール様は、例の一年の子といらっしゃったではないですか。さすがにお邪魔はできません」

「えっ……？」

「ほら、昨日、気に掛けて欲しいとおっしゃられていた子。ソラリス・フィネー男爵令嬢でしたか。彼女と一緒にいらっしゃいましたでしょう？」

「もしかして、見ていたの？」

「はい」

周りにいた女生徒が言っていた名前を思い出しながら告げると、アステール様はさっと顔色を変え、腰を浮かせた。

「あ、あれは！　食堂でひとり困っていたから助けただけで……！」

「はい。存じております。昨日、アステール様からお話を伺っておりますから、そんなことだろうと思っていました」

「……私が浮気をした、とかは思わなかったんだね？」

「？　はい。皆は騒いでおりましたけど、私からきちんと説明させていただきましたわ」

浮気などアステール様がするはずがない。

彼はこれから真実の愛を見つけるのだから。まだその準備段階だ。

「そう。なら良かったけど」

ホッとしたように、座席に腰かけ直すアステール様。その様子がなんだかおかしくて、私はクスクスと笑いながら言った。

「アステール様が浮気などするはずがありません。あなたがとても誠実なお人柄だということを私は存じております」

恋情のない形だけの婚約者である私のことを、いつだって大切にしてくれる。蔑《ないがし》ろにされたと感じたことなど一度もないし、私は彼が婚約者でよかったと思っているのだ。

だからこそ、彼がヒロインを愛した時は、素直に身を引こうと思える。

彼には誰よりも幸せになって欲しいと思うから。

ここが乙女ゲームの世界だというのなら、ヒロインと結ばれればアステール様は確実に幸せになれる。

そして私も彼をヒロインに譲ることで、破滅エンドを避けられる……はず。

これぞまさしく、Ｗｉｎ―Ｗｉｎの関係と言えるだろう。

「誠実……か。君は私のことをそう思ってくれてるの？」

「はい。誠実で真っ直ぐな、私利私欲《しりしよく》とは縁遠いところにいる方だと思っておりますわ。さすが次代の国王と尊敬しております」

真実思ったことを告げたのだが、アステール様は微妙な顔をしていた。

「……尊敬、ね。ねえ、スピカ。私はね、わりと私欲に満ちたところがあるんだけど」

「？　まさか」

「本当。しかも、欲しいものが少ない分、その欲しいものは絶対に手に入れないと気が済まない性質《たち》だし、嫉妬だってかなりする方だと思う。自分の狙《ねら》った獲物を人に掠《かす》め取られるなんて絶対に嫌なんだよ。……分かってくれた？　私の可愛いスピカ」

「はあ……」

彼の恋愛観だろうか。

確かに乙女ゲームのヒーローたちは皆、揃いも揃って独占欲が強く、相手を好きになるとガンガンに攻めてくるし、恋人になれば溺愛《できあい》傾向が強い。

彼もそういうタイプだということなのかもしれない。

「なるほど、よく分かりました」

ヒロインに惚れた後、彼はそんな風になると。

うん、覚えておこう。怒らせると大変そうだ。

しかし、独占欲の強いアステール様か。

いつも冷静な彼しか知らないから、怖い物見たさはあるかもしれない。同時に少し寂しい気もするけれど、それは言っても仕方ないから。

「……ここまで言っても分かってくれないのか」

何故かアステール様が絶望の表情を浮かべていたが、自分の考えに没頭していた私は全く気づかなかった。

◇◇◇

「到着いたしました」

馬車が停止し、扉が開いた。

タラップを降りると目の前には、猫専門店だとひとめで分かるお店があった。

「まあ……！」

王都の大通り沿いにある店は、学園から馬車で十五分くらい。隣には私も知っているぬいぐるみ専門店があった。

「こんなところにあったの。全然気づかなかったわ」

今まで必要としていなかったから素通りしていたのだろう。結構広いお店だったから、余計に驚いた。

店のショーウィンドウには猫の餌やおもちゃ、カラフルな猫ベッドなどが飾られ、気持ちが浮き立つ。店の扉には黒猫を象《かたど》った看板があり、まさに猫のための店なのだと納得できた。

「スピカ、入ろうか」

「は、はい」

ショーウィンドウに見蕩《みと》れていると、アステール様が声を掛けてきた。慌てて頷く。

扉を開けると、カランカランという音が鳴った。

「……！」

店内は猫グッズで溢《あふ》れ返っていた。

餌だけではない。猫ベッドや猫用キャリーはもちろんのこと、おもちゃもある。まだ猫飼い初心者の私には分からないものもたくさんあった。

「素晴らしいわ！」

初めて来たペット用品店に勝手にテンションが上がっていく。目を輝かせ、周りを見ていると、奥から店員と思《おぼ》しき人物が出てきた。黒髪の丸い体型で中年くらいの男性。人が良さそうな顔つきをしていて、可愛い猫の顔が描かれたエプロンをしている。左胸には猫の形をしたバッジがつけられており、『店長　イヴァン・ロッドウェル』と書かれてあった。その彼は、アステール様に気づくと、分かりやすく目を見開いた。

「……アステール殿下？」

国の行事で姿を現すことの多いアステール様は、国民にその顔を覚えられている。金髪に紫色の瞳《ひとみ》の、目を見張るほどの美形という点で、忘れようもないのだけれど。

驚く店員――イヴァンにアステール様は王子らしい柔らかな口調で言った。

「今日は婚約者の飼い猫のために用具を一式、見繕いに来たんだ。昨日、彼女が子猫を拾ってね。よかったら、選ぶのに協力してくれると嬉しい」

「ご婚約者様の！　ええ！　ええ、もちろんですとも！」

イヴァンが私を見る。私も余所行きの笑みを浮かべて頷いた。

「そうなの。初めてのことだから、飼うために必要なものが揃っていなくて。助言をもらえると有り難いわ」

「お任せ下さい！　ちょうど今は、殿下方以外にお客様もいらっしゃいませんから、私がご案内いたしますよ！」

目が、「太客が来た！」と言っている。それに苦笑しそうになりつつも「ありがとう」と令嬢らしく微笑んでおいた。

「そうね、まずは子猫の餌が欲しいのだけれど」

「餌ですね。それでしたら、こちらのコーナーへどうぞ！」

イヴァンが餌がまとめて置いてあるコーナーに案内してくれる。そこには様々な種類の餌が並べられてあった。たくさんありすぎて選べない。どれがいいのかさっぱり分からなかった。

「……どれを選べばいいのかしら」

つい、助けを求めるようにアステール様を見てしまった。アステール様はにこりと笑い、いくつかの餌について説明してくれる。

「有名どころだと、ロイヤルマルル、マジカルダイエット、ねこにゃん、辺りかな」

「すごい……」

まさか答えが返ってくるとは思わなくて驚いた。猫の餌まで把握しているなんて、アステール様がすごすぎる。

イヴァンも同じことを思ったようで、感心しきりだった。

「さすが殿下、お詳しいですね！　もしかして、猫を飼ったことがおありになるのですか？」

「いや、ない。それに私もそれ以上のことは分からないんだ。店員である君の助言がもらえると助かるよ」

「お任せ下さい」

イヴァンはドンと胸を叩くと、白に赤字のパッケージを取り出した。

「まず、これがロイヤルマルルですね。猫の食いつきがよく、一番の人気商品です」

「へえ……」

「次に、マジカルダイエット。こちらも人気商品ですが、少し硬めなので、猫によっては嫌がる子も。ちなみにどれくらいの月齢の猫なのです？」

「三ヶ月よ」

答えると、店員は頷いた。

「なら、これはやめた方がいいかもしれませんね。あと、今ご紹介したのはドライフードですが、ウェットの餌にするという手もあります」

「ウェット？」

「水分をたくさん含んだ餌です。食いつきがよく、水分補給にも適しています。ただ、ウェットばかりを与えると歯石がつきやすいですし、噛む力を養えなくなります。ドライフードを食べなくなるという点もありますから、デメリットも多いです」

「そう」

てっきり固形しかないのだと思っていた。

ウェットの長所と短所をきちんと説明してもらえたのが有り難い。私はふんふんと素直に頷いた。

「あなたのお勧めは？」

「私としてはドライフードをお勧めしますね。ウェットフードはどうしても餌を食べない時や、弱っている時のみにする方がいいかと」

的確な助言だ。

「そうね。ドライフードにするわ。……ロイヤルマルルが一番人気だと言っていたわね。先ほど殿下がおっしゃっていた、ねこにゃんという餌はどうなの？」

すごく可愛い名前だと思い気になっていたのだ。

尋ねると、店員は紫に薄い青のラインが入ったパッケージを取り出してきた。

「こちらです。この近辺では当店でしか取り扱いがありませんし、とてもいい商品でおすすめなのですが……その、その分少々お値段が張りまして」

「本当だわ」

価格を見せてもらったが、ロイヤルマルルの一・五倍くらいの値段だった。シリウス先輩が、この店は高級志向だと言っていたのを思い出す。確かに簡単には手を出せないお値段だ。

「……それ、子猫でも大丈夫なの？」

「ええ！　三ヶ月ならふやかして食べさせれば大丈夫です。いや、もうそろそろドライフードだけでも問題ないかもしれませんね」

「……そう」

少し考え、決断した。我が家は公爵家で経済的余裕は十分すぎるほどある。それなら良いと勧められているものを買いたいと思ったのだ。

「じゃあ、餌はそれにするわ。大きいサイズはある？」

「二キロ入りがございます。ご用意しておきますね。他にご入り用のものは？」

「何が必要かもよく分からないの。猫を飼うのは本当に初めてだから……」

すぐには思いつけない。困っているとイヴァンは「分かりました」と頷いた。

「何も揃っていないのでしたら、持ち運び用のキャリーに猫ベッド、トイレの用意に餌皿や水皿。おもちゃも必要ですね。爪《つめ》とぎも買っておかれるのが宜しいでしょう」

「……一式、見繕ってくれる？」

「もちろんです」

一気に言われてもさっぱり分からない。

店員にそれぞれの場所に案内してもらい、ひとつひとつ購入するものを決めていく。店は三階建てで、二階と三階にも猫グッズがところ狭しと置いてあった。本当に品揃えが豊富だ。一番有り難かったのが、子猫用のトイレがあったこと。

普通サイズだと子猫には大きすぎるのだ。かゆいところに手が届くラインナップで助かった。屋敷で用意した簡易トイレはまだ使っていないようだから、さっそく入れ替えてみようと思う。

「すごい。ここだけで全部揃うわね」

「ええ、そういうコンセプトで作った店ですから」

イヴァンから自慢げな答えが返ってくる。

しかし、こんなにたくさんの猫用品があるお店なのに、どうして客が私たちだけなのだろう。もっと大勢の人で賑《にぎ》わっていてもいいはずなのに。

不思議だったが、すぐにその理由は分かった。

シリウス先輩が言っていた通り、餌に限らず、どの商品も高額なのだ。

庶民には到底手が出せない価格帯のものが多く、貴族でも悩むような高級品もわりと目につく。その分、静かに買い物できるのだから、私たちにはこの方が合っているのかもしれないけれど。

「あ……」

次の売り場に案内されている途中で、猫用のブラシを発見した。

ブラッシング。猫に必須《ひっす》の道具ではないだろうか。

私の隣を歩いていたアステール様も立ち止まる。私が何を見ているのか気づき、頷いた。

「そうだね。ブラシは必要だと思う。ひとつ買っておいたらどうかな」

「はい、そうします」

目についたブラシを手に取った。豚毛使用と書いてある。これでブラッシングをしたら、リュカは喜んでくれるだろうか。

ブラシは色々な種類があり、中にはグローブに突起がたくさんついたようなものも存在した。

興味深い気持ちでまじまじと観察していると、イヴァンが笑顔で言う。

「それ、最近人気なんですよ。猫を撫でるだけで毛が取れるので。ブラッシングが苦手でもこれなら大丈夫という子も多いようです。それは今年の新作で、突起の数が三百もあるんですよ。お勧めです」

「……へ、へえ。えと、とりあえず、普通のブラシでいいわ」

変わったものに手を出すのは、慣れてからの方がいいだろう。無難に最初に手に取ったブラシを購入することに決めた。

「次はおもちゃですね」

案内された場所は猫用のおもちゃがたくさん置いてある一角だった。

「……どれがいいのか全然分からないわ」

長い紐《ひも》の先にネズミを模したぬいぐるみが付いたものや、ススキのような形の棒。三連のトンボのおもちゃに小さなボール。魚の形をしたぬいぐるみに果てはトンネルまで。種類がありすぎて途方に暮れる。

困っているとアステール様が猫じゃらしを手に取った。

「分からないなら基本から攻めてみればどうだろう。猫じゃらしと……あとは小さめのボールなんか買ってあげるといいんじゃないかな。気に入らないようなら、後日別のおもちゃを試せばいい」

猫じゃらしを揺らすアステール様の姿に、自然と笑みが零《こぼ》れる。

「ふふっ。そうですね」

「うん？　どうして笑ってるのかな」

「いえ、猫じゃらしが大変お似合いだなと思って」

正直に告げると、アステール様が呆《あき》れたように言った。

「何を言っているのかな。君の方がよっぽど似合うと思うけど。ほら、じゃれてくれていいんだよ？」

「ちょっと、やめて下さい」

ほらほらと目の前で猫じゃらしを揺らされ、声を上げて笑ってしまった。

やり取りを見ていたイヴァンが、ニコニコしながら私たちに言う。

「ご婚約者様と仲が良いんですね。挙式はいつ頃のご予定なんですか？」

「へ？」

ギョッとして彼を見たが、アステール様は一切動じることなく答えた。

「私としては、私が卒業したタイミングでというのが望ましいんだけどね。多分、彼女が卒業するのを待つことになるから、二年後かな」

「ア、アステール様？」

具体的すぎる。

まあ、多分それくらいだろうなとは思っていたけれど、改めて予定を告げられ、私は妙に動揺してしまった。店員が相好を崩して何度も頷く。

「二年後ですか。楽しみですねえ。あ、じゃあその猫ちゃんもお城に迎え入れるんですか？」

「ああ、もちろん。彼女と一緒に保護したんだからね。そのつもりだ」

結婚する時のことを語るアステール様を複雑な気持ちで見つめる。

彼が本気なのは分かっている。リュカも共にと言ってくれるのも有り難かった。だけど、その未来は私たちにはやってこないのだ。

彼には他に愛する女性ができるから。

――う。

なんだろう、つきんと胸が痛んだ。

アステール様には悪いが、訪れない未来の話はあまりして欲しくないかもしれない。

私は話題を変えるように、アステール様の持っていた猫じゃらしを奪い取った。

「じゃ、じゃあ、私、これを買いますね。ええと……あとは、何が足りないのかしら？」

「え？　はい」

私が質問をすると、イヴァンは営業モードの表情に切り替わった。そのことにホッとする。

そのあとは妙な話にもならず、無事、リュカのための買い物を終えることができた。

想像はしていたが、かなりの量だ。

「ありがとうございました！」

会計を済ませ、上機嫌の店員に見送られながら店を後にする。会計時、アステール様が実に自然に代金を支払おうとしたので、それに気づいた私は全力で断った。

アステール様は譲らなかったが、両親が出してくれる約束なのだと言うと、渋々引いてくれた。

御者が全ての荷物を運び込む。なんとか全ての荷物を馬車に乗せることができた。

最後に私たちも馬車に乗り込み、一息吐く。

楽しかったけど慣れない買い物だったので、意外と疲れていた……というか、緊張していたのだと思う。

「ふう……」

思わず出た溜息にアステール様が反応する。

「大丈夫？　疲れてない？」

「大丈夫です。緊張の糸が切れただけですから。良いものを買わなければと、ずっと気を張っていたので。アステール様、今日はお付き合い下さりありがとうございます」

アステール様にお礼を言う。

色々あったが、彼についてきてもらえてよかった。ひとりだともっと時間が掛かったに違いない。

「いや、私が来たくて来たんだからお礼はいいよ。それより、今日も君の屋敷に寄っていいかな？まさか、このまま帰れ、なんて酷いことは言わないだろうね」

「も、もちろんです……」

一瞬、これ以上引き留めるわけにはという気持ちがよぎったが、確かに買い物だけ付き合わせて『さようなら』はさすがにどうかと考え直した。

アステール様が構わないのなら、屋敷に寄ってもらおう。リュカとも会ってもらいたいし。

「アステール様のお時間が宜しいようでしたら、是非我が家にお立ち寄り下さいませ。その、父が挨拶をしたいと言うと思いますけど。昨日、リュカのことがあり、ご挨拶できなかったと気にしておりましたので」

「別にいいのに、というわけにもいかないか。分かった。じゃあ、喜んで寄らせていただくよ。実は最初からそのつもりで来ているんだ。追い返されたりしたらどうしようかと思ったよ」

「まあ、ご冗談を」

アステール様はよほどリュカに会いたかったらしい。だが気持ちは分かる。

何せリュカは可愛いの化身なのだから。

うんうんと頷く。

「……本気なんだけどな」

「？」

アステール様が困ったような表情で見つめてくる。それを私は疑問符で返した。

◇◇◇

「リュカ、帰ったわよ！」

「みゃあ！」

屋敷に戻り、アステール様を父のところに案内してから自分の部屋へとやってきた。

扉を開けると、コメットに相手をしてもらっていたのかリュカが元気に返事をする。

ドドドと勢いよく私の方に走り寄り、嬉しげに額を足に擦りつけてくる。そうしてその場でぼてんと横向きに倒れ込んだ。その状態でも尻尾が上がっているのがとんでもなく可愛い。

撫でてくれという分かりやすい主張に頬が緩むのを感じながら、私はその場にしゃがんで彼の希望に応えてあげた。

白い腹を撫でると、すぐに満足したのか、短い足で蹴《け》ろうとしてくる。リーチが足りないので届かないのが、悶絶レベルで愛おしいのだけれど。

——この可愛いの、もう、どうしてくれようかしら。

もしゃもしゃと撫でまくる。リュカは短毛種のようだが、かなり毛深く、モフモフした毛並みが気持ち良くてたまらなかった。

「……癒やされる～。何これ……ふわっふわだわ」

飽きずにモフり回していると、リュカは今度はもうやめろとばかりに噛みついてこようとした。多分、前足では届かないから口が出たのだろう。行動が予測しやすいので避《よ》けるのは簡単だった。

ひらりと躱《かわ》し、疲れた顔をして座り込んでいるコメットに尋ねる。

「どう？　リュカは良い子にしていたかしら？」

「ええ、とっても。ですが元気すぎて……人間の方がヘトヘトです。子猫のパワーは侮れませんわね」

コメットがへにゃりとした笑顔を向けてくる。その手には、はたきを持っていた。おもちゃの代わりにして遊んであげていたのだろう。しかし、いつも溌剌《はつらつ》とした笑顔を見せるコメットが珍しい。多分、子猫の勢いに人間が負けたのだろう。よく聞く話だ。

「もう……ものすごい勢いで走り回って。小さいから捕まえられないし、大変でした。すごく可愛いんですけどクタクタです」

「ありがとう。リュカは私が見てるから、コメットは荷物をこちらに運ぶのを手伝って。リュカの餌とか色々買ってきたの」

「かしこまりました」

座り込んでいたコメットが立ち上がり、頭を下げて出ていく。入れ替わりに父との話を終えたアステール様が部屋に入ってきた。私に気づくと笑顔を向けてくれる。

「リュカはどう？」

「元気いっぱいだったらしいですわ」

「そう。それは良かったね」

「ええ。皆が構ってくれていたみたいでホッとしました」

アステール様が私の隣にしゃがみ込み、リュカを撫でようとする。

「にゃっ！」

「あいたっ……」

「リュカッ！　駄目よっ！」

撫でられる場所が気に入らなかったのか、リュカがアステール様の手首の辺りを噛んだ。アステール様が慌てて手を引っ込める。

「……びっくりした」

「も、申し訳ありません！　アステール様。リュカがとんだ粗相を……！」

信じられない失態に青ざめた。

いくら婚約者といっても、アステール様はこの国の王子だ。その王子を怪我《けが》させるなどあって良いはずがない。慌ててその場に膝《ひざ》をついた。

「飼い猫の不始末は飼い主の責任です。この責任は私が――」

「別に良いから。気にしてない。子猫のすることにいちいち腹を立てるほど子供ではないつもりだよ」

「ですが……！　ああ、どうしましょう。お怪我をなさっているのではありませんか？　申し訳ありませんが、傷口を見せていただけませんでしょうか」

泣きそうになりながらも急か《せ》すと、アステール様は肩を竦《すく》めつつも上着を脱ぎ、手首が見えるようにシャツの袖口《そでぐち》を捲《まく》り上げてくれた。立ち上がり、それを確認する。

「なんてこと……！」

アステール様の手首にはリュカが噛んだ痕《あと》がくっきりと残っていた。服の上から噛んだので血は出ていないようだが、時間の問題かもしれない。とんでもない事態に眩暈《めまい》がしそうだと思っていると、アステール様は苦笑した。

「これくらい大した傷じゃないから、放《ほう》っておけばいいよ」

「そんな！　駄目です。アステール様の肌に傷が残ったらどうするんですか……！　しょ、消毒！　消毒をしなくちゃ……！」

チェストの中にしまってある救急箱を取り出す。確か消毒薬が入っていたはずだ。

目的のものを見つけ出し、アステール様のところへ急いで戻る。

「消毒します。こちらに手を」

「大袈裟だな」

「いいから！」

「分かったよ」

困ったような顔をしながらもアステール様が手を出してくれる。入念に手首を消毒し、包帯を巻こうとすると止められた。

「さすがにやりすぎだよ。そこまでしなくていい」

「でも……！　で、では、すぐに侍医を呼んでまいりますので診察を……」

どうして最初に気づかなかったのだろう。自分がポンコツすぎて嫌になる。

己の愚かな頭を叩いてやりたいと思いながら扉に向かおうとすると、アステール様に止められた。

腕を掴《つか》まれる。

「スピカ、いいって」

「でも……！」

「私がいいって言ってるんだ。これ以上は過分だ。分かったね？」

強めのトーンで窘《たしな》められた。アステール様の目が本気であることに気づき、私は渋々ではあるが頷いた。

「分かり……ました」

「うん。良い子」

ポンと頭の上に手を乗せられる。くしゃりと髪を撫でられた。

「アステール様……」

「こんなの、傷のうちにも入らないよ。それにね、剣の鍛錬ではこんな比ではないくらい傷を負うんだ。だから本当に気にしなくていい」

「……はい」

鍛錬と一緒にしてはいけないのではないかと思ったが、さすがにそれ以上口答えはできなかった。

納得できないという顔をしている私に、アステール様が「そうだ」と何か思いついたように言う。

「君が責任を感じるというのなら、言葉通り責任を取ってくれればいいんだよ。私のお嫁さんになってくれればいい」

「へ？」

――どういうこと？

意味が分からない。アステール様を見ると、彼は悪戯《いたずら》を仕掛ける悪ガキのような表情をしていた。

「うーん。でもすでに君は私の婚約者だからね。……ならこういうのはどうだろう。このまま私とちゃんと結婚してくれるのなら、今回の件も今後も不問にするというのは。うん。私としては一番いい落としどころだと思うんだけど」

「……な、何を……」

突拍子もない提案に目を丸くしていると、アステール様が笑顔で私に言った。

「私を傷物にした責任、取ってくれる？」

「き、傷物だなんて……」

なんという言い方だ。そんな風に言われると、妙に意識してしまう。

「スピカ？　私は返事を聞いているんだけど？」

更にコテンと首を傾げられ、私は全面降伏した。

――は、反則だわ。

アステール様にそんな仕草をされて、ノーと言える人がいるのなら見てみたい。少なくとも私には無理だ。

「わ、私で宜しいのでしたら……！」

コクコクと首を縦に振る。私の返答を聞き、アステール様が満足げに頷く。

「良かった。じゃ、そういうことでこの話は終わり。分かったね？」

「……はい」

実際は、私が花嫁になることはないから約束を守れないのだが、その時の私はすっかりその考えが頭から抜けていた。アステール様の怪我に相当動揺していたのだと思う。

「大体、スピカは気にしすぎなんだよ。確かに私は王子だけれども、その子のことは私も君と一緒に拾ったと思っているんだ。飼い主のひとりだという認識があるんだよ。だから今のは飼い猫に噛まれたみたいなもの。そんなの怒るはずがない。それくらい気づいてくれてもいいと思うんだけどな」

「アステール様……」

「だから今後もいちいち反応しないこと。君だって飼い猫に噛まれたり引っ掻かれたりするだろうけど、そんなの気にしないだろう？　気にしていたら、猫なんて飼えないからね」

「はい……」

優しいアステール様の言葉にジンときた。

「ありがとうございます……そんな風に言って下さるなんて……！」

私が責任を感じないで済むように言ってくれたのだ。分かってはいたけれど、彼の言葉は嬉しかった。

「ふふ……良かったわね、リュカ。アステール様もあなたの飼い主だって」

足下にやってきたリュカの顎《あご》の下をチョイチョイと擽る。

猫はこの辺りが気持ち良いものだと聞いていたが、リュカは嫌がる素振りを見せた。というか、何故そんなことをするの？　とでも言いたげな顔だ。そうして、口を大きく開けてアピールしてきた。

三角の形だ。小さな歯が見えている。

「なー！　なーなー！（そんなことより、ごはん！　ごはんが欲しいの！）」

「え？」

目を瞬かせた。

今、鳴き声と同時に変な声が聞こえなかったか。まるで小さな子供が癇癪《かんしゃく》を起こしたような声が。

この部屋には今、私とアステール様しかいない。それなのに聞こえた声に驚き、周囲を見回す。誰か来たのかと思ったのだ。だが、誰もいない。

「え？　ええ？」

何だったのだ、今のは。

「……疲れているのかしら」

首を振って、こめかみに手を当てる。昨日は真夜中に起こされたし、寝不足がたたっているのかもしれない。そう自分を納得させ、アステール様を見た。

アステール様は……呆然《ぼうぜん》とした表情でリュカを凝視している。

「アステール様？」

「今、リュカが……え？」

「え……」

釣られてリュカを見る。リュカはアステール様ではなく、私をじっと見つめていた。

「ええと……」

「みぁーーん！（ごはーん!!　ごはん、ちょうだい！）」

子猫の主張するような鳴き声と共に聞こえてきた声に、ギョッとした。脳裏に直接響く声。

これはまさか。

いや、でもそんなことあるはずが……。

信じられない気持ちでリュカを凝視した。状況といい、放たれた言葉の内容といい、どう考えてもリュカから聞こえてきたとしか思えなかったのだ。

だがさすがに口には出せない。アステール様におかしな女だと思われてしまう。

――き、気のせい。気のせいに決まってるわ。

幻聴が聞こえるとは重症だ。今日は早めに眠った方がいいかもしれないと考えていると、愕然とした声が聞こえてきた。

「……幻聴？」

「アステール様？」

声を出したのはアステール様だった。言われた言葉に反応する。

幻聴という今の台詞《セリフ》といい、先ほどの様子といい、もしかしなくても彼にも私と同じものが聞こえていたのではないだろうか。

アステール様に声を掛けると、彼は慌てて笑みを浮かべた。だがその笑みはギクシャクとして、いつもの穏やかなものとはほど遠い。

「い、いや、なんでもない。……きっと疲れているんだ。昨日、遅くまで調べ物をしていたからきっと……」

「……」

さっき私が考えたのと同じようなことを言い出している。

微妙に声が震えているアステール様に、私は恐るおそる尋ねてみた。

変な女と思われるかもしれない。だけど、どうしても確かめずにはいられなかったのだ。

「もしかして……アステール様にも聞こえました？　その……ごはんって声が」

「君も聞こえたのか？」

「は、はい」

光の速さで反応してきたアステール様に頷く。私が肯定したのを見たアステール様は、安堵したように息を吐いた。

「そ、そうか。よかった。一瞬、私の耳がおかしくなったのかと思ったよ。スピカ……今のはリュカの声、だよね？」

「おそらくは」

こんなことは初めてなので分からないが、今の状況ではそれしか考えられない。

それに、思い出したのだ。

「……夜中、ご飯をあげた時にも似たような声が聞こえた気がします」

ごはんごはんと騒ぐ声。そして、もっと欲しいと強請る声。

気のせいだと思い、すっかり忘れていたが、確かにあの時と同じ声……な気がする。

「あれは……リュカだったの？」

「んなー」

「……返事をしている……感じではないね」

「はい」

今のはただ、タイミング良く鳴いただけだ。それに声も聞こえなかった。

一体何が起こっているのだろう。

私が生きているのは精霊や魔法が存在する世界だ。猫が喋るくらいあってもまあ……そういうこともあるのだろうと言える程度には不思議現象に身を浸している自覚はあるが、それでも今のは驚いた。

「……アステール様、なんだと思います？　何かの魔法、ですか？」

どんな時でも頼りになる婚約者に尋ねる。彼は難しい顔をしつつも否定した。

「違うと思う。リュカはただの猫で、魔力を持ってはいないし、誰かが魔法を掛けた様子もない」

「それなら、なんなのでしょう」

「分からない」

未知の現象に考え込んでしまった。

動かない私たちに焦《じ》れたのか、リュカが長い尻尾をバンバンと床に叩きつけながらアピールし始める。

「なーん！　なーん！（だから！　ごはん！　僕を無視しないで！）」

「……また聞こえました」

「私もだ」

再び聞こえた声に驚くと、アステール様も頷いた。

「これは仮説だが、リュカの強い感情が私たちに言葉として伝わっているのではないだろうか」

「……魔法が掛かっているわけでもないのに、ですか？」

そんなことあるのだろうか。どうにも信じがたい。

「実際、魔力の反応はないからね。だけど聞こえる内容からしてもそうだと思う。全部の言葉が聞こえるわけではないし」

「確かに……」

「なー！（だーかーらー！）」

脳裏に伝わってきた強い思いに、つい苦笑してしまった。

愛猫に手を伸ばす。小さな頭を撫で、額の辺りを指で擦ってやった。昨日知ったのだが、リュカはこの場所に触れられるのが大のお気に入りなのだ。

リュカは目を閉じ、だけどもどこか不満げな様子を見せていた。そんな彼に謝罪する。

「ごめんね。ごはん、欲しかったのよね。今、用意するわ」

先ほどから空腹を訴えているというのにふたりで考察ばかりして、餌をやる素振りすら見せなかった。

私の言葉にアステール様もハッとしたような顔をする。

「そうだね。まずはリュカの腹を満たしてやらないとね」

「はい。リュカ、待っていてね。――コメット！」

そろそろ荷運びは終わっただろうか。そんな気持ちでメイドを呼ぶと、彼女はすぐにやってきた。

「はい、お嬢様。お呼びになりましたか？」

「荷物の中から、リュカの餌を持ってきてちょうだい。『ねこにゃん』という名前の餌よ」

「ねこにゃん、ですね。分かりました」

「餌皿も買ったからそれも一緒にね。青色の皿よ。洗って持ってきてちょうだい」

専用の皿があった方がいいと店員に勧められ、買ったのだ。水皿も購入したが、それは後で替えてやればいいだろう。

コメットは私の指示に頷き、部屋を出ていった。しばらくして、餌皿と餌を両手に抱え戻ってくる。

「お待たせいたしました。餌皿ってこれでいいんですよね」

「ええ」

持ってきたものを確認し、頷く。

買った餌皿には下に滑り止めが付いており、動きにくくなっているのだ。昨日リュカがご飯を食べている時、器が動いていたのが気になったので買ったのだが、いい買い物ができたと思っている。

テーブルの上に皿を置き、ねこにゃんの封を開ける。

「にゃー！（美味《おい》しい匂いがするー！）」

伝わってきた声に、思わず笑ってしまった。アステール様の言う通り、強い思いが分かるというのは本当かもしれない。

「匂いは気に入ってくれたみたい。良かったわ」

笑いながら言うと、コメットは「え？」という顔をした。

「気に入ってくれたって、分かるんですか？　まあ、確かに嬉しそうには見えますけど……」

「え？　だって美味しい匂いがするって……」

「？」

訳が分からないという表情をするコメットに私の方が戸惑った。

「コメット？　リュカの声、聞こえたでしょ？　美味しい匂いがするって……」

「声？　何をおっしゃっているのですか？　お嬢様」

怪訝な顔をされ、目を見開いた。

――コメットにはリュカの声は聞こえていない？　私とアステール様には聞こえるのに？

まさかのコメットには聞こえていないという事態に何と言えばいいのか硬直していると、アステール様が助け船を出してくれた。

「スピカはリュカを可愛がっているからね。そんな風に聞こえた気分になっているのだろう」

「なるほど、そういうことですか。お嬢様、お気持ちは分かりますが、それを私にも理解しろというのは無理な相談ですよ？」

「ご、ごめんなさい。悪かったわ。リュカが可愛くてつい……」

ここはひとまずそういうことにして誤魔化してしまおう。曖昧《あいまい》に笑みを浮かべながら謝ると、コメットは「表情が豊かですから、なんとなく言おうとしていることは察せられますけどね」と笑った。

それで話は上手く流れ、私はホッとしつつもアステール様に視線だけでお礼を言った。

気を取り直し、ねこにゃんのパッケージの裏側を見る。

裏側には猫の体重ごとに一日どれくらい餌を与えればいいのかという基準が書いてあるのだ。

「ええと、これは成猫《せいびょう》の場合ね。子猫は……あった」

子猫のうちは少し多めに食べさせるのが良いようだ。丈夫な骨と身体を作らなければならないと考えれば、それも当たり前だろう。

付属のカップを使って、書いてある通りの量を入れる。

食事は一日二回なので、二で割った量になる。

そろそろドライフードだけでも大丈夫かもしれないと店員が言っていたが、しばらくはふやかして様子を見よう。

そう考えた私は昨日と同じようにお湯でマルルをふやかした。リュカの前にしゃがみ、餌皿を置く。

「はい、リュカ。待たせたわね。食べて良いわよ」

「みゃあああ！（ご飯だー！）」

元気な返事が返ってきた。

副音声のように言葉が聞こえてくるのが不思議だが、短い間に連続して続いたせいか、すっかりこの現象にも慣れてしまった。

リュカは餌皿に顔を突っ込み、必死でご飯を食べている。夜中と全く同じ様子に苦笑してしまった。

「駄目。よく噛んで食べてってば。犬食いは駄目よ」

猫なのに犬食いとはと思うが、そうとしか表現のしようがない。

リュカは『美味しい！　このご飯、すごく美味しい！』と大喜びで、買ってきたマルルを気に入ってくれたのは確実だった。

嬉しそうな声が聞こえてくるたび笑いそうになってしまうのは仕方ない。

リュカの尻尾はやはりずっと上がっていて、彼が上機嫌であることを示していた。

「お腹減っていたんですね」

リュカの食いっぷりに驚いていたコメットが目を瞬かせる。いつの間にか、彼女も私の隣にしゃがみ込んでいた。

「そうみたいね。やっぱり成長期だからかしら。ねえ、食べている姿、すごく可愛いと思わない？」

目を瞑り、味わうように食べているリュカの姿に魅入りながら呟《つぶや》くと、コメットからは力強い肯定が返ってきた。

「めちゃくちゃ可愛いです……！　お嬢様、リュカを拾ってきて下さってありがとうございます。もう可愛くて可愛くて、すっかり屋敷のアイドルですよ」

「私も皆が面倒を見てくれてすごく助かっているわ。ありがとう」

学校へ連れていくわけにもいかないし、皆の協力がなければもっと大変だったと思う。

家族も使用人たちも皆が受け入れてくれたから、今の状況があるのだ。

お礼を言うと、コメットは笑顔で首を横に振った。

「いいえ。私たちも楽しんでいますから」

「でも、猫が苦手な人もいるだろうから、その人たちには配慮してあげてね」

世の中には猫が好きな人、嫌いな人、苦手な人、アレルギーがある人など色々いる。自分の価値観を押しつけてはいけないのだ。

「もし、苦手な人がいるなら、リュカとはできるだけ接しない方向にしてあげて」

「ええ、分かっています。大丈夫ですよ、お嬢様。苦手な者も若干おりますが、それよりは猫が好きでお世話をしたいと思っている者の方が多いですから。その者たちでこの子の世話は回します。苦手な者には、お嬢様の部屋の近くに行くような仕事を回さないよう、旦那《だんな》様からも命令が下っていますので」

「それなら良かったわ」

すでに父から指示が出ていると知り、ホッとした。

リュカを見ると、彼はすでにご飯を終えており、今度はご機嫌に毛繕いを始めていた。痒《かゆ》いのか、時折短い足で耳をカリカリと掻いている。

丹念に己の毛皮を舐め、毛繕いをしている様子は愛らしいの一言だ。

「はあ……可愛いわ」

「本当ですね。あ、もうこんな時間！　お嬢様、それでは私はリュカの餌皿をもらっていきますが、他にご用件はありますか？」

時計を見たコメットが慌てて問いかけてくる。忙しそうで申し訳ないと思いつつも、これだけはと思うものをお願いした。

「子猫用のトイレを買ったの。それを一式持ってきてくれないかしら」

「分かりました」

「あとは、遊んであげたいから猫じゃらしも」

コメットは頷き、食べ終わった餌皿を回収して去っていった。それを見送り、私は昨日簡易で用意したトイレをチェックする。

「……やっぱり、してない」

「それがリュカのトイレ？」

「っ！」

ひょいと横から覗き込まれ、息が止まるかと思った。

「あ、アステール様！」

「女性同士、仲良く話しているみたいだから邪魔はしなかったけど、そろそろ私のことも思い出して欲しいな」

「忘れてなんていません」

「そう？　それならいいけど」

軽く笑い、「で？」と興味津々《きょうみしんしん》に昨日作ったトイレに目を向けるアステール様。私は深呼吸をひとつし、彼に説明をした。

「はい、これが朝お話ししたリュカのためのトイレです。でも、使ってくれていませんね。やはりアステール様がおっしゃった通り、リュカにはこれがトイレだと分からなかったんだと思います」

「野良だったのなら余計に分かるわけがないからね」

「はい……」

頷いていると、コメットが私が頼んだものをまとめて持ってきてくれた。

猫トイレにそれに必要なおしっこシートや猫砂、そして猫じゃらし。それらをアステール様がコメットから受け取ってくれる。

「それでは私は失礼します。また何かご用がありましたらお呼び下さい」

「分かったわ。ありがとう、コメット」

一礼し、コメットが部屋を出ていく。彼女はずいぶんと忙しそうだった。昼間はリュカの世話を頼んでいたから自分の仕事が残っているのかもしれない。

「アステール様、リュカのトイレの準備をします。……その、宜しければ手伝っていただけますか？」

「もちろんだよ」

リュカの飼い主だと思ってくれているのなら、一緒に世話をしたがるのではないかと思い尋ねてみる。思った通り、即座に肯定の答えが返ってきた。

梱包《こんぽう》用の箱から、子猫用のトイレを取り出す。このトイレは掃除がしやすいと、店員に勧められたものだ。

小さなトイレは子猫が入りやすいよう、入り口が低めに作られている。尿を吸い取るシートを二層になっている下の層に敷き、上の段にトイレ用の砂を入れれば完成。

トイレ用の砂は、粒の大きさが小さめから大きめまであったが、私は『極小粒』を選んだ。リュカの手は小さいのだ。掻きやすい方がいいと思った。

「準備できたわ……」

私とアステール様がトイレを設置するのを見ていたリュカが、もぞもぞという動きをした。

ハッとする。もしかしてこれはトイレに行きたいというアピールではないだろうか。

「アステール様っ」

思わずアステール様を見ると、彼も力強く頷いた。

「ああ、リュカをトイレに乗せてみると良い」

「はいっ」

さっとリュカを両手で持ち上げ、トイレの中に入れる。

リュカはキョトンとした顔をしていたが、やがて尻尾をピンと立てて用を足した。

ちまっと座っている姿が何とも言えず可愛らしい。

「アステール様っ！　やりましたっ！」

「ああ、良かった。これでリュカはここがトイレだと覚えるよ」

「はい！」

嬉しくて、彼に満面の笑みを向ける。アステール様は驚いたような顔をしたが、すぐに同じように微笑みを返してくれた。成し遂げた感が半端ない。

トイレを終えたリュカが小さい前足で砂を掛ける。思いきり掻いたせいか猫砂が容器から飛散した。だけど全く気にならない。リュカがきちんとトイレをできたという事実の方が大事だった。

「にゃー」

「よくやったわ、リュカ！　偉いわよ！」

アピールするように鳴くリュカの頭をわしわしと撫でる。褒められたのが分かるのか、どこか自慢げだ。

──ああ、良かった。まずは一安心だ。

「ありがとうございます、アステール様。おかげで上手くいきました」

「お礼を言われるようなことはしていないよ。頑張ったのは君とリュカだ」

「はい……！」

「にゃっにゃっ」

キョロキョロと辺りを見回していたリュカが、突然妙な鳴き声を上げる。

どうやら本当に全部言っていることが聞こえるわけではないらしい。それでも一応、アステール様にも確認してみた。

「アステール様。リュカの声、聞こえてます？」

「いや、聞こえない。やはり聞こえる場合と聞こえない場合があるみたいだね。君のメイドは私たちが聞こえている声も聞こえていなかったようだけど」

「そうですよね……」

本当に変な感じだ。

コメットにはリュカの声が聞こえていなかった。それは先ほどの彼女の態度からも明らかだ。

「どういうことなんでしょう」

「分からないけど、聞こえない人からすれば、私たちはかなりおかしな人間ということになってしまうからね。基本的に、私たち以外には聞こえていないという前提で動いた方がいいと思う」

「分かりました」

確かにそれが無難だろう。

アステール様は未来の国王なのだ。変な噂が流れては困る。

真剣な顔をしていると、アステール様がにこりと笑う。

「つまり、リュカのことはふたりだけの秘密ってわけだ。そういうの、ちょっといいと思わない？」

「ふ、ふたりだけの秘密、ですか」

言い方！　と思ったが、アステール様に文句を言えるはずがない。

じわじわと照れが襲ってくる。動けなくなってしまった私に、彼は「うん」と嬉しそうに頷いた。

「そう。私たちだけのね。だって他の人たちには秘密にするんだからそういうことになるだろう？」

「それは確かに……そうですけど」

ふたりだけの、とわざわざ強調されるのがなんだか妙に恥ずかしい。

何も恥ずかしいことなんてないはずなのに、アステール様が言うと、すごく照れくさい気分になってしまうのだ。

「なうーん！　なうーん！（あーそーんーでー!!）」

私たちの話を遮るようにリュカが鳴き出した。今回はちゃんと副音声が聞こえる。

分かりやすい要求に、私はアステール様を見た。

「っ！　アステール様！」

「うん、聞こえたね。やはり、強い感情が言葉として聞こえてくると考えた方が良さそうだ。リュカは遊んで欲しいということで間違いないね」

「そ、そうですね。リュカ、ちょっと待ってね」

ソファの上に先ほどコメットが持ってきてくれた猫じゃらしを置いていたことを思い出し、取りに行く。私が猫じゃらしを持つと、リュカの尻尾が垂直に立った。

「なーん！（きゃー!!）」

「……」

喜んでいる。ものすごく喜んでいる。

リュカのテンションが一瞬にしてマックスまで上がったのがよく分かる声だった。

緑のフサフサがついた猫じゃらしに、リュカがビンビンに反応している。

「……」

ひょい、ひょい、と猫じゃらしをリュカの目の前で振った。

目の色が変わる。リュカは後ろ足二本で立ち上がると、前足を激しく繰り出し始めた。

間違いない。これは、高速猫パンチだ。

目がキュルンとなっていて、死ぬほど愛くるしい。その顔で素早く前足を繰り出し、猫じゃらしを攻撃するのだ。すでに私は瀕死だった。

「か……かわ……かわ……」

可愛いまで言えない。涙が出てきた。

可愛いを許容量いっぱいまで摂取すると涙が出てくることを、私はリュカの行動で初めて知った。

ああ、なんて尊い存在なんだろう。

「なな……！　ななにゃっ！」

興が乗ってきたのか、リュカは今度は猫じゃらしを噛み始めた。子猫なのに意外と力強い。

タイミングを見計らって躱し、逃げるようにするとリュカは喜んで猫じゃらしを追いかけ回した。

「……すごい食いつきようだね」

驚いたように言うアステール様に、私はふるふると震えながら言った。

「可愛いが全力で私を襲ってきます。もう駄目です。倒れてしまいそうです……」

「大袈裟だなあ」

「だって！　すごく可愛いじゃないですか！」

「ああ、うん。それは確かにそう思うけど」

猫じゃらしを動かしながらもアステール様と会話をする。少しでも油断するとすぐにリュカに捕まってしまうのだ。猫じゃらしを持って、ソファの周りをグルグル回ると、リュカは大喜びで追いかけてきた。短い足で走っている姿が心臓にダイレクトに刺さる。

「あああ……可愛い……」

片手で胸を押さえながらも猫じゃらしを動かす私を見て、アステール様がくすりと笑う。

「君の方が可愛いよ。子猫相手に真剣になって。ねえ、さっきから君の目がキラキラと輝いていて眩しいくらいなんだけど」

「何言ってるんですか、アステール様。可愛いのはリュカです」

可愛いと言ってくれるのは、私も女なので嬉しいが、今ばかりは素直に感謝できない。何故なら今、世界の全可愛いはリュカにあるからだ。

キリッとした顔で告げると、アステール様は「いや、そうじゃなくて……うん、リュカも可愛いけど……どうしてそう返ってくるかなあ」ととても微妙な顔をした。

なんだろう。何か私は間違った返しをしてしまっただろうか。

「アステール様？」

「いや、いい。君がそういう子だって、私は知ってるからね。今更これくらいでへこたれないよ」

「はあ……」

よく分からないが気にしなくていいらしい。それならよかった。

「アステール様もリュカと遊びますか？」

猫じゃらしは緑と黄色の二本が入っていたので、黄色の方を手渡す。猫じゃらしを渡されたアステール様は驚いた顔をしていたが、その場にしゃがむと楽しげに振り始めた。

リュカは即座に反応し、黄色い猫じゃらしに食いつく。

アステール様の振り方が気に入ったのか、テンションが更に上がっていた。

口を大きく開けて、やるぞとばかりに鳴く。

「にゃあああああ!!（にゃーん！）」

「ちょっと……！」

令嬢としてはあるまじきことなのだが、吹き出してしまった。

だって――。

「待って。心の声も『にゃーん』て、なんなの」

私の尤もな突っ込みに、アステール様も我慢できなかったのか笑い出す。

「『にゃあ』の訳が『にゃーん』だとは思わなかったよ」

「ですよね」

それだけ興奮していたのだろうとは思うが、面白すぎる。

「リュカ、少し落ち着いて。興奮しすぎよ」

「にゃっにゃっ！（それをもっと振って！　もっと振って欲しいの！）」

「……振って欲しいみたいです」

「そのようだね」

アステール様がリュカの要求に応えるように猫じゃらしを振り始める。私も隣で同じように振ってみたのだが、アステール様の振り方が気に入ったのか、リュカはすっかり意識をそちらに持っていかれてしまっているようだ。

「ふふっ、アステール様。リュカに好かれましたわね」

「好かれたって……まあ、確かに可愛いけどね」

アステール様を見ると、彼の頬は緩んでいた。目も優しく細まり、愛おしげな表情をリュカに向けている。その姿にきゅん、と胸が高鳴った。

動物に優しくする男性の姿にときめくとかテンプレすぎるが、これは仕方ないと思うのだ。

だってこれ、実際に見れば分かるが、ものすごく攻撃力が高い。

アステール様は国を代表するような美形で、その彼が子猫を可愛がり、自然で優しい顔をしている。この姿にときめかない女はいないと思う。どう考えてもオーバーキルだ。

リュカとアステール様。ふたりの男に見事にやられた私は、気分的にはその場に倒れ伏したくなった。

——尊い。尊いわ。

この光景を守るためならなんでもする。ふたりが戯れる姿は目の保養としか言いようがなかった。

リュカが嬉しそうに猫じゃらしに向かって跳ねる。無我夢中《むがむちゅう》で突進する姿は身悶えするほど愛らしいし、それを「おっと」と言って笑いながら避けるアステール様は普段の五割増しで格好良かった。

幸せを体現したようなこの状況を独《ひと》り占めしている自分が信じられない。

リュカはもっととばかりに走り回っていたが、やがて疲れてしまったのだろう。その場に電池が切れたように倒れ、今度はくうくうと寝始めた。

「あれ?」

「寝落ち、ですね。子猫によくあることらしいです。きっとたくさん遊んでもらって満足したのだと思います」

前世の知識を披露する。遊んでいる途中で寝落ちする猫の動画をよく見ていたので、すぐにピンときたのだ。

アステール様から猫じゃらしを受け取りながら、リュカに目を向けた。

リュカは目を瞑っていても分かるほど上機嫌だ。にんまりと口元が笑みを象っている。

「……かわいい」

思わず呟くと、アステール様が呆れたように言う。

「スピカはさっきから『可愛い』しか言っていないね」

「だって、他に言いようがないんですもの」

子猫の可愛さの前には語彙《ごい》力なんてものは消失する。にこにこ笑っていると、アステール様が時計を見て「あ」と言った。

「しまった。帰らないとまずい……」

気づけば時間はもう夕方を軽く過ぎていた。

「も、申し訳ありません。長々と引き留めてしまって……！」

慌てて頭を下げる。アステール様は首を横に振った。

「気にしないで。これは私の意思なんだから。でも、ごめんね。さすがに帰るよ」

「はい。今日もありがとうございました。どうかお気をつけてお帰り下さい」

見送りのために一緒に部屋を出る。リュカを残していくのが心配だったが、寝ているし数分のことだからと、我慢した。

屋敷の玄関まで行き、アステール様が馬車に乗るのを見つめる。

彼はタラップに足を掛け、振り返った。

「スピカ」

「アステール様、本当に今日はありがとうございました。買い物にまで付き合っていただいて」

「私が一緒に行きたいって言ったんだから、お礼を言われるようなことじゃないよ。それに楽しかったしね」

笑ってくれたアステール様に嬉しくなった私は、大きく頷いた。

「はい。私もとても楽しかったです」

「また、君とふたりで出かけたいなって思うよ」

じっと目を見つめられる。その言葉に私も笑顔で返した。

「はい！　また買い物しなければならない時はお誘いしますね！」

「……」

アステール様がガクッと肩を落とした。何故か溜息を吐く。

「アステール様？」

「……だからどうしてそういう風に受け止めるかなあ」

「？」

よく、分からない。

首を傾げ、彼を見つめる。アステール様は困ったような顔をして私に言った。

「私はリュカのことがなくてもふたりで出かけたいって言ってるんだけど……伝わらなかったかな」

「？　もちろん、お誘いいただければどこにでもまいりますけど」

婚約者からの誘いを断るような真似《まね》はしない。当然のことだ。

素直な気持ちを返したのだが、アステール様は苦虫を噛み潰したような顔になった。

「アステール様？」

「……スピカ。私は君のことが好きなんだけど」

「？　はい。私もアステール様をお慕いしています」

「……やっぱり駄目か。いや、うん、分かった。もういいよ」

「？」

ますます分からなかった。

一体アステール様は何が言いたかったのだろう。彼は深い深い溜息を吐き「道のりは長いな」と呟いた。

「アステール様？」

「うん、気にしなくていいよ。……これは、私が努力するべきことだから。それに、諦めるつもりはないからね」

「はあ……」

謎《なぞ》かけのような言葉に再度首を傾げる。

私の表情を見たアステール様は、「まずは意識してもらわないとどうしようもないな」と何故か絶望的な表情をしながら馬車に乗り、王城に帰っていった。

第3.5話　精霊王の加護

Akuyakureijou rashii desuga Watashiha neko wo mofurimasu

「鈍い……」

絶望的に鈍い。

馬車の中、座席に腰かけた私は大きな溜息《ためいき》を吐《つ》いた。

自分で言うのもなんだが、今日、私はかなり頑張ったと思う。

買い物という名のデートに行き、彼女の家にも寄った。

どうせスピカは誤解するからと思い、リュカがいなくてもふたりで出かけたいと言ったし、好きだとはっきり言葉にもした。

なのにそこまでしても、やはり彼女は分かってくれないのだ。

「どうしたらスピカは私の気持ちを理解してくれるのだろう」

毎度のことだが、直接好きだと言ってみても「私もお慕いしています」と返されて終わり。そして彼女の顔を見ていれば、その『お慕いしている』が恋愛感情でないのは明らかで。

彼女に自分の思いを分かってもらうために頑張ろうとは思っているが、行き詰まっている感が半端ない。

「……いやでも、リュカのことがある。リュカの気持ちが理解できるのは私たちふたりだけだから……」

先ほどのことを思い返す。

なんの前触れもなく、突然、リュカの声が聞こえたのだ。

昨日までは確かに普通の猫だったのに、何故《なぜ》か急に聞こえてきた声に驚きを隠せなかった……というか幻聴かと耳を疑った。

昨夜は遅くまで猫についての調べ物をしていたから、疲れていて妙な声が聞こえたのかもしれない。いや、きっとそうに違いないと思ったが、スピカにも同じものが聞こえていたと聞き、心底ホッとした。そして同時にどうしてこんなことが起こったのだろうと疑問に思った。

私たちの生きているこの世界には魔力が溢《あふ》れている。

様々な魔法生物もいるし、言語を操る動物だって決して珍しいものではない。

だが、リュカはただの猫なのだ。

魔力も何もない、普通の猫。それなのに、私たちに己の意思を伝えることができる理由が分からなかった。

「しかも、全《すべ》ての言葉が理解できるわけではないみたいだし……」

強い感情が言葉として伝わってくるだけで、通常の鳴き声は何を言っているのか分からない。

それに、こちらの言葉を理解しているわけでもなさそうだ。自分の要求だけを訴えている。

「いや、猫なんだからそういうものなんだろうけど……」

魔法が全く関係しない不思議現象に首を傾《かし》げるしかない。悩んだ私はこの答えが分かりそうな存在に聞いてみることを決めた。

『――ハマル』

『なんだ』

己が契約している精霊に声を掛ける。

姿を見せたのは炎の精霊だ。ハマルという名の彼とは特に相性がよく、私はよく彼を側《そば》につけていた。

彼は男性体で、体長は二十センチほど。耳が尖っており、目は赤い宝石が嵌《は》まっているかのようだ。長く白い布を身体《からだ》に巻き付けている。

王族はその立場上命を狙《ねら》われることが多い。だからどんな時でも即座に対応、迎撃できるよう、常に一体の精霊を呼び出しておくのが義務だった。

人間の護衛と精霊。基本、王族は彼らを常につけて動いているのだ。

今日はハマルに護衛の任を命じていた。彼は姿を消し、ずっと側にいたのだが、彼にはリュカの声がどう聞こえていたのか、それが気になった。

『お前には、先ほどの猫の声が聞こえていたか？』

『猫？　ああ、ニャアニャア言っていたな。それがどうかしたか？』

『いや、そうではなく。その……お腹《なか》が減っただの、遊んで欲しいだの、そういう言葉が聞こえなかったかと聞いたのだが』

どういう答えが返ってくるか、なんとなく察しつつも再度尋ねる。ハマルは思った通りの返答を寄越した。

『聞こえるわけがないだろう。あれはただの猫だぞ。魔力も感じない、愛玩《あいがん》動物にしかなりえない存在だ。人語を発するわけがない』

『……そうか』

やはり、リュカの声は私とスピカにしか聞こえていなかったようだ。

黙り込むと、今度はハマルの方から声を掛けてきた。

『アステール。そういえばお前とその婚約者は言っていたな。猫の声が聞こえると。……あれは冗談ではなかったのか？』

『冗談であれば良かったんだけどね。残念ながら違う。全てではないけど、私とスピカにはちゃんと言葉として伝わってきたよ』

『……何故、そのようなことが？』

『私もそれが知りたくて、お前を呼び出したのだけどね』

答えは得られず、謎《なぞ》が深まっただけだった。

リュカは魔力もないただの猫だとは思うけど、声が聞こえるというところはやはり無視できないものがある。

何か起こってからでは遅すぎる。今からでもスピカから取り上げて、遠ざけてしまった方がよいのではないだろうか。

何せ彼女は私の妃《きさき》となる身。

怪しい存在をその側に置いておくわけにはいかない。

そんな風に考えていると、ハマルが言った。

『まあ、心配はいらないだろう。あの猫は精霊王の加護を得ているようだからな』

『は？　精霊王の加護だって？』

突然、精霊たちを束ねる名前が出てきて驚いた。

全ての精霊の王。精霊王。その偉大すぎる名は、精霊に力を借り、魔法を行使する者なら皆が知っている。

彼は普段は姿を消し、好きな場所を漂っている。だが、その耳は全てを聞き、その目は全てを見るとも言われており、彼が知らないことはないのだとか。

一体で全ての属性を操る特別すぎる存在。この世界ができた時から存在していたという噂《うわさ》もあるくらいだ。

精霊王は誰《だれ》とも契約しない。王を冠する彼と契約できるような者がいないのだ。万が一、彼が機嫌を損ねれば、全精霊が人間に力を貸すことをやめるだろう。それだけの影響力を持つ存在。

それが精霊王。

あまりに特別すぎる名前が出たことに驚きつつも、ハマルを見る。彼は確信を持った顔で言った。

『ああ。薄らとだが、我らが王の加護がついていたぞ。王は気まぐれだが、危険な存在に加護を与えるような真似《まね》はしない』

『そうなのか……。精霊王の加護。気づかなかったな……』

魔力の感知は得意だと自負していただけに落ち込みは激しかった。

よりによって精霊王の加護に気づかなかったなんて。

肩を落とす私に、ハマルが軽い口調で言う。

『気にするな。精霊なら分かる程度の些細《ささい》なものだ。人間が気づけるはずがない。……はっきりとは言えないが、大方、その猫の声が聞こえるというのも我らの王の加護が関係しているのだろう』

『そう……なのか』

『断言はできないが。どちらにせよ、かの方の加護がある時点で、危険とはほど遠いところにいると言って間違いないだろう』

ハマルの言葉に頷《うなず》いた。

リュカが精霊王の加護を持つ猫というのなら、むしろ彼女の側に置いておいた方がいいだろう。

スピカに何かあった時、その加護が飼い主である彼女にも及んでくれる可能性があるからだ。

ただ、リュカに精霊王の加護があることを知らせる人間は必要最小限にしておきたい。

精霊王の加護を得た特別すぎる猫。

欲しいと言い出しそうな貴族に何人も心当たりがある。そのせいでふたりに危険があれば、後悔してもしきれない。可能な限り黙っているのが賢明だ。

『分かった。教えてくれてありがとう。助かったよ』

『そうか、お前の役に立ったのならよかった』

『うん、とてもね』

リュカは彼女が私と結婚する時に共に王城入りする。その猫が、安全な存在であると分かっているのは有り難いことだ。

「そうか、精霊王の加護があるのか……」

そしてもしかしたらそれが理由で、彼の声が私たちに届いているかもしれない、と。

何故、私とスピカだけにしか声が聞こえないのかという疑問は残るが、その辺りはどうでもいい。というか私にとってはその方が有り難い。

「――ふたりだけの秘密にできるからね」

共通の秘密を持つというのは、それだけで親密度が上がる。

これからリュカのことで何かあった場合、間違いなくスピカは真っ先に私に助けを求めるだろう。同じ秘密を共有する同士。頼りたくなるのは当然だ。

リュカを通してではあるが、今までよりも彼女と接する機会は増える。そのチャンスを活《い》かすのだ。

彼女に私を男として見てもらうために。

『わざわざ、そんなことをしなくても、あの娘はお前の婚約者だろう』

私の独《ひと》り言を聞いていたハマルが呆《あき》れたように言ってくる。

彼の言うことはまあ、その通りなのだが、それでも違うと言わせてもらいたい。

『分かっていないな。私はスピカに恋をしてもらいたいんだよ。私に恋をする彼女が見たい。義務で結婚なんてして欲しくない。心から私を求めて、私の妻になりたいと思って欲しいんだ』

『思わなかったら？』

その疑問には、笑みで返す。

スピカが私を求めなかったら？

そんなの、決まってる。

『婚約者なんだ。約束通り結婚してもらうよ。私の子を産むのは彼女しかいないからね』

『それは矛盾していないか？』

『どこが？　私がスピカを手に入れることは確定している未来なんだ。ただ、できれば彼女にも私と同じ気持ちを抱いてもらいたいと思っているだけ。そのために努力しているんだよ。分からないかなあ』

『人間の考えることはよく分からん。手に入れられると決まっているなら、そんな面倒なことしなくていいと思うのだが』

『確かにそれはそうかもね』

好きになって欲しいとは思っているが、そうならなかった場合でも、手放すという選択肢は存在しない。

彼女にはどうあっても私の妻になってもらう。

だって、スピカは正式な私の婚約者なのだから。

『傲慢《ごうまん》だと笑ってくれて構わないよ。自分でもそう思うからね』

選択肢を与えているようで、実は道は最初からひとつしかない。

「さて、明日はどうやってスピカに私を意識してもらおうかな」

ハマルには再度姿を消しておくように言い、足を組む。

考えるのは、愛《いと》しいスピカのことだ。

鈍い彼女にどうやってアピールするか。好きだと言葉にしても、態度で表しても彼女は気づいてくれないから。

早く彼女の恋する顔が見たいと焦る気持ちはあるけれど、まだ時間は十分にある。

そんな私が今、ある意味一番気になることといえば、スピカが仲良くなったというアルデバラン公爵家の息子、シリウス。

彼の名前をスピカから聞いた時は驚いた。しかも彼のことを彼女はファーストネームで呼んでいたのだからそのショックは計り知れないものだった。

――名前で呼んでもらっているのは私だけだと思っていたのに……。

醜い嫉妬《しっと》心が燃え上がる。

一度彼女とは話をしなければならないだろう。

そう、明日にでも彼に声を掛ける必要がある。

彼は執行部の役員だし、彼の父は私もよく知っている。

近衛《このえ》騎士団の団長で、とても厳格な男だ。彼に育てられたシリウスが妙なことをするはずがない、私の婚約者に懸想《けそう》するような男ではないと分かってはいるけれども、理性と感情は別物だ。

「一応、牽制《けんせい》はしておかないと……」

スピカが私のものであるということと自らの立場をきちんと分かってもらう必要がある。

私のために。

「……忙しいな」

学園生活と王子としての城での生活。

やることが多すぎて溜息しか出ない。

「まずは帰って、積み上がっている仕事から片付けないと」

学生の身分であっても王子としての仕事はある。

今日は眠れるか本気で心配だ。

だけども自分がやると決めたことなのだから、全部やりきってみせると思っていた。

第4話　危機一髪の大活躍

Akuyakureijou rashii desuga Watashiha neko wo mofurimasu

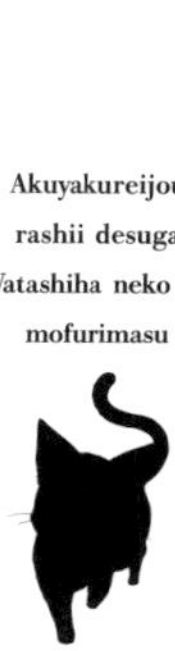

リュカが我が家に来て、一週間ほどが過ぎた。

彼はすっかり屋敷に馴染《なじ》み、まるで昔から一緒に住んでいたかのようにさえ思える。

まだ小さいし、どこに入り込むか分からないので私の部屋から出さないようにしているが、もっと落ち着けば少しずつ行ける場所を解放してやるのもよいだろう。

父と母もリュカに会いに来てくれた。弟は誘っても「また今度ね」と言うだけで見にも来ないが、おそらく単純に興味がないだけなのだろうと思う。

それは仕方ないことだし、強制できることでもないので、彼がその気になった時にでも紹介できたらなと考えていた。

「あら？」

玄関の前に立ち、首を傾《かし》げる。

授業が終わり、アステール様に送ってもらって帰ってきたのだが、いつも迎えに出てくる執事やメイドたちがひとりもいなかったのだ。

それどころか玄関の扉には鍵《かぎ》が掛かっている。

「……どういうこと？」

「誰《だれ》も迎えに出てこない？」

いつもと違う屋敷の様子が気になったのだろう。アステール様も馬車から降りてきた。

私の隣に立ち、眉《まゆ》を寄せている。そんな彼を見上げ、私は疑問を口にした。

「あの……誰も出てこないのもそうなんですけど、扉に鍵が掛かっているんです」

「君が帰ってくる時間だと分かっているのに？　屋敷に誰もいない……なんてことはないはずだよね」

「はい。確かに両親は城に出かけておりますが、弟も使用人たちも屋敷にいるはずです」

両親が出かけるという話は、昨日確かに聞いている。だけどそれだけだ。他《ほか》の皆は揃《そろ》っているはずなのに。

いざという時のために鍵は持っているので中に入ることはできるが、普段とは違う屋敷の様子に、このまま何も考えず解錠してもいいのだろうかとも考えてしまう。

「お嬢様？」

悩んでいると、扉の内側から窺《うかが》うような声が聞こえてきた。

声の主は、私専属のメイドのコメットだ。

「コメット？」

返事をすると、中から安堵《あんど》の声が聞こえてきた。

「良かった。お帰りになられていたのですね」

「ええ、帰っているわ。でも、出迎えもいないし、扉には鍵も掛かっている。どういうことなの？」

説明を求めようと思ったが、それより早くコメットが言った。

「……今から少しだけ扉を開けます。急いで入って下さい。多分、大丈夫だと思いますから」

「多分、大丈夫？　一体何が起こっているの？」

「説明は後でいたします。とにかく、開けるのは一瞬だけです。いいですね？」

「え、ええ」

意味が分からないと思いつつも頷《うなず》く。コメットとの会話を聞いていたアステール様が言った。

「私も一緒に行くよ」

「え、でも」

アステール様の大事な時間を奪うわけにはいかない。そう思ったのだが、彼は退《ひ》かなかった。

「何が起こっているのかだけでも確認させて。さすがにこの状態で城に帰ることは躊躇《ためら》われるからね」

「……はい。ありがとうございます」

悩みはしたが、結局私は頷いた。

コメットの口振りから、何事か起こっているのは明らかだし、そういう時、共にいてくれる人がいるというのはとても助かると思ったからだ。

「では、行きますよ……三、二、一……はい、どうぞ！」

カチッと鍵が外れる音がして、扉が少しだけ開かれた。その隙間《すきま》に身を滑らせ、中に入る。アステール様も続き、すぐに扉は閉められた。

「……ふう。大丈夫なようですね」

キョロキョロと周りを見回すコメット。その彼女に私はずっと抱いていた疑問を投げかけた。

「コメット。説明してちょうだい。一体、何が起こっているっていうの」

「それは――」

屋敷の中に入れば、その異常は明らかだ。使用人たちがバタバタと走り回っている。彼らは皆必死で、何かを探すような様子を見せていた。

「探す？」

なんだか嫌な予感がする。眉を寄せ、コメットを見た。彼女は私と視線が合うや否や、勢いよく頭を下げた。

「申し訳ありません、お嬢様！　リュカが部屋から脱走しました!!」

「ええ!?」

嫌な予感、的中である。

愕然《がくぜん》と立ち尽くす私に、コメットが泣きそうな顔で説明する。

「昼過ぎ、リュカと遊んでいた時です。どこから入り込んだのか、ネズミが現れまして。それにびっくりしたリュカが少し開いていた扉の隙間から部屋の外に出てしまったんです……！」

「ネズミに……」

猫がネズミに驚いてという下りに、えっ、そういうのはアリなの？　と少しだけ思ったが、今は考えないようにする。リュカを確保するのが先だ。

「ええと、それで……リュカは？　屋敷の外には出ていないのね？」

彼女の口振りからしても、屋敷の中にいるのだろう。そう思い、確認するとコメットは頷いた。

「使用人全員に協力してもらってすぐに屋敷中の窓と扉を閉めました。絶対に、とは言えませんがおそらく外には出ていないと思われます。ただ、屋敷内は広くて、子猫を見つけるのに時間が……」

外には出ていないであろうと言われ、安堵のあまり胸を撫《な》で下ろした。

「……よかった」

「現在、捜索中です。皆で探しているので、もう間もなく見つかるとは思うのですが……」

「そう……」

どうして玄関の鍵が掛かっていたのか、その理由に納得した。万が一にも、リュカを外に出さないためだったのだ。それが分かれば、コメットたちの行動も理解できる。

コメットは頭を下げ、泣きそうな声で言った。

「申し訳ありません、お嬢様。リュカをお預かりしておきながらこの失態。本当に申し開きのしようもなく……」

「ネズミが現れるなんて誰も思わないもの。あなたを責めても仕方ないわ。屋敷の中にいるというのなら探しましょう。私も参加するから」

「私も協力するよ。ひとりでも多く手があった方がいいだろう」

話を聞いていたアステール様も言ってくれた。彼の言うことはその通りで、私はアステール様にお礼を言った。

「ありがとうございます。助かります。……コメット、それで、リュカはどちらの方角に逃げたの？」

「おそらく階段の方に。一階で見かけたという報告がありましたから」

「そう……リュカは鳴いていないのかしら」

「それが全然。多分怖がってどこかに隠れて震えているのではと」

ありそうな話だ。

頷いた私はアステール様と一緒に近くの部屋からしらみ潰《つぶ》しに捜索を始めた。

コメットには別の場所に行ってもらう。何か進展があれば連絡をしてもらうことを約束し、私たちはカーテンの裏側や、チェストの隙間などを確認した。

「リュカ、リュカ！　出ていらっしゃい！　もう怖いものはいないから！」

声を上げてリュカの名前を呼ぶ。アステール様もリュカに呼びかけながら細い隙間などを一生懸命探してくれた。だけどなかなか見つからない。

すれ違った使用人たちにも話を聞いたが、彼らもまだリュカを見つけられないようだ。

一階の捜索が終わり、二階へ行こうかとアステール様と相談する。その時、どこからか、リュカの鳴く声が聞こえてきた。

「――なあ！」

「リュカだわ！」

少し高めのこの声は、間違いなくリュカのものだ。

どこにいるのだろう。一瞬のことだったので方角さえ分からなかった。

「リュカ、リュカ！　返事をして！」

耳を澄ます。しばらくすると、リュカの声が聞こえてきた。

「なあ！　なあ！（来て！　ここ！　僕、ここにいるの！）」

「っ！　アステール様っ！」

振り返る。ちょうど私の後ろにいたアステール様も頷いた。

「聞こえたね。ここ、というのがどこなのか分からないけど、下の方から声は聞こえた気がする」

「下……そうか。地下かもしれません」

地下にはワインセラーや使用人たちの部屋、洗濯室に厨房《ちゅうぼう》などがある。そちらに逃げ込んでしまったのかもしれない。

アステール様と地下へ行く。リュカの声がもう一度聞こえた。

「なあん！（お水があるの！　僕、ここ！）」

水という言葉を聞き、アステール様と顔を見合わせる。

「洗濯室という可能性もありますが、まずは厨房に行ってみましょう」

「そうだね」

頷き合い、厨房に向かう。地下には殆《ほとん》ど人がいなかった。

皆、一階や二階の捜索に行っているのだろう。厨房を覗《のぞ》いてみたが、こちらも誰もいなかった。全員でリュカを探していると言っていたから、皆、出払っているのだと思う。

下拵《したごしら》えをしていたのだろう。今夜の夕食に使われる予定と思われる野菜が調理台の上に放置されていた。

「リュカ……？」

声を掛ける。パッと見た感じ、彼がいそうな気配はなかった。

水というのは厨房にある水瓶のことではないのか。そう考えたのは間違いだったのかもしれない。

洗濯室へ行った方が良いかもと考えていると、調理台の隙間からリュカがぴょこりと顔を出した。

私を見て、顔を輝かせる。

「みゃあ！」

「リュカ！」

私の手も入らないような隙間から出てきたリュカは嬉《うれ》しそうな顔で私を見た。

「良かった……！　リュカ、無事だったのね」

ホッとしすぎてその場に頽《くずお》れそうになってしまった。リュカの声が聞こえたのか、一緒に探してくれていた使用人たちも次々集まってくる。彼らもリュカの姿を見て、良かったと喜んでくれた。

「こんなところにいたのね。心配したのよ」

私はリュカに駆け寄り、その身を抱き上げようとした。だが、彼は何かに気づいたような顔をすると、するりと私の手をすり抜けてしまった。

「えっ、リュカ？」

「なあ！」

私を見上げ、何かを訴えるように鳴くリュカ。その尻尾《しっぽ》はタシタシと床を激しく叩《たた》いている。

「ど、どうしたの？」

「なあ！　なあ！（臭い！　なんか臭いの！）」

「……臭い？　え、別に何もないと思うけど」

聞こえてきた言葉に首を傾げる。アステール様を見ると、彼も眉根を寄せていた。

「アステール様……」

「……いや、特に感じないよ」

「ですよね。……リュカ、とにかく部屋に戻るわよ。ここはあなたがいていいところではないから」

厨房は子猫には危険がいっぱいの場所だろう。そう思い、もう一度手を伸ばしたが、やはり逃げられてしまい、簡単には捕まえられない。

その癖リュカは厨房から出る気はないようで、さかんに私に向かって訴えてくる。

「なあ！　なあ！（だから、臭いの！　ここ、駄目なの！　なんか変なの！　危ないの！　僕にはできないから何とかして！）」

「リュカ……」

あまりにもはっきりとした言葉が聞こえ、驚きよりも困惑が勝った。

リュカは必死だった。ニャアニャアと大きな口を開けて、一生懸命何か伝えようと頑張っている。

アステール様もリュカが言いたいことを何とか汲《く》み取ろうと、彼の動きを観察していた。

「……アステール様。分かります？」

「いや、残念ながら。ここに何かあるらしいということくらいしか」

「ですよね」

声が聞こえると言ったって、結局全部が分かるわけではない。

ふたりで困っていると、集まってきていた使用人のひとりが声を掛けてきた。

「お嬢様、どうなさいましたか？　リュカを捕まえないので？」

「いえ……捕まえるけど」

声を掛けてきたのはうちで雇っている料理人だ。厨房にいつもいる彼ならもしかしたら何か分かるかもと思った私は試しに聞いてみた。

「ねえ、何か匂《にお》わない？　いつもと違う匂い。その、臭いような……」

「え？　臭い？　いえ……特には」

ふんふんと鼻を動かし、首を横に振る料理人。彼にもリュカの言う『臭い匂い』が分からないようだ。

猫というのは人間の何倍も鼻が利く動物だから、彼だけが感じている不快な匂いがあるのかもしれない。

「そ、そうよね。何もないわよね。……リュカ、いいから帰りましょう。お願いだから逃げないで」

分からないものはどうしようもない。

もう一度手を伸ばす。リュカは私の手を避《よ》けると、焦《じ》れたように走り、調理台に飛び乗った。

「あ、こら、駄目よ、リュカ！」

「なあ！（ここ！）」

「え……」

リュカが乗った調理台の隅に、花瓶が置いてあった。

厨房の隅の目立たない場所。設置したことも忘れてしまうようなところに、それは追いやられていた。中には水が入っているようだが、飾られるべき花はない。

放置されているという状況がぴったりだ。そのちょうど上、天井付近には小さな明かり取りの小窓があった。ここは地下だが、そこはギリギリ地上で、光を採ることができるのだ。その窓から光が降り注ぎ、花瓶に集まっている。

「……え？」

花瓶のすぐ近くに置いてあった布巾《ふきん》の一部が黒く焦げていることに気がついた。焦げた場所からは薄らと白煙が立ち上がっている。

「にゃあ！（それ、臭い！）」

私が気づいたことが分かったのだろう。リュカが一際大きな声で鳴いた。

目を見開く。同じ場所を見たアステール様も瞠目《どうもく》していた。

「煙が……」

アステール様の声にハッとする。

今何が起こっているのか理解したのだ。

――もしかして、これ、収斂《しゅうれん》火災が起こりかけているんじゃない!?

前世の知識だ。

太陽光が、鏡やガラスなどで反射して一点に集まり、そこに可燃物があると起こるという火災。

何度かテレビで特集を組まれたことがあるので知っていた。

「……まずいわ、これ」

最初はリュカに言われても全くピンとこなかった匂い。それが今は感じられるまでになっている。

進行が早い。このまま放《ほう》っておけば、数分もしないうちに火が上がり、火事になってしまうだろう。

今何が起こっているのか悟った私は慌てて花瓶を取り上げると、その中身を布巾にぶちまけた。まだ煙の段階なら手っ取り早く水を掛ければいい。そう思ったからだ。

「えっ、お嬢様？」

いきなり花瓶をひっくり返すという暴挙に出た私に皆がギョッとしたが、気にしていられない。

幸い、火になる前だったからか、じゅう、という嫌な音と共に煙は消えた。

「良かった……」

完全に火の気がなくなったことを確認し、深い息を吐いた。

間一髪だった。

もう少しで火災になるところだったのだ。

へなへなとその場に座り込む。ホッとして力が抜けたのだ。アステール様が膝《ひざ》をつき、私に声を掛けてくる。

「スピカ、大丈夫？」

「はい、平気です。ちょっと驚いてしまっただけで……」

情けない顔をしている自覚はあったが、取り繕う余裕もない。ぐったりしていると、ようやく何が起こっていたのか理解したらしい皆が騒ぎ始めた。

びしょ濡《ぬ》れになった布巾をひとりが取り上げ、顔を顰《しか》める。

「うわっ……布巾が真っ黒だ。穴があいてる……！」

「え、これ、もしかしなくてもヤバかったんじゃないのか？　もう少しで火事になっていたぞ」

「どこから煙が出たんだ……。マジックコンロからは大分距離がある。火の元になるようなものなんてないぞ……」

「マジックコンロはどれも動いてない。今、確認した！」

彼らの言う『マジックコンロ』とは、魔力で動くコンロのことだ。魔力を込めてスイッチを点《つ》けると、火がつく。そういう仕組みになっている。

皆が走り回り、他におかしなことになっているものはないか、厨房内を確認し始める。

私は皆を落ち着かせるため、努《つと》めてゆっくりとした声を出した。

「多分、収斂火災が起こりかけていたのだと思うわ」

「え？　しゅう……れん？」

戸惑う皆に説明をしつつ、よろよろと立ち上がる。アステール様が身体《からだ》を支えてくれた。

「スピカ、無理をしてはだめだよ」

「はい、ありがとうございます」

「すいません、お嬢様……収斂火災というのは……？」

使用人の疑問に、私はしっかりとした口調で答えた。

「太陽の光が一点に集まって起こる火災。偶然、水の入った花瓶に光が集まって、その熱が布巾に穴をあけた。見つけるタイミングがあと少し遅かったら、本格的な火災に発展していたかもしれないわ」

「……なんてことだ。旦那《だんな》様と奥様がお留守の時に」

私の説明を聞き、使用人たちは愕然とした。

まさかこんなところで火事が起ころうとしていたなんて、俄《にわか》には信じがたかったのだろう。だが、焦げて穴のあいた布巾を見れば、危険だったのは一目瞭然《いちもくりょうぜん》。

「この花瓶、ずっとここに置いてあったの？」

「いえ、それは――」

火の元になりかけた花瓶を指さす。

彼らによると、昨日まで花瓶には花が入っていて、今日、邪魔だったので少し退《ど》けていたという話だった。完全に偶然だ。誰が悪いとか、そういう話ではない。

「場所が悪かったのね。次からは気をつけましょう」

「申し訳ありません……」

花瓶を退けたという男が項垂《うなだ》れ、謝った。それに首を振る。

「あなただけが悪いわけじゃない。悪いというのなら、皆が悪いのよ。結果として何もなかったわけだし、私としては処分も必要ないと思う。でも、それはあくまでも私の判断よ。お父様にはきちんと報告してちょうだい」

「分かりました」

運良く被害は出なかったが、一歩間違えれば大惨事が起こっていた。父に報告しないというわけにはいかないだろう。皆もそれは分かっているのか、素直に頷いた。

「なあ」

「……リュカ」

いつの間にか、足下にリュカが来ていた。嬉しそうに私の足に額を擦《こす》りつけ始める。私はそんなリュカを抱き上げた。今度は抵抗されない。素直に私に持ち上げられたリュカは上機嫌で私を見てきた。くりんとした瞳《め》が可愛《かわい》い。

「ありがとう、リュカ。お手柄ね」

「にゃあ」

可愛い声で返事があった。

リュカが鳴いて知らせてくれなかったら、間違いなく出火するまで気づけなかった。煙の段階で処置できたのは彼のおかげだ。

私は彼を自分の目線まで持ち上げ、笑顔で褒めた。

「すごいわ、リュカ。あなたが鳴いて教えてくれたから、気づいたのよ」

臭い、とリュカが言って、その場所を知らせてくれたから、今私たちは何事もなく笑っていられるのだ。

褒められたのが分かるのか、リュカはどこか自慢げだ。

アステール様も感心したように言った。

「そうだね。私たちだけでは気づけなかった。……臭いって言ってくれても分からなかったくらいだものね。自分が情けないよ」

後半部は私にだけ聞こえるように言い、彼は自嘲《じちょう》するような笑みを浮かべた。否定するように首を振る。

「いいえ。それは私も同じですから。リュカが調理台の上に乗って場所を教えてくれたから、そこまでしてくれたから気づけただけで。本当にリュカ、お手柄だわ」

再度褒める。

皆も、リュカが一生懸命私に何か伝えようとしていたところを見ていたので、口々に彼を褒めた。

「小さいのにすごいなあ。賢い猫だ」

「本当。お手柄ね」

「今度思いっきり遊んでやるからな」

「お前でも食べられるお菓子、用意してやろうな」

何を言われたのか分からなくても、褒められていることくらいは理解できるようで、リュカは上機嫌に尻尾を振った。

「みゃ～（だって僕の『家族』だもん。『家族』が危なかったら守るのは当然ってお母さん、言ってたもん。だから僕、頑張ったの)」

「……リュカ」

リュカの心の声がはっきりと聞こえた。いじらしい言葉に、胸が詰まるような心地がする。

「……家族って思ってくれていたのね」

まだこの屋敷に来て僅《わず》かのリュカ。それでも彼は、私たちのことをきちんと家族だと認識してくれていたのか。それが、涙が出るほど嬉しかった。

「ありがとう……」

リュカを抱きしめる。アステール様が優しい声で言った。

「良かったね、スピカ」

「はい……はい」

涙を堪《こら》え、笑みを浮かべる。そうしてリュカに言った。

「そうよね。私たちは家族だものね」

「にゃあ!」

私の言った言葉は分からないだろうけど、ばっちりのタイミングで返事をしてくれたリュカを、私は笑いながら再度抱きしめた。

リュカは私たちを認めてくれている。家族だと思って、助けてくれたのだ。

その彼の思いに私も応《こた》えたいと思った。

◇◇◇

ボヤの後始末を使用人たちに任せた私たちは、一足先にリュカを連れて部屋に戻ってきた。

扉を閉めてからリュカを下ろす。彼は元気よく走り始めた。

どっと疲れが押し寄せてくる。

「……怒濤《どとう》でしたね」

「本当だね」

アステール様と顔を見合わせ苦笑いをする。

「本当に無事で良かった……」

コメットからリュカが逃げ出したと聞いた時は生きた心地がしなかった。屋敷から出てはいないと思うと言われたから落ち着けたものの、リュカに何かあったらどうしようという気持ちが常に付き纏《まと》っていたのは事実だ。

理由は分からなくても、リュカの心の声が聞こえて本当に良かったと思う。

リュカが自分の場所を教えてくれているのが分かったから、すぐに厨房に行くことができたのだ。

あとは、あの収斂火災についても。リュカが匂いのことを教えてくれたから、だから食い止めることができた。

あの時、リュカの『臭い』という言葉が聞こえていなければ、私たちは無理やりにでもリュカを捕まえ、厨房を後にしただろう。そうしたら今頃《いまごろ》どうなっていたことか。

屋敷が全部燃えていた可能性だってある。

「リュカの声が聞こえてよかった。あなたの声がどうして私たちに聞こえるのかは分からないけど、でも、きっと悪いものではないわよね。だってあなたのおかげで私たちは助かったのだもの」

彼の声が聞こえたから私たちは助かった。その要因が悪いものであるはずがない。そう思っていると、アステール様が私を呼んだ。

「スピカ」

「はい」

返事をする。彼は少し迷ったような顔をしたあと、おもむろに口を開いた。

「これからする話は、誰にも言ってはいけない。それを約束できる?」

「え? ……はい」

突然何を言い出すのかと思いつつも、頷く。

アステール様は部屋に私たち以外誰もいないのを確認してから口を開いた。

「……実はね、ここだけの話、リュカには精霊王の加護があるらしいんだ」

「え……」

突拍子もない話に、目を見開く。

アステール様は落ち着いた様子で、ひとつひとつ丁寧に説明してくれた。

それによると、加護に気づいたのはアステール様の契約精霊で、リュカの声が聞こえるのもその副産物ではないかという話だった。

「そ、そうなんですね。でもどうして今、そのお話を？」

もっと落ち着いたタイミングではいけなかったのだろうか。

私の当然すぎる疑問に、アステール様は苦笑しながらも答えてくれた。

「私ももう少し時間のある時にと思っていたのだけどね。……君が、リュカの声が聞こえる理由を気にしているようだったから。もし悪いものだったらどうしようって。さっきの独《ひと》り言、そういう風に聞こえたんだ」

「あ……」

アステール様の指摘に、言葉を失う。

確かに私は、『悪いことではないはず』だと自分に言い聞かせていたからだ。

「だ、だって……リュカは家族ですから……何かあっても、もう手放せないから……」

もしリュカに悪いものがついていると言われたところで、今更私は彼を放り出せない。

だってリュカは私たちのことを『家族』だと言ってくれたのだ。そのリュカをどうして裏切れるものか。

そう言うと、アステール様は「だから今、言うことにしたんだ」と笑った。

「リュカの声が聞こえるのは、おそらく精霊王の加護の副産物。そう言えば、君は安心するかなって思ってね」

「アステール様……」

私を気遣っての言葉だったのだと分かり、胸の奥がジンと温かくなった。

「ありがとうございます」

「お礼を言われるほどのことじゃないよ。でもまあそういうことだから、むしろリュカのことは大切にした方がいいと思う。何せ精霊王の加護持ちの猫だ。世界中探しても、そうはいないと思うから」

「ふふ、そうですね」

アステール様の言葉に頷く。

精霊王の加護持ちの猫。

まさかリュカがそんなすごい猫だとは思わなかったが、彼が悪い存在ではなかったということが私は一番嬉しかった。

ニコニコしていると、アステール様が近くのソファに腰かけながら言う。

「話はそれだけ。で、もう一度念を押しておくけど、今の話は絶対に誰にも言わないこと。もちろん君の両親にも。どこでリュカのことがバレるかも分からないし、利用しようとする人たちはどこからでも情報を仕入れてくるものだからね」

「お父様たちにも……わ、分かりました」

両親にもというのには多少抵抗があったが、リュカの安全には代えられない。もし私が話したことでリュカに何かあったら、その方が後悔すると判断した私は、真剣な顔で頷いた。

「お約束します。このことは誰にも言いません」

しかし偶然拾った猫に全《すべ》ての精霊を束ねると言われる王の中の王、精霊王の加護がついているとはびっくりである。

私は、足下で腹を出してひっくり返っているリュカに目を向けた。

彼はシャキーンという副音声がつきそうなポーズを前足で取り、愛らしさ満点で私たちに構ってくれと猛アピールしていた。その姿を見ていると、なんだか気が抜けてしまう。

「リュカ……もう、こっちは真剣なのに」

「まあ、リュカ自体はただの猫だからね。構ってもらう方が大事なんだろう」

「そうですね」

「にゃあ！（遊んで！）」

分かりやすい催促に頰《ほお》が緩む。

「はいはい、ちょっと待ってね」

難しい話は終わりだ。私はリュカの要求に応えるべく猫じゃらしを取りに行き、そのあとは、彼が疲れて寝てしまうまで、アステール様と一緒に思う存分遊んでやった。

第5話　迷子防止に首輪は必須

「なーん！　なーん！　なあああああん！（お腹《なか》空《す》いた！）」

「うるさーい！」

脳裏に直接響くような大声が耳元でし、飛び起きた。

時計を見る。

時間は午前三時。紛うことなき真夜中であった。

◇◇◇

ボヤ騒動が起こった日から、また少し時間が経《た》った。

あれからは特に何かあるわけでもなく、毎日、平和な暮らしを満喫している。

この、夜中に起こされる苦行を除けば……ではあるけれども。

「にゃーん」

「……リュカ」

枕元《まくら》にはいつの間にやってきていたのか、リュカがいて、くるんとした目で私を見上げている。

その顔は「起きた？　起きた？」とばかりに嬉《うれ》しそうで、なんだか気が抜けてしまうと思った。

「……お腹空いたのね？」

「にゃ」

声こそ聞こえなかったが、表情で分かる。

「もう……仕方ないわね」

諦《あきら》めてベッドから下りる。

私は近くにあった大判のショールを羽織り、リュカの餌《えさ》を保管してある引き出しを開けた。

「お湯を用意しておいて良かったわ」

また真夜中にお湯をもらいに行く羽目になるのはごめんだと思い、最近は最初から用意しているのだ。

テーブルに置いてあるのは単なるポットにしか見えないが、実は魔法が掛かっていて、お湯の温度が下がらないようになっている。前世でいうところの魔法瓶のような感じだと思えばいい。

「ええと……マルルを入れて、と」

正確に分量を量り、餌皿に入れる。本来ならこれは朝食で、朝に用意すべきものなのだが起こされてしまってはしょうがない。基本的にリュカは餌をもらうまで諦めないし、そうなると私は寝不足に苦しむ。それは避けたかったので、大人《おとな》しく少々早すぎる朝食を与えることにしていた。

「なーん！　なーん！」

ご飯がもらえると分かったのか、リュカは嬉しそうな甘えた声で鳴いている。

喜びが爆発したのだろう。近くのソファに飛び乗ると、ガリガリと爪《つめ》とぎを始めてしまった。

「きゃあ！　リュカ！　だめよ！」

慌てて中断し、リュカのところへ行く。ソファの背もたれに爪を立てるリュカを持ち上げると気に入らないのか思いきり手の甲を噛《か》まれた。

「痛いっ……」

本気だったのだろう。思っていたより痛かった。それでもリュカを放さない。なんとかリュカを運び、部屋の隅に置いた爪とぎの上に乗せた。

「爪とぎはここ。ここでするの。いい？」

「なぁ」

「なぁ、じゃなくてね。うう……結構痛いわ」

手の甲には赤い筋のような線が走っていた。少しだけだけれど血が出ている。

消毒をし、処置を済ませてリュカのところに戻ると、彼は不満たっぷり、みたいな顔で私を見つめてきた。それでも私が側《そば》に来るまで待っているのだから可愛《かわい》いものだ。

「もう……仕方ないわね」

「わうーん」

「犬みたい」

羊っぽい鳴き方をしたり、犬っぽい鳴き方をしたり、リュカは色々な表情を持っているようだ。

初めてのことばかりで毎日が新鮮である。

「怒ってはいないけど、気をつけてね。噛まれると痛いんだから」

なるほど、アステール様が噛まれた時の気持ちはこんな感じだったのか。

飼い猫だから怒りはないが、痛いものは痛いから、できれば気をつけて欲しいなあと、そんな諦めの混じった感覚。

「確かにこれは仕方ないとしか思えないわね」

実感し、苦笑する。多少痕《あと》が残るかもしれないが、愛猫《あいびょう》に付けられた傷だ。嫌だとは思わない。治療した手を見ていると、リュカは知らない、とばかりに顔を背け、ガリガリと爪とぎを使い始めた。

不満はあるが使ってやろうと言わんばかりである。あまりに偉そうな態度に笑ってしまう。

「偉いわ」

「なあ」

何を言っているのか全部分かれば便利なのだけど、そう上手《うま》くはいかない。

今後も妙な場所で爪とぎを始めた時は問答無用《もんどうむよう》でこちらに連れてきて、根気よく教えていくより他《ほか》はないだろう。

ソファを確認すれば、皮の部分に傷がついていた。こちらは人間とは違い、どうしようもない。

「……引っ掻《か》き傷がばっちり。まあ、分かっていたけど」

お気に入りのソファだったが、これも猫飼いの宿命だろうと諦めた。ソファカバーでも使ってみれば少しはマシだろうか。

それはそれとして、爪は爪とぎで研《と》いで欲しいけれども！

気を取り直して、中断していた作業を再開させる。

お湯でふやかしたマルルを餌皿に入れてリュカの近くに持っていくと、望むものを与えられた喜びからか、彼の尻尾《しっぽ》がピンと立ち上がった。

「なおーん！（ごっはーん！　おうちのご飯、好き！）」

「はいはい、良かったわね」

嬉しそうな声が聞こえ、口元が綻《ほころ》ぶ。

しかし本当に鳴き声の種類が豊富だ。

もりもりとご飯を食べる子猫の姿は見ているだけで心が癒《い》やされる。

「そろそろ、ふやかす必要もないかしら……」

拾った時より少し大きくなったリュカを見つめる。

苦労して食べている様子もないいし、次くらいからマルルをそのまま与えてみるのもいいかもしれない。

「ふわ……」

リュカが食べる姿を見ているうちに眠気に襲われた。

考えてみれば真夜中なのだ。餌もあげたことだし、二度寝をしてもいいだろう。

「リュカ、おやすみ。食べたら寝てね」

声だけ掛け、寝室に戻る。眠気が全開で、食べ終わるまで待てそうになかった。

ベッドに潜り込む。

ふと、思った。

「……これからもこの時間に起こされ続けるのかしら……」

初めて夜に起こされてからずっと、こんな感じなのだ。

お腹が減る気持ちは分かるが、毎日というのはかなり辛《つら》かった。できれば朝までぐっすり眠りたい。

「何か名案はないかしらね……」

考えているうちに眠たくなり、次に目が覚めた時には起床時間になっていた。

◇◇◇

「おはよう、リュカ」

「なあ！」

甘えた声で擦り寄ってくるリュカに挨拶《あいさつ》をする。

今日もリュカは私の側で寝ていた。

一応、彼のためのベッドは買ったのだけど使う様子はなさそうだ。

可愛いふかふかの潜れるタイプの猫ベッド。絶対にリュカに似合うと思い買ったのだが、彼は見向きもしなかった。最初に与えた段ボールやソファ、あとはこうして私のベッドに飛び乗ってくる。

「買った猫ベッドを使ってもらえないって話は知ってたけど、本当にそうなのね」

飼い主の思う通りにはいかないということだ。

相手はお猫様なのだから仕方ないのだろうけど、こちらとしてはやはり悔しい。

「次こそは、気に入ってくれるものを用意したいわ」

新たな猫ベッドの購入を密《ひそ》かに決意しつつ、リュカの頭に触れる。

愛情を込めながらゆっくりと撫《な》で、その流れで背中から尻尾まですするりと手を滑らせる。気持ちいいらしく、リュカは「ううん」と言いたげな顔をした。

「ああもう、今日もリュカは可愛いわね！」

我慢できなくなり、両手で彼の頬《ほお》をもしゃもしゃとする。頬のラインを触られるのが気に入ったのか、リュカは目を細め、もっとと言わんばかりの顔をした。

「あー、駄目。可愛い。可愛いが私に襲いかかってくる」

「みゃあん？」

悶《もだ》えていると、リュカが甘えた声で鳴いた。

可愛いだけでなくあざとさまで完璧《かんぺき》なお猫様には一生勝てる気がしない。勝てなくても全然構わないけど。

「はあーん」

「お嬢様、何をなさってるんです？」

「コ、コメット」

ひとりで悶えていると、制服を持ったコメットが呆《あき》れた顔で声を掛けてきた。見られていたと気づき、途端、羞恥《しゅうち》が襲ってくる。

「い、いえ、ちょっとリュカが可愛くて」

「分かりますけど。あ、お嬢様、その手の怪我《けが》は？　どうなさったのですか？」

目聡《めざと》く怪我したところを見つけられ、苦笑した。

「夜中にリュカにね。でも仕方ないわ。猫を飼っているんだもの」

コメットは微妙な顔をしつつも頷《うなず》いた。

「そう……ですね。お嬢様、消毒はきちんとなさいましたか？」

「ええ、もちろん」

「それなら良いですけど、気をつけて下さいよ」

「気をつけてどうにかなるものでもないと思うけど」

肩を竦《すく》めつつコメットから制服を受け取る。着替えている間は、コメットがリュカの相手をしていてくれた。

学園の制服は普段着ているドレスよりも丈が少し短めだ。

膝下《ひざした》くらいの長さ。黒のタイツに編み上げのロングブーツを履いているし、慣れてしまったから今は気にならないけど、初めてこの制服を見た時は驚いた。

こんなに短いスカートで大丈夫なのかと本気で心配だったのだ。

前世では普通にもっと短い丈のものだって穿《は》いていたのだが、生きる場所が変われば自分の常識だって変わっていく。今の私は貴族らしく足を出すことに抵抗がある。「こんな短いスカートを穿いて平気なの？　はしたないって思われない？」という考えなのだ。

とは言っても、平民たちがもっと短いスカートを愛用していることは知っている。

可愛らしいとは思うが、さすがに膝上丈になると貴族社会では顔を顰《しか》められてしまう。私も制服丈くらいならギリギリ許容範囲内だが、膝上丈は遠慮したい。

ともかく、自分がこういう格好をするとは思わずびっくりしたのだが、慣れてしまえばやはりドレスよりも動きやすいし、今では制服と同じくらいの丈のワンピースも何着か持っている。

ブレザーに袖《そで》を通す。鏡で胸元のリボンの位置を調整し、コメットに言った。

「コメット、今日もリュカのこと、お願いね」

「ええ、お任せ下さい。絶対にお部屋から出しませんから。二度とあのような失態はいたしません。

……あ！」

「え、どうしたの？」

鏡を見ていると、突然コメットが声を上げた。彼女はしゃがみ込み、何かを拾い上げた。

「爪だわ！」

「爪？」

コメットの掌《てのひら》には、白と透明が混じった色の小さな欠片《かけら》のようなものが載っていた。

「？　何これ」

「これ、リュカの爪ですわよ、お嬢様」

「へえ、これが子猫の爪なの」

初めて見た。

改めてまじまじと見つめる。小さな爪はカーブするような形こそしていたものの、平たくて、先が尖《とが》っている。爪だと言われればなるほどと思うが、人間のものとは全く形状が違うので教えてもらわなければ絶対に気づけないと思った。

「ぺったんこだわ。コメット、よく知っていたわね」

爪を受け取り、ツンツンと触ってみる。意外と硬い。いや、爪と考えれば当たり前なのだけど、とても新鮮だった。先の尖っている部分は触ると痛い。これで引っ掻かれれば痛いだろうなと納得の鋭さだ。

ひたすら感心しながらリュカの爪を観察していると、コメットが言った。

「メイドの中に、猫を飼っている子がいるもので、前に教えてもらったんです。爪とか髭《ひげ》が落ちていることがあるって」

「へえ、髭！」

「体毛とは全然硬さや質感が違うから、見ればすぐに分かるようですよ」

「楽しみだわ！」

髭が見つかったらアステール様にも教えなければ。

ワクワクとしている私を見て、コメットが柔らかく微笑《ほほえ》む。

「？　どうしたの？」

「いいえ、ただお嬢様が楽しそうで良かったなと思いまして。突然子猫を拾ったと聞いた時はどうなさったのかと思いましたが、あれからずっとお嬢様はニコニコなさっていますから。見ていてこちらもホッとします」

「そ、そう？」

「はい。今までのお嬢様は、妃《きさき》教育ばかり頑張っていらして、他のことには興味をお示しにならないように見受けられましたから心配だったのです」

「……それは否定できないかもしれないわね」

少し前までの私は、公爵家の令嬢として恥ずかしくないように生き、両親の望む結婚をして、完璧な王妃になろうと頑張っていた。

それが崩れたのは、ヒロインであろう『彼女』に会ったからだ。

私が『悪役令嬢』という立ち位置であることを教えられ、そのおかげで定められた『王太子妃から王妃』という道をわざわざ行かなくてもいいのだと気づくことができた。

完璧な王妃にならなくていい。そうなれるように頑張らなくていい。

だって私はそのうち婚約破棄を告げられるのだから。

アステール様と結婚する未来はないのだと分かり、今まで必死で踏ん張ってきた力が抜けたのだ。

——私は、私らしく生きればいい。

王妃になる未来がないのなら、もう少し、自分の思うままに生きてみてもいいのではないだろうか。

そうして出会ったのがリュカだ。

もちろん、こんなことはコメットたちにはとてもではないが言えないが、実際、王族となる未来がなくなったことで、かなり自由になれた気がしているのは事実である。

そういう意味ではあのヒロインの女の子にとても感謝している。

「私も少しは楽しみを増やしたいって思ったの」

嘘《うそ》は吐《つ》かずに言うと、コメットは大きく頷いた。

「いいことだと思います。お嬢様は頑張り屋ですからね。無理をしすぎて倒れてしまってはと案じていました。多少は息抜きもしなければ。リュカを飼いたいと言い出した時には驚きましたが、お嬢様のためには良かったと皆、言っていますよ」

「ありがとう」

皆が優しくて嬉しい。

私は確かに悪役令嬢という役どころかもしれないけれど、自らの努力次第でそうならないようにすることはできるのだ。

――やっぱりヒロインにはさっさとアステール様を攻略してもらわないと。

そして私は円満に彼の婚約者という立場を降りる。

そうすれば私は今よりもっと自由になれるのだ。

それを少し寂しいと思ってしまう気持ちもあるのは否定しないが、全《すべ》てを望むのは贅沢《ぜいたく》なことだと分かっている。私は自らが破滅しなければそれでいい。

アステール様は望む人と幸せになれるのだから、それを喜ぼう。

「さ、用意もできましたね。もうそろそろ殿下がお迎えにいらっしゃいますから、お嬢様は玄関に向かって下さい」

「分かったわ」

コメットの言葉に頷く。

来たる日までの間は、私が彼の婚約者だ。この学校への往復の時間も後どれくらい続くか分からないが、大切な思い出になるに違いない。

――彼と離れるまでに、少しでも思い出を作れたら。

そんなことを考えている時点で、すでに色んな意味で手遅れなのだが、幸いなことに私がそれに気づくことはなかった。

◇◇◇

「おはよう」

「おはようございます」

アステール様の馬車に乗り込む。いつも通り彼の隣に座ると、アステール様はにこりと微笑んだ。

「今日も君は可愛いね」

「ありがとうございます。アステール様もいつも通り素敵ですよ」

アステール様はいつだって婚約者へのリップサービスを忘れない。今日もさらりと褒め言葉を口にしてくる彼に、さすがだなと感心した。

「今日のリュカは？　元気にしてる？」

早速リュカのことを聞いてくれるアステール様に笑顔を向ける。

アステール様とはリュカを通じて急激に距離が近くなったように思う。それは将来お別れする予定の私たちには良くないことなのだけれども、猫好き同士で楽しく会話できる機会を逃《のが》したくはなかった。

――まさかアステール様とこんなに楽しく猫の話ができるなんて！

可能なら、もっと早くに知りたかった。もうすぐお別れという段階で知ることになったのだけは本当に残念だ。

「元気いっぱいですわ。ただ、今日も早朝というか夜中に起こされまして。それだけは困ったなと思っているのです」

悩んでいたことを話すと、アステール様は頷いた。

「君が悩んでいるようだから、少し調べてみたのだけどね、そういう時は多少辛くても無視した方が良いらしいんだ」

「そうなのですか？　でも鳴き声がすごくって、放《ほう》っておくことなんてできなかったんですけど」

驚きつつもアステール様の目を見る。彼は軽く首を横に振った。

「鳴けば要求が通ると猫が覚えてしまうようだよ。鳴いても要求が通らないと分かれば、大人しくなるって。規定の時間まで待たせる方がいいらしい」

「そうなんですね……」

お腹が減ったとアピールされると、どうしたって心は動いてしまう。

それにこちらは眠いから、つい『もういいや。あげてしまえ』という気持ちになるのだ。

「分かりました……頑張ってみます」

「この辺りは人間と猫の戦いだね」

「リュカに勝てる気はしないんですけどね」

あのつぶらな瞳《ひとみ》で見つめられ、うるうると訴えられた日には、全面降伏する未来しか見えない。だけど夜中に叩《たた》き起こされるのは困るので、我慢するしかないのだろう。

「どれくらいで諦めてくれるのかしら」

「早い子はすぐにでも諦めるらしいけど、食に執着のある子なんかは時間が掛かるかもね」

「……」

時間が掛かる予感しかなかった。

がっくりと項垂《うなだ》れる。しばらく夜中は眠れないかもしれないと覚悟しなければならない。

「ありがとうございます。教えていただけて助かりました」

長期戦になりそうなのは参ったと思ったが、こうして知らないことを教えてもらえるのは本当に有り難い。心からお礼を言うと、アステール様は笑顔で首を横に振った。

「大したことではないよ。気にしないで。それより他に何かないの？」

「他、ですか？　そうですね、今朝、リュカの爪を発見しました」

つい先ほどのことを思い出し伝えると、アステール様も興味深げな顔をした。

「へえ、猫の爪ってどんな感じなの？」

「やはり人間とは全然違います。ぺたんとしていました。でも先の方は尖っていて触ると痛かったです」

「そうか。……ところでスピカ。その手の甲の傷は何？」

「あ」

コメットと同じく、アステール様の目からも逃れられなかった。

厳しく問いかけられ、私は降参という顔をしながら正直に言った。

「昨夜リュカにちょっと……噛まれたんです」

「きちんと消毒はした？」

「しました」

「痛そうだ……」

痛ましげな顔で私の手を見るアステール様。彼の表情の方が私の怪我よりよほど痛々しい。

傷口が塞《ふさ》がったのでそのままにしていたが、こんな顔をさせるくらいなら、包帯でも巻けばよかった。

「大丈夫ですよ。それに……そう、アステール様とお揃《そろ》いではないですか」

「お揃い？」

目をぱちくりさせるアステール様に、私は上手く誤魔化したぞと思いながら告げる。

「ええ。前にアステール様もリュカにやられましたよね？　場所は少し違いますけど、リュカに付けられた傷って意味ではお揃いだって思います」

「……」

アステール様が私の怪我を凝視してくる。なんと返されるかと思っていると、やがてアステール様は重々しく頷いた。

「お揃い」

「はい」

「私とスピカにはお揃いの傷がある。そういうことだね？」

「その通りですわ。あ、でももう治ってしまったのならお揃いとは言えないかもしれませんね」

アステール様の傷はずいぶん前に付けられたもの。治っている可能性は十分ある、というか治っているのが普通だろう。

だが、アステール様は否定した。

「いや、まだ薄らとだけど痕が残っているんだ。お揃いだと思う」

「え、そうなんですか」

「うん、薄らとね。きっとまだ消えない思うよ」

アステール様は酷《ひど》く嬉しそうだった。

「まあ、猫のすることだからね」

「ええ、アステール様もそうおっしゃっておられましたでしょう？」

「うん。女性である君と男の私では違うと思ったんだけど……お揃い……子猫のすることだから。うん、お揃いだしね」

アステール様は納得したのかそれ以上怪我については触れてこなかった。

しかしやたらと『お揃い』を連呼されたような気がする。まあ、これ以上怪我について何も言われないのなら私はそれでいいのだけれど。

「今回は噛まれたって話だったけど、猫には爪もある。さっき爪の話をした時に思ったんだけど、今度、爪切りもしてやらないとね」

「爪切り！　そうですね……」

「私や君なら飼い主だからまだ構わないけど、他人を傷つけるわけにはいかないから。これは飼い主としての責任だよ」

「はい」

私はしっかりとアステール様の目を見て頷いた。

彼の言う通りだ。

すっかり爪切りのことを忘れていたが、飼い猫ならば必要だ。他人に怪我をさせてしまっては取り返しがつかない。

だけど爪切りがない。

猫用の爪切りはまだ買っていなかったのだ。そこまで気が回らなかったというのが正しいのだけれど。

「今日辺り、お店に行こうかしら。買い足したいものもあるし」

「そう。じゃあまた放課後にでも行こうか」

「良いんですか？　さすがに申し訳ない気がしますけど……。一度行った店ですし、ひとりで行けますよ」

二度目だしと思い、断る。だが、アステール様は良い顔をしなかった。

「スピカ。私もリュカの飼い主だと思っていると言ったことをもう忘れてしまった？　それに言ったじゃないか。また一緒に買い物に行こうって。君も誘ってくれると頷いたはずだ」

「で、でも……アステール様はお忙しい方だし」

「気遣ってくれるのは分かるけど、この場合は余計かな。私は私がそうしたいから君と一緒にいるんだ。だから変な遠慮はやめて欲しい。本当に無理なら無理だと言うから」

「……分かりました」

そこまで言われては、断れない。

不承不承《ふしょうぶしょう》ではあったが頷くと、アステール様はホッとした顔をした。

「良かった。このまま蚊帳《かや》の外にされてはたまらないからね」

「そ、そんなことするわけないじゃないですか……！」

リュカの秘密のこともある。

同じ秘密を共有しているのだ。何かと相談に乗ってもらえれば有り難い。

そういうことを言うと何故《なぜ》かアステール様は「やはり秘密の共有……私は正しかった」と言いながら拳《こぶし》を握りしめた。

「アステール様？」

「い、いや、何でもないよ。とにかく、今日も店に行くなら私も同行するから。また放課後、教室まで迎えに行くよ」

「……分かりました」

校門の前で待ち合わせでは駄目なのかと思ったが、わざわざ断る理由もないので了承した。

ちょうどそのタイミングで学校に到着する。

馬車から降りると、同じく登校中だった他の生徒たちから声を掛けられた。

「殿下、スピカ様、おはようございます」

「おはよう」

「一緒に登下校なんて、素敵ですわ。今日も仲がよろしいですわね」

「ありがとう。殿下がお優しいおかげよ」

「スピカ」

話しかけてきた女生徒たちに答えていると、アステール様が私の名前を呼んだ。

「はい」

返事をし、彼を見る。

アステール様は私に近づいてくると、見惚《みほ》れるような笑みを浮かべ、額にキスをした。

それがあまりにも自然な動作で、咄嗟《とっさ》に反応できない。

「えっ……」

今、何が起こったのか。

理解できない私にアステール様は悪戯《いたずら》が成功したかのような顔をする。

「じゃあ、また放課後。君に会えるのを楽しみにしているよ」

「えっ、えっ……」

呆然《ぼうぜん》とし、動けない私をその場に残して、アステール様は自らの教室の方へと歩いていった。

あまりにも堂々としたその姿を、ただ見送るしかできない。

「きゃー！」

「っ！」

完全に思考回路が止まってしまった私とは反対に、一連の流れを目撃していた他の生徒たちは悲鳴のような歓声を上げた。ハッと我に返る。

皆がキラキラとした目をして私を見つめていた。その中のひとりが口を開いた。

「殿下がスピカ様にキスを……私、歴史的瞬間を見てしまいましたわ」

「なんて絵になるおふたりですの。今日は興奮して眠れないかもしれません」

「私もです！　スピカ様、やはり殿下の愛はスピカ様の上にあるのですね！　例の一年が殿下に近づいている、なんて話もありますけど先ほどの殿下を見ればご寵愛《ちょうあい》がスピカ様にあるのは一目瞭然《いちもくりょうぜん》。ホッとしましたわ〜」

わらわらと皆が寄ってくる。それに適当に反応しながらも私の頭の中は疑問で一杯だった。

——どうしていきなりキスなんてしてきたの？　しかも、皆がいる前でなんて。

そんなこと、今までに一度だってしたことがなかったのに。

衆人環視《しゅうじんかんし》の中での額への口づけ。まるで皆に見せつけているようではないか。

そう思ったところで、ようやく彼の意図に気がついた。

「あ」

——そうか、そういうことだったのね。

おそらくアステール様は、ヒロインであるソラリス・フィネーと自分の噂《うわさ》を聞いたのだ。そしてこのままでは私が辛い立場になると考えた。

今のアステール様は『まだ』彼女のことを好きにはなっていない。

いや、すでに心惹《ひ》かれているのかもしれないが、それでもまだ『好き』という段階までは至っていないのだろう。

そんな時に聞こえてきた、自分が婚約者ではなく、新入生を可愛がっているという噂。

真面目《まじめ》で優しい彼はさぞかしショックだったに違いない。自分はそんなつもりはなかったのに、意図的でないにしても私を蔑《ないがし》ろにしたと皆に思われていると気づいたのだから。

——そうよ。きっと、さっきのはそれを払拭《ふっしょく》するための行動だったんだわ！

自分はちゃんと婚約者を大切にしている。それを早い段階で分かりやすくアピールしたのだろう。

確かに今のキスひとつで、目撃していた皆はすっかりアステール様の気持ちが私にあるものだと納得した。

ものすごく効率的な方法だと思う。

「さすが、アステール様だわ……」

なるほど、そういうことだったのか。

そうとも気づかず、動揺してしまった自分が馬鹿《ばか》みたいだ。

何も聞かされていなかったので、びっくりしてしまった。未《いま》だ心臓がバクバクと言っている。

「大丈夫……大丈夫よ」

意識する必要なんてないと自分に言い聞かせる。さっきのは必要だとアステール様が判断したからされただけで、私がドキドキするのはおかしなこと。

私はいつも通り微笑んで受け流せば良かったのだ。

――ほんと、駄目ね。

彼の婚約者であるのなら、キスされた後は柔らかく微笑み、なんだったらお返しに頬にキス、くらいすれば良かったのだ。それができなかったどころか驚きすぎてその場に立ち尽くすことしかできなかったのだから、私はまだまだ修業が足りない。

「スピカ様？　教室へ参りましょう？」

同じクラスの生徒が声を掛けてくる。それに頷きながら、私は放課後までにこの乱れた気持ちを立て直さなければと思っていた。

◇◇◇

今日の午前中は、座学ではなく、実技の授業が組まれていた。

実技は、一年と二年の合同で行われることが多い。

二年に一年を指導させることと、交流する切っかけを作るための試みなのだが、確かに一定の効果はあるようだった。
一、二年生全員が集められた大きな体育館のような場所。そこに運動着に着替えた私たちは集まり、一対一での勝ち抜き戦を行っていた。
先ほど二年の部が終わり、今は一年の部になっている。

行われているのは決勝戦。

ヒロインであるソラリス・フィネーと戦っているのは、ノヴァ・ディオンという男性だ。

そのファミリーネームから分かる通り、彼は王族。

このディオン国の第二王子である。

アステール様と同じ金色の髪に紫色の目をした彼は、その性格はアステール様とは大きく異なっていた。

穏やかなアステール様とは違う。彼は陽気で表情がクルクルと変わる。

何事も楽しければいいというか刹那《せつな》主義で、軽い物言いをする人物なのだ。男女問わず友人が多く、距離が近いと皆に親しまれている第二王子。

彼もまた大層な美形だけれども、印象は大分違う。

その第二王子がヒロインと戦っているのをぼんやりと眺めながら私は思っていた。

もしかして、第二王子も攻略キャラだったりするのかしら、と。

アステール様と同じ王子ではあるが性格も違うし、美形度からしても攻略対象者である確率は高いだろう。

楽しげに戦うふたりの様子を観戦する。

第二王子は魔法攻撃が得意で、先ほどからヒロインを上手く翻弄《ほんろう》している。ソラリス嬢はさすがヒロインだけあり、魔力が豊富だ。力押しで第二王子を追い詰めようと頑張っているのが見える。

ソラリス嬢は己の契約精霊に命じ、ノヴァ王子に攻撃を仕掛けている。それをさらりと躱《かわ》し、最終的にノヴァ王子が勝利した。

「あーもう！　悔しい！」

「あははっ！　君がオレに勝つのはまだ早い」

ヒロイン――ソラリスが地団駄を踏む。そんな彼女に笑みを向け、ノヴァ王子は髪を掻き上げた。彼は髪を長く伸ばしているので、そんな仕草もとても絵になる。

「ふう、いい汗掻いた。やっぱり身体を動かすのはいいな、元気が出る。あ、スピカ姉上」

「……ノヴァ殿下。見事な勝利でしたわ」

偶然、ノヴァ王子と目が合った。逸《そ》らすのもおかしいのでそのまま挨拶する。

実は私はこの第二王子が少し苦手だった。

悪い人ではない。だが彼の明るく軽い性格が、私には一緒にいるととても疲れるのだ。

アステール様の二つ年下の彼も、先日、この学園に入学してきたばかり。

近々、執行部入りが噂されている。予定通り、副会長の座に就くのだろう。

彼と学園で会うのはこの授業が初めてだが、アステール様の婚約者である私はもちろん彼とそれなりに話したことがある。

彼は自分の兄の婚約者である私を『姉上』と呼び、親しげに話しかけてくれるのだが、ヒロインがいる前では呼ばれたくなかった。

ニコニコしながらノヴァ王子がこちらにやってくる。ヒロインも私に気づいたのか、彼の後についてきた。

彼女とはほぼ初対面みたいなものなので、声を掛ける。

「あなたがアステール様のおっしゃっていた、ソラリス・フィネー嬢ね。宜《よろ》しく。私はスピカ・プラリエ。プラリエ公爵の娘でアステール殿下の婚約者よ」

「知って……いえ、初めましてスピカ様。ソラリス・フィネーです。その、フィネー男爵が私の父で……」

少々危なっかしい発言もあったが、一応、他人の前で取り繕うくらいはできるようだ。知っていると言いかけたが、すぐにきちんと挨拶をしてきた。最低限の常識がある子のようで助かった。

何せ彼女には未来の国母になってもらわなければならないのだから、非常識な子なら困るなと思っていたのである。

表面上は和《なご》やかに挨拶を済ませる。

ノヴァ王子が話を続けてきた。

「姉上、最近兄上とすごく仲が良いって聞いた。卒業したらどうせすぐに結婚するんだろう？　式が楽しみだ」

「ありがとうございます、ノヴァ殿下。ええ、アステール様とは親しくさせていただいていますわ」

差し障りのない程度に会話をする。ヒロインがノヴァ王子に疑問をぶつけた。

「ねえ、ノヴァ。どうしてスピカ様のことを姉上って呼んでいるの？」

——え？

ギョッとした。

第二王子に対して友達口調で話しかけたヒロインに、思わず目が丸くなる。

さすがにそれはどうなのかとノヴァ王子を見たが、彼は平然としている。彼が咎《とが》めないのに私が責めるのは違うと思ったので黙っておくことにしたが心中は複雑だった。

——い、いいの？　それで、本当に大丈夫なの？

ノヴァ王子の性格を考えれば確かに全く気にしないのだろうが、公爵令嬢として育てられた私からしてみれば、とても気になるところだ。

ひとりハラハラしていると、ノヴァ王子が笑いながらヒロインに言った。

「姉上は姉上だから。もうすぐ兄上と結婚するんだ。そう呼んでもおかしくないだろう？」

「……そうなんだ。でも、結婚するまではやめておいた方がいいんじゃない？　だって、本当に結婚するかは誰《だれ》にも分からないんだもの」

チラリと私の方に目を向けるソラリス。

彼女の言葉を聞いた私は、期待に胸を膨らませた。

やはりヒロインはアステール様を攻略するつもりなのだ。だから『姉上』と呼ばれている私のことが気に入らない。

――予定通り！　うん、そのままアステール様を上手く攻略して！

思わずガッツポーズをしそうになった。

「……は？　何を言ってるんだ？」

ヒロインの言葉にウキウキとする私とは違い、ノヴァ王子は眉を中央に寄せていた。不快げな表情を隠しもせず彼女に言う。

「兄上が姉上と結婚するのは決まってることなんだ。その未来に変更なんてない」

「で、でも」

「ソラリス。君も兄上たちを直接見れば分かる。だから余計な口出しをしないでくれないか」

「……余計って何よ」

「余計は余計だよ。第三者に勝手なことを言われたくないってこと」

むうっと不満そうに膨れ、文句を言うソラリス。それに対し、ノヴァ王子は平然と言い返していた。

そんなふたりのやり取りを見ていた私は、あれ？　と首を傾《かし》げていた。

――ヒロインはアステール様狙《ねら》いだけど、すでにノヴァ殿下からヒロインに矢印が出てるとか、今ってもしかしてそういう状態？

何せノヴァ王子は私とアステール様が結婚することを推している。その行動が、兄にヒロインである彼女を奪われたくないから出たものと考えれば説明はつく。

でも、ということは。

——やっぱりノヴァ殿下も攻略者なんじゃない！

予感、大当たりである。

しかも彼はすでにソラリスのことをそれなりに好いているようだ。入学してからそんなに時間も経っていないというのに、ヒロインの手腕に驚きを隠せない。

彼女はこのゲームを百周くらいプレイした猛者《もさ》なのだろうか。そしてアステール様を狙っているように見せかけて、実はノヴァ王子も……という可能性もあるのではと思いついた。

複数攻略。いわゆる、逆ハーエンドと呼ばれるものである。

私はこの世界がなんの乙女《おとめ》ゲームなのかすら分からない。だからそもそも逆ハーエンドが存在するかも分からないのだが、それだけは駄目だと思った。

——ヒロインにはアステール様だけを狙ってもらわないと！

逆ハーエンドなんてあり得ない。何故ならヒロインにはアステール様の子を産んでもらわなければならないのだから。

未来の王妃となるべき存在が、他の男と関係を持つようでは困るのである。

見ればヒロインとノヴァ王子は、いつの間にか親しげな友人のように気の置けない会話を楽しんでいる。

時折、ノヴァ王子から軽いボディタッチもあり、仲が良いのは一目瞭然だ。

普通に考えれば、ヒロインはアステール様ではなく、ノヴァ王子狙いと思うのが正しいのだろう。

だが、『悪役令嬢』である私に宣戦布告《せんせんふこく》してきたり、ノヴァ王子の『姉上』呼びを咎めたりしている時点で、アステール様も狙っているのは確実である。

――な、なんとかヒロインには、アステール様だけを見てもらわないと……！

現実で逆ハーエンドが上手くいくとは思えない。泥沼やヒロインの取り合いにアステール様が巻き込まれるのは避けたかった。

「あ、あの」

「……なんですか？」

話しかけると、ヒロインは不審そうな目で私を見てきた。そんな彼女に言う。

「ノヴァ殿下が私のことを姉上と呼んでいるのはその……愛称のようなものだから気にしなくても大丈夫よ。それにあなたの言う通り。私は確かにアステール様と婚約しているけれど、結婚まで至るかなんて誰にも分からないわ」

「は？　あなた何を言って……」

ヒロインの眉が寄る。

「だからあなたもその……できればたったひとりを見て欲しいと言うか。ほら、アステール様はとても素敵な方だし」

ノヴァ王子もいる。妙なことは言えないと思い、曖昧《あいまい》な言い方になってしまった。それでも何とか伝えるべきことを伝えたと冷や汗を拭《ぬぐ》っていると、ヒロインが変な顔で私を見ていた。

「な、何？」

「意味が分かりません。でも、もしかして私、惚気《のろけ》られているんですか？」

「えっ、ち、違うわ。アステール様は素晴らしい人だって伝えようと……」

「それが惚気でなくてなんなんです？　ご自分の婚約者でしょう？」

「それは……確かに今はそうなんだけど……」

難しい。

決して私は惚気ているわけではないのに、ヒロインは分かってくれないようだ。

どうすれば正しく伝わるのか。困っているとノヴァ王子が言った。

「とりあえず、姉上。結婚まで至るかなんて分からない～とかいう下り、絶対に兄上には言わない方が良いと思う。これはオレからの忠告」

「え？　はい、言うつもりはありませんけど」

さすがにアステール様に直接は言えない。頷くと、ノヴァ王子は微妙な顔をした。

「姉上、念のため聞くけど、さっきの台詞《セリフ》、本気で言ってた？」

「はい。それが何か？」

きょとんとしつつも正直に頷く。

ノヴァ王子は思いきり渋い顔をして、「兄上が可哀想《かわいそう》」と特大の溜息《ためいき》を吐いた。

一体何が可哀想なのか。気づかなければ、衆人環視の中、婚約破棄イベントを迎える可能性があった私の方がよほど可哀想だと思うけれど。

――まあ、私はヒロインのおかげで助かったからいいけど。

彼女が私を『悪役令嬢』と言ってくれたから、今、私は何も分からない中でもそれなりに対策を立てることができている。彼女には私なりに感謝しているのだ。

「……スピカ様。お怪我をなさっていますわ」

「え？」

ひとり物思いに耽《ふけ》っていると、ソラリスに指摘された。彼女が見ているのは私の手の甲。

なんのことを言われているのか理解し、笑顔になった。

「ああ、これは何でもないの。気にしないで」

「え、でも」

「治療は済んでいるし、加害者がいるわけでもないから」

一瞬、猫を飼っていると言おうか迷ったが、結局私は口にしなかった。

彼女には、アステール様攻略に全力を注いで欲しい。私のことなど気に留めないで欲しかったからだ……というのは建前で、本当はアステール様に言われた「ふたりだけの秘密」という言葉が頭の片隅に残っていたからである。

アステール様と約束したのは、リュカが『強い思いを言葉にして私たちに伝えてくること』と『精霊王の加護があること』なのだが、なんとなく猫を飼っていること自体も黙っておこうと思ったのだ。

ただ、猫を飼っているというだけだ。シリウス先輩だってそのことは知っている。それなのにヒロインであるソラリスには言いたくないと思うのだから私はきっと相当に心が狭いのだろう。

──でも、良いわよね。これくらい。

ささやかなことだ。

私とアステール様のふたりだけの秘密。

その秘密に通じる『猫』という言葉に、今はまだ、ヒロインである彼女には触れて欲しくなかった。

大事に守っておきたかった。

──アステール様と婚約を解消するまでの短い期間だけだから。

ヒロインである彼女には申し訳ないけれど、今は許して欲しい。

私とアステール様を結ぶ、リュカという絆《きずな》。

その証《あかし》である小さな傷を私は彼女に見えないよう、そっと隠した。

◇◇◇

実技の授業が終わり、昼休みになった。

さっさと食事を済ませた私は、なんとか取り巻きたちを撒《ま》き、図書館へと向かった。

図書館を訪れるのはシリウス先輩に出会った日以来二度目。

早く報告に行きたかったのだが、色々あって、なかなか時間を作れなかったのだ。

「こんにちは、シリウス先輩」

前回と同じ場所にシリウス先輩はいた。彼は文庫サイズの本を読んでおり、目を上げると私を認め、

「お前か」と言った。

「また来たのか。もう来ないものだと思っていたぞ」

「すみません。私も早くご報告したかったのですけど」

「別に。オレとしてはお前が来ない方が平和でいいからな。お前の顔を見てがっかりしたくらいだ」

「まあ」

そう言いつつも、文庫本に栞《しおり》を挟み、閉じてくれる辺り、彼は優しい人なのだと思う。

「ご迷惑でしたらすみません。ですが、話を聞いていただけるのなら嬉しいと思いますわ」

「ふん。……迷惑だとは言っていない」

その言葉を聞き、思わず吹き出しそうになってしまった。シリウス先輩がとても天邪鬼《あまのじゃく》なことを言う人だと理解したからだ。

「はい。ありがとうございます」

「……聞いてやるからそこに座れ」

私に隣に座るように目線で促す。その場所を見て首を傾げた。

「宜しいのですか？　ここ、貸し出しカウンターですよね。部外者が入っても？」

「構わん。どうせオレしか来ない」

「では……失礼いたします」

図書委員であるシリウス先輩がいいと言うのならいいのだろう。私はシリウス先輩の隣の椅子《いす》に腰かけた。カウンターなので横並びになる。「で？」とシリウス先輩が私を見た。

「店に行けたのか？　どうだったんだ」

「ええとですね――」

シリウス先輩に促され、私はアステール様とふたりでシリウス先輩が薦めてくれたお店へ行ったことを話した。屋敷で起こった様々なことも話したが、もちろんリュカの言葉が聞こえたことなどは言わない。あれらはアステール様との秘密だからだ。

「――そうか。無事に買い物できたか」

話を終えると、シリウス先輩はホッとしたような顔をした。そんな彼に言う。

「はい。シリウス先輩のおかげで。餌も良いものが買えましたわ」

「何を買ったんだ？」

「ねこにゃんです」

商品名を答えると、シリウス先輩は頷いた。

「オレも同じものを使っている。原材料に金が掛かっている分、若干高価ではあるが、猫の安全には代えられないからな」

「良かった」

シリウス先輩も使っているものだと聞き、なんとなくだが安堵《あんど》した。

「実は、爪切りを買うのを忘れてしまって。今日、もう一度店に行こうと考えているんです。それで、他に買わなくてはならないものがあるのなら教えて欲しいなと思いまして」

猫飼いの先輩なら、私に何が足りないのか分かるだろう。

教えを乞《こ》うと、シリウス先輩は考える素振りを見せた。

「前回、お前は何を買った?」

「ええと、餌におもちゃ、トイレ用品一式。餌皿と水皿。爪とぎ、猫ベッド、キャリーとかでしょうか」

買ったものを思い出しながら告げる。シリウス先輩が鋭く尋ねてきた。

「首輪は? 首輪は買ったのか?」

「首輪ですか? いいえ、そういえばまだ……」

カラフルな首輪が店の一角に置いてあったのは見ているが、買わなかったのだ。深い理由はない。

ただ、他に買うものが多すぎて、そこまで気が回らなかったというか、正直今の今まで忘れていた。

そういうことを正直に話すとシリウス先輩は「それだ」と言った。

「首輪は絶対に買った方が良い。もし、脱走なんてことになったら見つけるための目印になるからな」

「脱走……ですか?」

恐ろしい響きに震えた。

つい先日、屋敷内ではあるが、リュカが逃げ出したことを思い出す。屋敷内でさえ、見つけるのに苦労したのだ。もし外に逃げてしまったら、発見できる自信がない。

「そうだ。元野良は外の世界を知っている。目を離した隙《すき》に外に出ていたなんてことにもなりかねないぞ」

「そんな……」

具体的な例が怖い。

リュカも、あっという間に扉の外へ出たとコメットが言っていた。二度目がないとは限らない。十分に起こりうる事故なのだ。

「実際オレは二度ほど脱走された。……なんとか見つかったから良かったようなものの、あの時は肝が冷えた」

「見つかったのですか……どこにいたのです？」

もしもの時のための情報として知りたかった。尋ねると、シリウス先輩はその時の状況を詳しく教えてくれた。

「……使用人が窓を開けた瞬間に飛び出してしまってな。全員で屋敷の周辺を探したんだが、三日見つからなかった。それで、考えたんだ。腹は減っているだろうから、餌で釣れるかもしれないと。気に入っていた餌を用意し、屋敷の庭や玄関に罠《わな》を張った。餌を取ると、ケージが閉まるタイプの罠だ。そうして罠を仕掛けた次の日の朝、屋敷の庭に張った罠のひとつにかかっていた。みーみー鳴いていたが、特に外傷もなくてな、こちらは死ぬほど心配したというのに、のんきに餌を貪《むさぼ》り食って、もっと寄越せと喚《わめ》いていた」

息を詰めながら聞いていたが、その顛末《てんまつ》に胸を撫で下ろした。

「そうだったんですか。でも、見つかって良かったですわ」

「本当だ。もう一匹は雨の日に玄関の扉が開いた隙に逃げ出したんだがな。五分もしないうちに自分から帰ってきた。どうやら相当雨が嫌だったようで、勝手に出ていったくせにやたらと怒っていたな……」

「まあ……」

逃げ出されたという話なのだから笑ってはいけないのだが、ムスッとしながら戻ってきた猫を想像するとどうしても笑顔になってしまう。

私の顔を見たシリウス先輩も頷いた。

「大丈夫だ。オレも使用人たちも散々笑った。笑うしかないというか……猫は心地良い場所を自ら求める生き物なのだなと実感した出来事だった」

ひとしきり笑ってから、シリウス先輩が真面目な顔になる。

「外は危ないからな。まだ小さいのなら外敵も多い。馬車に撥《は》ねられる、カラスに食われるなんて痛ましい出来事が起こらないとも限らない。世の中には猫が嫌いな奴《やつ》もいる。そいつらに見つかって酷い目に遭わされないとも限らない」

「はい」

打って変わって告げられた恐ろしい可能性に私も真剣に答えた。

「絶対に屋敷の外から出しませんわ」

「ああ、それがいい」

猫にとって外の世界は恐ろしいものなのだ。飼い主である私が守ってあげなければならない。リュカの家族である私が。

そういえば、前世でこんなＣＭが流れていた。

猫を外に出してはいけないと、飼えない数を飼ってはいけないとか、きちんと世話をしなければならないとかそんなことも言っていたような気がする。だけどそれらは全て当たり前のことだ。

改めてリュカを屋敷から出さないようにしようと決意し、シリウス先輩に言った。

「つまり、『もしも』に備えて首輪を用意するということですわね？」

「そうだ。首輪には住所や名前を書く欄《らん》があるものが多い。まず首輪をしていれば飼い猫だと思われるし、首輪を見てもらえれば連絡してもらえる可能性も上がる」

「首輪、買いに行きますわ」

そんな必需品を買い損ねていたなんて、知らなかったとはいえ大失態だ。

力強く宣言すると、シリウス先輩も「そうしろ」と言ってくれた。

「助かりましたわ。私だけではきっと首輪の存在を思い出すまで時間が掛かったでしょうし」

本当に有り難かった。お礼を言うと、シリウス先輩は何かに気づいたような顔をして聞いてきた。

「ひとつ尋ねる。今日はひとりで店に行くのか？」

「いいえ。アステール様が付き合って下さるそうです。それが何か？」

「……そうか。いや、少し前、アステール殿下がじっとオレを見ていたような気がしてな……その……嫉妬《しっと》されているように思えて……」

「嫉妬？　シリウス先輩に？　そんな馬鹿な」

アステール様が嫉妬などするはずがない。

笑い飛ばすと微妙な顔をされた。

「だが、オレのことは言ったのだろう？」

「はい。店を教えていただいたとお伝えしましたが……いけませんでしたか？」

特に口止めもされていなかったから普通に名前を出したのだが、駄目だったのだろうか。

それなら申し訳なかったと思っていると、シリウス先輩は首を横に振った。

「いや、名前を出したのが悪いというわけではない。ただどうにも視線が痛いというか、物言いたげというか……。そのうち個人的に呼び出されそうだというか」

「ああ、そういえば、婚約者として挨拶する、とかなんとかおっしゃっておられましたわ」

「……」

ものすごく嫌そうに黙り込んでしまった。

「シリウス先輩？」

「いや、なんでもない。お前の婚約者はずいぶんと嫉妬深いんだなと思っただけだ」

「だから嫉妬なんてあり得ませんって。だって、アステール様ですよ？」

「むしろ、アステール殿下だからだろう。あの方が己の婚約者にご執心なのは周知の事実だ」

「そうなんですか？」

そんな話は初耳だ。

だから私は思うところを正直に告げた。

「確かに仲は良いと思いますけど、執心とかそういうのはないと思います。私たちは確かに婚約者という関係ですが、世間で言うところの恋人とかではありませんし、もちろんアステール様のことは尊敬していますが、それだけです。私たちはお互いを認め合っている戦友のような関係だとそう思っています」

「……本気で言っているのか？」

「はい。それが何か？」

共に手を取り合い、国をよくしていく戦友。私はずっとアステール様のことをそう思ってきた。

そしてそれはアステール様も同じ……というか、彼の方がより強くそう思っていると感じている。

「……」

シリウス先輩は何故か苦虫を噛み潰《つぶ》したような顔をして私を見つめている。

「先輩？」

「いや……これは殿下も苦労なさるなと思っただけだ。まあいい。オレには関係のない話だ」

「はあ」

シリウス先輩が何に納得したのかよく分からないが、それでも態度が元に戻ったのを感じ、ホッとした。

時計を見る。昼休みは終わりかけだった。昼食を食べた後に来たので元々そんなに時間はなかったが、どうやら話し込みすぎたらしい。

私は立ち上がり、シリウス先輩に頭を下げた。

「ありがとうございました。シリウス先輩。早速放課後、首輪を買いに行ってみますね」

「……ああ」

「また、報告に来ます」

「……殿下がいいと言ったらこい」

「？　はい」

——どうしてそこにアステール様が？

とても不思議だったが、シリウス先輩の声音が真剣だったので素直に頷くことにした。

◇◇◇

——放課後になった。

約束していた通り、アステール様が教室に迎えに来てくれたので、クラスメイトたちに別れを告げ、一緒に馬車へと乗り込む。

馬車が走り始めると、アステール様はホッとしたような顔で私を見つめてきた。

「やっと君に会えた。放課後まで長かったよ」

「まあ、アステール様ってば大袈裟《おおげさ》ですわ。朝、お会いしたばかりですのに」

相変わらず婚約者への社交辞令《しゃこうじれい》が素晴らしい。

喜びの表情を浮かべるアステール様に、「ですが、私もお会いしたかったです」と婚約者らしい返しをし、シリウス先輩に言われたことを思い出した。

ぽん、と手を叩く。

「そういえば、昼休みにシリウス先輩にお会いしたのですけど」

「シリウスに？」

ヒヤリとした空気が一瞬にして車内を満たす。

何故か急激に機嫌を急降下させたらしいアステール様が、私を見ていた。

「また、シリウスと会っていたの？」

「またって……まだ二回だけですけど」

「二回も会えば十分だろう」

「はあ……」

何故アステール様が怒っているのか分からない。首を傾げていると、アステール様は忌々しげに言った。

「どうりで昼休みに君の姿を見なかったはずだよ。食堂にいるものと思っていたのに」

「昼食は食堂でとりましたわ。ただ、すぐにその場を離れただけです。その、シリウス先輩にお礼を言いたかったもので」

「お礼？」

「店を選んでいただいたお礼です」

「ああ……」

そういえばそんなこともあったという顔でアステール様が頷く。それでと先を促されたので、シリウス先輩と話した内容を彼に語った。

「今日も色々教えていただきましたの。その、首輪のこととか」

「首輪？　そういえば前回は買わなかったね」

「ええ。ですがやはりあった方がいいようで。迷子防止に役立つのだそうです」

「そうだね。確かに用意した方がいいかもね。首輪が付いているだけで飼い猫と分かるし、住所と名前があれば帰宅できる確率も上がる」

「！　そうなんです」

さすがはアステール様だ。私が説明しなくても理由を分かってくれた。

うんうんと頷く。その流れのまま口を開いた。

「で、今日は首輪も見ようと思うんです。それで、どんな首輪を買ったのかシリウス先輩に報告したいので、また先輩を訪ねたいなと思うのですけど」

「は？」

ものすごく低い声が返ってきて、驚きで目を見開いた。アステール様がとても嫌そうな顔をしている。

「また？　また君はシリウスのところへ行くと言うの？」

「は、はい……」

「婚約者の私を放置して？　あり得ないって思うんだけど」

「いえ、その……いつも昼休みは別々に過ごしておりますので、放置という言葉は該当《がいとう》しないと思うのですけど」

「一緒に過ごそうと提案した私を拒絶したのは君だったと思うけど？」

「す、すみません」

身に覚えのある話を持ち出され、小さくなった。確かに私はそう言った。反論すべき余地はない。

「え、ええと、駄目、ですか」

そろっと窺《うかが》う。アステール様は不機嫌そうな表情を隠しもせず言った。

「婚約者が自分以外の男とふたりきりになるのを許せって言われて、喜んで頷く男はいないと思うけど？　君はどう思う？」

「そ、そうですね」

言い方！　と思ったが決して間違ってはいないので頷いた。

とはいえ、場所は図書館で学園内の施設だし、いつでも誰でも入ってこられる開かれた場所だ。後ろ指をさされるようなことはないと思うのだけど。

「……やっぱりシリウスと話しておくんだった。執行部で会っても忙しくてなかなか時間が取れないから、次の機会にしようと思ったらこれだ」

イライラとするアステール様を見ていると、どんどん申し訳ない気持ちになってくる。

どう考えても私が考えなしだったせいだ。

でもまさか、アステール様がここまで嫌がるとは思わなかったのだ。

「……だからアステール様に聞くようにとシリウス先輩はおっしゃったのかしら？」

「シリウスがなんだって？」

アステール様が地獄耳だった件について。

小声で呟《つぶや》いただけの言葉を見事にアステール様は拾い上げた。

そうして笑みを浮かべ、無言の圧力を掛けてくる。

これは逆らってはいけないと本能で感じた私は素直に全てを吐いた。

「シリウス先輩を訪ねてもいいか、アステール様に許可を取るようにと先輩はおっしゃられたのです……」

私には意味が分からなかったが、実際これほどアステール様は怒っているのだ。シリウス先輩の判断が正しかったのだろうことは分かる。

「申し訳ありませんでした。そんなにいけないことだと思わなかったのです。猫についてのお話を聞かせてもらえるのが嬉しくてつい……」

しょぼくれつつも素直な気持ちを告げると、アステール様は怒りを消して私を見た。

「……シリウスが、私に了承を取るようにと言ったの？」

「はい」

小さく肯定する。それを聞いたアステール様は、何故か仕方ないと言わんばかりに溜息を吐いた。

「……そう。それではシリウスを怒れない。彼はきちんとした男なんだね」

「アステール様？」

怒りを消したアステール様をそうっと上目遣いで見る。何故、彼が急に機嫌を直したのか分からなかった。

彼は苦笑し、私の頭を柔らかく撫でた。

「分かった。そういうことなら行っていいよ」

「えっ、いいんですか？　本当に？」

急に風向きが変わったことに驚いた。

さっきまでのアステール様の様子では、絶対に駄目だと言われるものだとばかり思っていたのだ。

「その……アステール様が嫌だとおっしゃるなら私、別に……」

無理を押してまで我を通そうとは思っていない。だが、アステール様は首を横に振った。

「構わないよ。……嫌だという気持ちは確かにあるけどね。先ほどの言葉で、彼は君が誰のものなのかきちんと弁《わきま》えているようだということが分かったし。それに、このままだと私が狭量なだけの男になってしまうからね。それはあまりにも格好悪い」

「そう、ですか？　アステール様はいつも素敵だと思いますけど」

確かにさっきは少し怖かったけれど、基本アステール様は優しいし格好良い。格好悪いなんて感じたことは一度もない。

だが、アステール様はそうは思わないようで、苦笑いするだけだった。

「本当にいいんですか？　なんだったらアステール様もいらっしゃいます？」

「お誘いは嬉しいけどね、城で外せない用事があって、しばらく学園を休むことになると思うんだ。だから私のことは気にしなくていいよ。彼はしっかりした男のようだから、安心して行ってくるといい」

「ありがとうございます……！」

お許しが出て心底ホッとした。

もうシリウス先輩と猫の話ができないかもしれないと、そうなったら嫌だなと思っていたのだ。

ニコニコとする私をアステール様が困ったような顔で見つめてくる。

「本当に、私は君に弱いな」

「？」

「なんでもないよ。ほんと、どうしてこんな時に限って急ぎの仕事が入るんだろう。こういう時、王太子という自分の身分を心から恨めしく思うよ」

まるで本気で言っているような口調だ。じっとアステール様を見つめる。

彼は笑みを浮かべると、「ま、そのおかげで君と婚約できたんだから文句なんてないんだけどね」といつも通り甘い言葉を述べたのだった。

◇◇◇

アステール様と店に行き、首輪と爪切りを無事、購入した。

首輪は黒を選んだ。肌触りがよく、何かに引っかけると外れるよう、安全設計になっている。裏には住所と名前を書く欄があり、なるほどこれがあれば万が一の時でも帰ってこられる確率が上がるのだなとても納得した。

首輪はリボンの形をしたものにした。金色の大きな鈴がついている。その鈴には肉球の模様があり、とても可愛かった。

黒はリュカの体毛にもある色なのできっと似合うだろうと選んだのだが、今から付けるのが楽しみだ。

爪切りは、ハサミのような形のものを購入した。どれがいいのか分からなかったので店員に聞いてみたところ、切れ味がいいものを選ぶようにとアドバイスを受け、お薦めのものに決めた。まだ爪を切るのは先だろうが、その際には頑張らなければならないだろう。

リュカが協力してくれるといいのだけれど。

「ただいま帰りました」

アステール様と一緒に屋敷に入る。

こうして彼と共に放課後を過ごしているのが、未だ妙な感じだ。ついこの間までは、馬車での行き帰りくらいしか接点はなかったのに。

もうすぐアステール様とはお別れなのに、最近はどんどん距離が近くなっている気がする。

それをまずいなと思う気持ちはあるのだが、それよりリュカのことを色々話せるのが嬉しくて、まあいいかとあえて気にしなくなっている。

よくない傾向だ。

徐々に距離を遠くしていこうと思っていたのに正反対のことが起こっている今の状況。それに甘んじている自分。全部がよくないと分かっているのに、それをやめようと思えないのだから。

「……まずいわ」

「うん？　何か言った？」

「い、いいえ。なんでもありませんわ」

考えていたことが独《ひと》り言として出ていたようだ。

慌てて誤魔化し、アステール様と一緒に部屋に向かう。階段を上っている最中からリュカの声が聞こえてきた。

「あーん……ふなあん。ふなぁん」

「……鳴いていますね」

「うん。鳴いているね。ずいぶんと面白い鳴き方をしているけど」

「そうですね。ふなあんって言ってます。にゃあじゃないんですね」

猫というのは本当に面白い。

飼うまでは「にゃあ」としか鳴かないと思っていたのに、リュカはすでにたくさんの鳴き声を披露してくれた。

多分、にゃあは色々ある鳴き声の中のひとつでしかないのだ。

「猫は『にゃあ』としか鳴かないって私、思っていました」

「私もだよ。実際に飼わないと分からないことがいくらでもあるね」

「はい。……リュカ、帰ったわよ」

「んにゃー!!」

扉をそっと開けると、リュカが目の前にいた。どうやら扉の前で待ち構えていたらしい。私の足に己の頭や身体を擦《こす》りつけ、ふにゃふにゃ言っている。可愛い。

「んなう」

部屋に入ると足の上にばたんと横向きに倒れた。撫でろという要求だと理解し、背中の当たりを毛並みに沿って撫でる。転がっていても尻尾がぴょこんと上がっていくのが面白い。

「ただいま。お利口にしてた?」

「なーん」

返事のような声に笑顔になる。一緒にいてくれたコメットを見ると、彼女は今日もすっかり疲れ果てていた。

「お嬢様、お帰りなさいませ」

「帰ったわ。今日も大分、振り回されたみたいね」

「ええ、とっても。相変わらず猫じゃらしが好きなようで大騒ぎでしたわ。元気いっぱいで遊んでいたかと思えば突然バタンと倒れて寝るんです。最初は何事かと驚きました」

「私と遊ぶ時もそうよ。子猫だから体力がないのよね」

遊んだ時のことを思い出しながら言うと、コメットは何度も頷いた。

「みたいですね。同僚もそう言っていました。今はお昼寝から起きて、元気いっぱいといったところでしょうか。馬車が着いたくらいからずっと鳴いていましたよ。お嬢様が帰ってきたことを分かっていたんでしょうね」

「そうなの？　ありがとう、待っていてくれたのね」

帰りを待っていてくれたというのは嬉しい話だ。リュカの頭を撫でていると、アステール様がドアをひとり分だけ開け、その隙間から入ってきた。リュカが逃げないよう気遣ってくれたのだろう。

アステール様を見たコメットが、慌てて姿勢を正す。

「ま、まあ！　殿下。申し訳ありません。いらっしゃっているとは存じあげず」

そう何度もアステール様が我が家に来るとは思わなかったのだろう。

「リュカの様子を見に来て下さったの。お忙しいのに有り難い話だわ」

「そ、そうなんですね……。あ、私、お茶の用意をして参りますっ！」

ハッと気づいたようにコメットが言う。その言葉で、今まで碌《ろく》にお茶すら出せていなかったことに気がついた。客人で、王太子である彼にとんでもなく失礼な話だ。

私も慌てて言った。アステール様に頭を下げる。

「そ、そうね！　お願い。アステール様、申し訳ありませんでした。今まで碌に歓待もせず……いくらリュカのことがあったとはいえ」

「前も気にしていないと言ったよ。大体、お茶どころではなかっただろう？」

「それは……そうですけど」

それで済ませてしまっていいものではないような気がする。

食い下がる私に、アステール様は困ったように言った。

「じゃあ、今日はいただくことにしようか。それでいいだろう？　コメット、と言ったかな。美味《おい》しいお茶を期待しているよ」

「は、はいっ！」

ぴょんっと飛び上がり、コメットは大きな声で返事をした。

深々と頭を下げ、「用意してまいります」と言って、部屋から出ていく。

「スピカ。君もこれで気にするのをやめてくれるかな？」

「……アステール様がそうおっしゃるのでしたら」

「うん、良かった」

本当は全然よくなかったが、しつこく言っても仕方ない。

気持ちを切り替え、リュカを見る。リュカは今度はアステール様に擦り寄っていった。当たり前だが彼の白い毛がアステール様の制服につく。

「あ……毛が」

「だから、気になるようなら最初から来ていないって。スピカは気にしすぎなんだよ」

「はい……」

呆れたように言われ、さすがにそうかもと項垂れた。

駄目だ。相手が王太子殿下と思うと、何をしても無礼なのではないかという考えが出てきてしまう。

――そう、そうよ。アステール様は、リュカの飼い主って気持ちでいると言って下さっているんだから。

過度に気にするのはやめよう。それはアステール様も望むところではないのだから。

「気をつけます。すみませんでした」

「スピカの気持ちも分かるけどね。私としては、リュカくらい堂々と来てくれると嬉しいな」

「リュカくらい、ですか？」

「うん」

アステール様がリュカに視線を向ける。私も彼につられるようにリュカを見た。

「まあ、リュカ」

よほどアステール様のことが好きなのか、リュカはアステール様にべったりとくっついている。尻尾をアステール様の足に巻き付け、額を一生懸命擦りつけていた。

「可愛いよね。リュカには私が王子であるかどうかなんて関係ないんだから。ただ、好きか嫌いかだけで判断してる」

「そうですね」

嬉しそうなリュカを見ていると、こちらまで頬が緩んでくる。

「あ、首輪」

せっかく買ってきたのだ。私の言葉にアステール様も頷いた。

「うん。今のうちに付けてしまおうか」

「はい」

首輪を取り出す。リュカは首輪をおもちゃと勘違いしたのか、キラリと目を輝かせた。

「なうーん！（遊ぶのー！）」

「ごめんね、リュカ。これはおもちゃじゃないの」

声が聞こえてしまっただけに申し訳ない気持ちになってしまう。アステール様も同じように感じたのか、私に言った。

「あとで猫じゃらしで遊んであげようか」

「そうですね。なんだか可哀想になってきましたから」

「声が聞こえるって、こういう時は厄介だよね」

深く頷く。

私は急いで首輪の裏に住所と名前を書き、用意をした。

「アステール様。リュカを抱えていただけますか？」

「分かったよ」

ひょいと、アステール様がリュカを抱える。抱っこをされたリュカがキョトンとした表情をした。

可愛い。

「アステール様。猫を抱っこするの、上手《じょうず》ですね」

リュカは大人しくアステール様に抱かれている。嫌がる様子もなさそうだ。

「本で得た知識だけどね。それよりスピカ、早く首輪を」

「あ、はい」

感心している場合ではなかった。

急いで首輪をリュカの首に巻き付ける。慣れない感覚が嫌なのか、リュカはアステール様の腕の中から逃げようとした。

「なーん!!（嫌ー!!）」

「うっ……」

本心からリュカが嫌がっているのが伝わってきて、心にダメージを受けた。

「そ、そうよね。首輪なんて嫌よね……」

動揺し、躊躇《ちゅうちょ》してしまう。アステール様が厳しい声で言った。

「スピカ。嫌とかそういう問題ではないだろう。これはリュカのため。違う？」

「は、はい……」

「もしリュカが迷子になった時、首輪がなかったら野良猫だと勘違いされるかもしれない。保護される確率は著《いちじる》しく低くなる。君はそれでもいいと言うの？」

「！」

アステール様の言う通りだ。

目が覚めた気持ちになった私は、心を鬼にしてリュカに首輪を付けた。

「うなーん!!（嫌なのー!!）」

「あっ、こら！」

リュカがアステール様の腕の中から逃げ出す。なんとか首輪を外そうと暴れ始めた。

「リュカ、リュカ、お願いだから落ち着いて……！」

「なーん、なーん、なーん！（嫌、嫌、嫌！　これ、外れない！　どうして！）」

リュカの叫びが聞こえてくるのが心に突き刺さる。リュカは鈴がチリンチリンと鳴るのも気になるようで、必死に首輪をなんとかしようと藻掻《もが》いていた。

「うう……。アステール様……」

「しばらく様子を見よう。本当に駄目そうなら別の手段を考えた方がいいけど、今すぐに判断するのは違うと思う」

「……はい」

すぐにでも外してあげたくなってしまう私とは違い、アステール様の意思は固かった。リュカのためにもその方がいいのは分かっていたので、心は痛むが手は出さないように我慢する。

「わうーん！　なうっ！　うなうっ！（なんか鳴ってる。なに、なにが起こっているの？）」

首も気になるが、チリンチリンという謎《なぞ》の音の正体も無視できないようだ。

リュカはしばらく首輪と格闘していたが、疲れてしまったのか、やがて絨毯《じゅうたん》の上にばたりと倒れ込んだ。

「リュカ……」

「これで落ち着いてくれたらいいんだけどね」

「はい……」

リュカのためとはいえ、可哀想なことをしてしまった。ぐったりしているリュカを見ていると、どうしてもそういう風に思ってしまう。

「お嬢様、お茶をお持ちしました。あらまあ……可愛らしい。首輪ですか？」

お茶の用意ができたのか、コメットが戻ってきた。彼女は絨毯の上でぐったりしているリュカを見て目を細める。

「リボンの形の首輪なんですね。あら、鈴に肉球の模様が。いつの間にお求めになったのです？」

「今日、学園の帰りに買ったの。気をつけるつもりだけど、もし、迷子になったら困るから」

お茶の準備を始めるコメットに、首輪を付けた理由を説明する。

「そうですね。その方がいいかもしれません。子猫は素早いですし、何があるか分かりませんし」

コメットにも肯定してもらえたのが嬉しかった。

「リュカも眠っているようですし、今の内にお召し上がり下さい。私は廊下に控えておりますので」

コメットが頭を下げ、部屋を出ていく。

リュカを見ると、確かに寝ているようで身体が上下に揺れている。倒れているうちに眠たくなってしまったのだろう。ぷーぷーという少し高い音の寝息が可愛かった。

「可愛いですね」

「本当だね」

なんとなく小声で言うと、アステール様も同じような小さな声で返してくれた。

ふたりでお茶を楽しみながらリュカの可愛い寝顔を堪能《たんのう》するひと時は、なんと言うか、とても幸せな時間だ。

「ふふっ。こういう時間を自分が持てるとは思っていませんでしたわ」

リュカを眺めながら言うと、アステール様は「うん？」と首を傾げた。

ティーカップを持つ姿が実に様になっている。

「どういうこと？」

「今まで将来王妃になるための勉強しかしてこなかったので。のんびりとお茶を飲みながら飼い猫を眺めるなんて時間を過ごしている今の自分が少し信じられないな、と」

リュカを拾わなければ、今もおそらくは同じように過ごしていただろう。

彼のおかげで私の生活は大きく変わった。

それをしみじみと実感していると、お茶菓子をつまみながらアステール様が言う。

「君はとても真面目だからね。少しくらい気を抜けば良いのにと、私はずっと思っていたよ」

「真面目なんて……」

「君の様子は公爵から聞いていたから知っているんだ。毎日、将来王妃になるために頑張っているって聞いて、そのこと自体は嬉しかったけど、頑張りすぎていつか倒れてしまわないかって心配もしていた」

「それは……だって、私には足りないものが多すぎますから」

王妃に必要な教育は山のようにある。

私は特別賢いというわけではないから、何度も反復する必要があるし、足りないところを補おうと思ったら、時間なんていくらあっても足りないのである。

今、それをしていないのはリュカを拾ったというのもあるが、何より、将来王妃にならないと分かったから。根を詰める必要がない。それを確信できたから今、私はこうして別のことに目を向けることができているのだ。

それをアステール様に言うことはできないけれど。

「その……リュカもいることですし、これからはもう少し自分の時間を作ろうと思います」

誤魔化すように言うと、アステール様は頷いた。

「うん。それがいいと思うよ。あと、時間を作れるというのなら、私と過ごすことも考えて欲しいな。前にも言ったけど、私は君とふたりで出かける時間が欲しいんだ」

「はい」

返事をしつつ、多分そんな日はこないだろうなと思う。

それでも彼の言葉は嬉しかったから、素直に頷いておくことにした。

第6話　初めての友達

「みゃー、みゃー！（ごっはーん！）」

「うう……また三時……」

真夜中。またもや私は起こされた。

リュカを拾ってから、ずっとこんな日々が続いている。もしかしなくてもリュカは、夜中の三時が朝ご飯の時間だと思っているのではないだろうか。

「リュカ……三時は朝ご飯の時間ではないのよ……」

「なうーん！（ごはーん！　お腹《なか》空《す》いたー）」

「だから……違うの」

こういう時、一方的にしか言葉が分からないのは不便だなと思う。言い聞かせることができたらどれだけ楽か。

普通はできないことと分かってはいるけれど、向こうの声が聞こえるだけに、こちらの声も届けられたらなんて思ってしまう。

「リュカ、駄目。我慢して」

「なっ！」

ベッドの下で鳴いていたリュカが、上に飛び乗ってくる。チリンと首輪に付いている鈴が鳴った。

どうやらリュカは首輪に慣れてくれたようで、あれからは全く首輪を気にしなくなったのだ。それは良かったけれど、今、非難の目で見られているのは辛《つら》すぎる。これはさっさとご飯を寄越せという顔だ。間違いない。

「なうっ、なぅっ、なーうー！」

タシタシと尻尾《しっぽ》をリネンに叩《たた》きつける。一緒にリンリンと鈴が鳴った。不満を訴えているのはとても伝わっているし、言いたいことも分かっているが、ご飯をあげることはできないのだ。

だってアステール様に言われた。猫は、強請《ねだ》ればもらえるものだと覚えてしまうのだと。そして現状、リュカはご飯をもらえる気で私を見ている。すでに癖になりかけていると考えて間違いないだろう。

このままでは私は毎日夜中の三時に起きて、リュカに餌《えさ》をやらねばならなくなってしまう。今も似たようなものだが、できればそんな生活を続けたくはなかった。

「駄目。朝まで待って。朝になったらちゃんとあげるから」

「ふなーん！（ごはん！）」

「うう……全然分かってくれてない」

リュカの声は聞こえるので、こちらの言っていることを理解していないのは分かってしまう。辛い。

私はベッドに潜り込み、頭まで掛け布団を被《かぶ》った。こうすれば少しはマシだろう。

リュカの声が聞こえないように両手で自分の耳も押さえる。

「にゃあ？　にゃあ！　なーん！（なんで！　くれないの！）」

「……めちゃくちゃ聞こえるわ」

多少耳を塞《ふさ》いだくらいでは効果はなかった。なんとかもう一度眠りにつこうと試みるも、リュカの大きな声のせいで寝られない。あと、時折チリンと聞こえる鈴の音も地味に鬱陶《うっとう》しかった。

「うう……お願いだから大人《おとな》しくして。私を寝かせて……」

リュカは可愛《かわい》いが、睡眠時間を削られるのは辛い。

もう、ご飯をやってしまってもいいのではないだろうか。安眠したいあまり、そんなことまで考えてしまう。

それはいけないとアステール様に言われているから我慢しているが……正直言って、この状況は結構辛かった。

「リュカ……無理なの。分かって……」

ぎゅうっと目を瞑《つむ》り、リュカの切ない鳴き声を無視する。

リュカはそれから三十分ほどアピールするように鳴き続けていたが、今はもらえないとようやく理解してくれたのか鳴き声を止めた。

「……良かった」

布団から顔を出そうかと考え……思いとどまった。

顔を出し、もしリュカと目が合ったらどうするのだ。せっかく大人しくなったのにまた鳴き出したら……起きてからの私の体調が最悪なものになる。

——今はこのまま寝よう。

少し暑いが仕方ない。

朝まで鳴かないで欲しいなあと心から思いながら、私はもう一度目を瞑った。

◇◇◇

朝になった。私は寝不足を感じながらもなんとか遅刻せずに学園に行くことができた。

もちろんリュカに朝食はあげた。空腹を抱えたリュカは、私が目覚めるのを今か今かと待っていたのだ。

起きてすぐ用意したのだが、食いつきぶりがあまりにも殺気立っていて非常に心が痛かった。しばらくこんな日々が続くと思うと泣きそうだが、ここは踏ん張るしかない。

アステール様の迎えはない。

聞いていた通り仕事があるとかで、ここのところずっとお休みなのだ。

公爵家所有の馬車に乗り、学園に行く。ひとりでの登校を良いことに、馬車の中でうとうととしていた。

「……眠いわ」

変な時間に起こされたせいで眠くてたまらない。睡眠不足のせいか、頭もグラグラしているような気がした。

休めるものなら保健医のいる部屋で休みたいくらいだ。だが、理由が『夜中に猫に起こされたから』では難しい。諦《あきら》めて授業を受けるしかなかった。

◇◇◇

今日の午前の授業は、ダンスレッスンだった。

ダンスレッスン用のドレスに着替え、練習室へ向かう。

貴族にダンススキルは必須《ひっす》。高位貴族は皆、ほぼ完璧《かんぺき》にダンスをこなせるが、下位の貴族となれば話は違う。

爵位はあっても家庭教師を付けられるほど裕福ではない家もあるし、商売で成功して成り上がりで爵位を持つに至っただけで、貴族が持つべき当然の嗜《たしな》みを身につけていないような者たちもいる。そういう家の子供たちに一般的な貴族が持つべき礼儀作法や社交界のルールなどを教えることにこの学園は役立っているのだ。

高位貴族たちが下位貴族たちにダンスやマナーを教え、それにより新たな交流が生まれる。

パートナーは毎回違っていて、その都度教師たちが決めている。今日の私のパートナーは一年生だったが、相手はノヴァ王子だった。

彼は数日前、予定通り、執行部の副会長に就任した。これで空白だった副会長の座が埋まったのである。

昼食もアステール様たちと食べているらしく、皆がキャッキャと騒いでいた。

目の保養が増えたとかなんとか。

それについては否定しない。ノヴァ王子も非常に整った顔立ちをしているからだ。それに彼はとっつきやすい性格をしているので、話しかけるのも容易だろう。挨拶《あいさつ》すれば軽く応《こた》えてくれるし、男女どちらに対しても愛想のいい親しみやすい人だから彼が人気なのも納得だ。

声の掛けやすさではアステール様より上であることは間違いない。

彼はやはり世継ぎの王子らしく威厳があるので、ノヴァ王子ほど気安く話しかけることはできないのだ。

しかし助かった。ノヴァ王子が相手なら、ダンスを教える必要もない。正直寝不足で怠かったので、楽ができるのは非常に有り難かった。

「ノヴァ殿下、今日は宜《よろ》しくお願いします」

「姉上」

ノヴァ王子に声を掛けると、彼はパッと明るい笑みを浮かべた。

月を連想させる静かなイメージのあるアステール様とは真逆の笑い方。

ふたりの違いが分かりやすく出ているところだ。

「オレのパートナーは姉上か。……まずい。兄上に嫉妬《しっと》されてしまいそうだ」

「まあ、ノヴァ殿下ってば」

ノヴァ王子が手を差し出してくれたので、その手を取る。

練習用の音楽が流れているので、それに合わせて軽く踊り始めた。思った通り、ノヴァ王子のダンスは完璧で、私が教えるようなことは何もない。

「一年と二年が組むことが多いと聞いてはいたんだ。誰《だれ》かに教えるなんて初めてで緊張していたから、姉上が相手で助かった」

「二年はほぼ全員踊れますから、教えることはないと思いますけど」

「そうなのか？」

「ええ、踊れなかった者も大抵は一年のうちに踊れるようになりますから」

学園というだけあり、もちろん進級するにあたっては試験がある。その試験内容にはダンスレッスンの項目もあるのだ。

最低限踊れなければ、落第になってしまう。

そういうことを踊りながら説明すると、ノヴァ王子は「なんだ」とホッとしたように言った。

「じゃあオレが教える必要はないのか」

「二年と当たるのが絶対というわけではありませんから。一年と当たって、もしその子が踊れなかった場合は指導してあげて下さいね」

「なるほど、分かった」

去年の自分の体験談を話すと、ノヴァ王子は素直に頷《うなず》いた。そうしてそういえばという風に話しかけてくる。

「話は変わるけど、兄上に聞いた。姉上、子猫を拾ったんだって？」

「はい」

くるりくるりと回る。彼はとても楽しそうにダンスを踊るので、私も段々楽しくなってきた。

「兄上、ここのところずっと『猫の飼い方』とか『猫の病気について』とか『猫、初心者入門。愛猫《あいびょう》に好かれるためには』みたいな本を夜遅くまで読んで勉強してるんだ。相変わらず健気《けなげ》で笑った」

「まあ、アステール様が？　そんなに？」

調べてくれたという話は確かに聞いていたが、そこまでしてくれていたとは知らなかった。

ステップを踏みつつも、驚きを隠せないでいると、ノヴァ王子は「やっぱり知らなかったんだ」とおかしそうに笑う。

「兄上、そういうところ見栄っ張りだから。姉上に良いところを見せたかったんだと思う」

「アステール様は見栄っ張りなんかじゃありませんわ」

「見栄っ張りさ。特に姉上に対しては。常に自分の一番いいところを見せたいんだから。オレが今の話をしたことだって、もしバレたら怒られると思うし」

だから秘密に、とウィンクをするノヴァ王子に私は了承の返事をした。

「分かりました」

「でも、猫か。実はオレ、昔から生き物系が苦手で」

「そうなんですか？」

ノヴァ王子なら動物全般得意なのではと、勝手に思っていた。

「嫌いってわけじゃない。可愛いとも思う。でも、触るとか無理なんだ。なんというか……壊してしまいそうで怖い」

「壊す、ですか？」

どういう意味だろう。

思いつきでもう一度、くるりとターンをする。ノヴァ王子は動揺せず、上手《うま》くタイミングを合わせてくれた。

本当に上手い。アステール様と踊っている時のような安定感がある。

感心していると、ノヴァ王子が笑いながら言った。

「姉上がいきなりターンなんてするから、びっくりした。心の準備くらいさせてくれ」

「本当に？　そんなもの必要ですか？　上手く合わせて下さったように思いましたけど」

「そりゃあ、姉上に恥を掻《か》かせるわけにはいかないから。こっちも必死さ」

「それはありがとうございます」

余裕綽々《よゆうしゃくしゃく》のように見えるけど、と思いながら踊り続ける。ノヴァ王子は思い出したように話を蒸し返してきた。

「さっきの話だけど、猫ってふにゃふにゃして柔らかいだろう？　どれくらいの力で触ればいいのか全然分からない。間違って傷つけたらと思うと触れないし近寄れない。怖いんだ。姉上、よく猫なんて拾おうと思ったな」

「まあ」

どうやら本気で言っているようだ。リュカは確かに小さくて柔らかいが、普通に触って問題ない。経験がないからイメージでそんな風に思うのかもしれないが、無理に押しつけるものでもないだろう。

いずれ触ってみようと思った時にでもチャレンジしてみればいいのではないだろうか。

そうすれば実際はどんなものか分かるだろうから。

とりあえず今は、ノヴァ王子の問いかけに答えておこう。

「私、実は昔から猫が好きで、いつか飼いたいって思っていたんです。だから、今回のことは偶然ではなく運命だと思っていますわ」

よく拾ったなと言われた言葉に対し、そう答えると、ノヴァ王子はパチパチと目を瞬かせた。

「なるほど。兄上が頑張るわけだ」

「?」

「運命だと思ってるくらいなんだ。結婚したら城に連れてくるんだろう？」

「は、はい……」

当たり前のように聞かれ、一瞬言葉に詰まったが、とりあえずは頷いた。

私の悪役令嬢的な事情を、当たり前だが私以外は知らないのだ。それを念頭に置いて会話をしなければならない。

「アステール様も許可して下さっているみたいですし。その……私もそうしたいと思っています」

ペット用品店の店主が猫を城に迎えるのかと聞いた時、アステール様は迷わず頷いていた。それを思い出し告げると、ノヴァ王子は「だろう？」と楽しそうに笑った。

「姉上と一緒に飼う気でいるから勉強してるんだよ。兄上、相変わらず姉上のことが好きだな。そういうところ、ちょっと羨《うらや》ましい。でも今日、一緒にダンスをした、なんて話したら本気で殺されそうだ。怖い、怖い」

「殺される、なんて大袈裟《おおげさ》ですわ」

「兄上が姉上を好きだってところには反応しないわけ？」

真意を窺《うかが》うようにこちらを見てくるノヴァ王子に、私は軽く笑って言った。

「私もアステール様のことはお慕いしておりますから。とても素敵で、私には勿体《もったい》ない方だと常々思っています」

そう答え、あとはダンスに集中する。

ノヴァ王子が微妙な顔をしていたが、それがどういう意味なのか私には分からなかった。

◇◇◇

無事、ダンスレッスンの授業も終わり、昼休みになった。

アステール様には、シリウス先輩に会いに行ってもいいという許可をもらっている。

一応、遠慮して日を置いたし、そろそろいいかなと考えていた。

昼食を手早く済ませ、急ぎ足で図書館に向かう。扉を開け、貸し出しカウンターを見ると、そこにはいつも通りシリウス先輩がリラックスした様子で座っていた。

「こんにちは、シリウス先輩」

挨拶すると、シリウス先輩は目を細めた。

「ふん、お前か。……殿下の許可はいただいたんだろうな？」

「はい、もちろんですわ」

本当かという顔をされたが、もう一度大丈夫だと言うと、「それならいい」と頷かれた。

前回と同じように、シリウス先輩の隣の席に座る。

昼休みは有限だ。時間もないので、まずは一番大事な首輪の報告を行った。

黒いリボンと鈴の首輪を買ったという話をすると、シリウス先輩の顔が微《かす》かに綻《ほころ》んだ。

「そうか。黒のリボンと鈴か……」

「すごく可愛いんですのよ」

「ああ、分かる」

うんうんと頷かれ、嬉《うれ》しくなった。

猫飼い同士、やはり話をするだけでも楽しいのだ。

私はシリウス先輩にリュカがいかに可愛いかという話を飽きることなく続けた。

シリウス先輩は相槌《あいづち》を打ってくれるだけだが、話を聞いてくれているのは伝わってくるし、どことなく楽しそうな雰囲気なので、こちらも話すのに気合いが入る。

「はあ……話していると、リュカに会いたくなってしまいましたわ」

「それは分かる。学園にいる間、あいつらが何をしているのか気になるしな」

「そうなんです！」

言葉にも自然と力がこもってしまう。

「子猫は特にそうだろう。子猫の期間は短いからな。一時も離れたくないと思う気持ちは分かる」

「ええ、ええ！」

「しかし子猫か……久しく見ていないな」

そう呟《つぶや》くシリウス先輩の目は、在《あ》りし日の己の猫たちの子猫時代を思い出しているようだった。

優しい表情をしている。猫に対する深い愛情が見え、心が温まったような気がした。

シリウス先輩と話すのはやっぱり楽しい。

できれば昼休みの短い間だけでなく、もっと時間を取ってしっかりと猫について語らいたい。

子猫を懐かしむシリウス先輩にリュカを見せてあげたいし、できれば色々な知識を授けてもらいたい。それにはこの短い時間では足りなすぎる。

――あ、そうだわ！

残念だと思ったところで、素晴らしい案が閃《ひらめ》いた。

私もシリウス先輩も楽しいと思える妙案だ。

思い立ったが吉日。早速思いつきを実行に移そうと、私はシリウス先輩の名前を呼んだ。

「シリウス先輩」

「なんだ」

私の呼びかけにシリウス先輩が視線を向けてくる。私は彼の目を見ながら誘いの言葉を口にした。

「宜しければ、放課後にでも我が家にリュカを見にいらっしゃいませんか？」

「……は？」

たっぷり十秒は黙り込み、シリウス先輩は信じられないものを見たかのような顔で私を見た。

「お前、何を言っているのか自分で分かっているのか？」

「？　はい。もちろん分かっていますけど。シリウス先輩は先ほど子猫を懐かしむような発言をされていましたから、うちのリュカを見せて差し上げたいと思ったのですが……何かおかしいですか？」

屋敷に来てもらえれば、リュカも見せてあげられるし、もっと猫について語ることもできる。

どちらも損をすることのない素晴らしい案だと思ったのだが、何か私は見落としでもしていただろうか。

「シリウス先輩？」

「いや……おかしいもなにも、お前は女性だろう。それに殿下の婚約者だ」

「はい。それはそうですけど、その前に私たちは猫友ではないのですか？　友人の家に遊びに行くというのは普通だと思うのですが」

数回話しただけの間柄であることは重々承知しているが、私はすっかりシリウス先輩を猫友認定していたのだ。

望んでいた同性の友達ではないが、それでも友人一号だと、そう勝手に認識していたのである。

友人の家に遊びに行く。何もおかしくない。

「……」

驚いた目でシリウス先輩が私を見てくる。どうしてそんな顔をされるのだろうか。

もしかしなくても、友人だと私が言ったのが迷惑だったとか？

そうだとしたら、ショックかもしれない。

だが、シリウス先輩から言われるよりも自分で言い出した方がダメージは小さい。そう思った私は一応確認してみた。

「すみません。お気を悪くされましたか？　その……友人などと言ってしまい申し訳ありませんでした」

「い、いやそういうことでは……」

「えっ、じゃあ、猫友って思っても宜しいんですの？」

「あ、ああ」

「やったわ！　初めてのお友達よ！」

嬉しさのあまり快哉《かいさい》を叫んでしまった。

だけど仕方ない。だって、シリウス先輩が『友達と思って良い』と認めてくれたのだから。

――嬉しい。嬉しいわ！

間違いなく、私の立場と何も関係のない友達だ。そのことが嬉しくて、小躍りしたくなってしまう。

私がアステール様の婚約者でなくなっても、きっとシリウス先輩の態度は変わらないだろう。だって彼は『猫友』なのだから。

「私、こんなに嬉しいの久しぶりです！」

「そ、そうか……」

「お友達なのですから、屋敷に来て下さいますわよね！」

「……殿下は」

だからどうしてそこまでアステール様のことを気にするのだろう。

確かにアステール様は私の婚約者だが、友達がひとり遊びに来るくらいで文句を言ったりはしないと思う。

「大丈夫ですわ。シリウス先輩と会うことだって、快く許してくれたのですもの」

アステール様はシリウス先輩のことを『弁《わきま》えている』と言っていた。信頼を滲《にじ》ませるような発言もあったし、シリウス先輩ならきっと怒らないと思う。

「それにアステール様はどのみち我が家にはおいでにならないと思います。先日、『しばらく忙しいから学園に行けない』とおっしゃっておられたくらいですもの」

「確かに最近は殿下のお姿を拝見していないな」

「でしょう？　ですからシリウス先輩が心配することは何もないのです」

「……本当にそうか？」

「はい。もちろん」

友人を招くだけなのに、どうしてここまで警戒されるのか。

そりゃあ私は女性だけれども、屋敷には使用人たちもいるし、そもそもリュカを見せたいだけだ。

心配することなど何もないと思うのだけれど。

できれば初めてのお友達を屋敷に招きたい。そんな気持ちで彼を見ていると、根負けしたのかシリウス先輩が特大の溜息《ためいき》を吐《つ》いた。

「……分かった。招きに応じよう。だが、子猫を見るだけだぞ。見たらすぐ帰るからな。あと、絶対にお前とふたりきりにはならない」

「はい、もちろんですわ！　ありがとうございます！」

いくら友人とはいえ、婚約者以外の男性と密室でふたりきりになるような愚は犯さない。

当たり前のことだ。

「楽しみにしています！」

初めて友人を家に呼べる。

私はウキウキとしながらシリウス先輩に笑顔を向けた。

◇◇◇

「いらっしゃいませ、シリウス先輩」

あれから十日ほどが経《た》った。

さすがにその日すぐにというのは無理だと言われたので、互いの予定を調整し、今日という日を迎えたのだが、私は数日前から楽しみすぎて、ずっとソワソワしていた。

予定といっても、放課後に少し寄るだけ。よければうちの馬車で一緒にと誘ってみたのだが、絶対に嫌だと断られてしまったので先に帰って準備をして待っていることにした。しばらくして、シリウス先輩がやってくる。

自室だと気にするかと思ったので、客室に通す。コメットだけではなく執事たちも同席していた。友人となった先輩が来るのだと言った私に皆、喜び、自発的に協力してくれたのだ。

それを見たシリウス先輩はなんだかホッとしたような顔をしていた。

「シリウス先輩、リュカです」

「……！」

リュカを抱き上げ、シリウス先輩に見せる。彼の目が輝いたのが分かった。

彼は私からリュカを受け取ると、嬉しげに目を細めている。

「……可愛いな」

「ええ、とっても可愛いです」

「やはり、子猫はいい」

そう言いながらシリウス先輩は近くにあったソファに腰かけ、膝《ひざ》の上にリュカを置いた。頭を撫《な》でる手つきが優しい。リュカもされるがままになっている。

「にゃああん（わーい、気持ちいい）」

やはり生粋《きっすい》の猫好きは違う。リュカはうっとりとした顔で実に気持ちよさげだ。シリウス先輩のその妙技を是非とも習いたい。

だけどそれと同時に私はひとつどうしても気になったことがあった。

「シリウス先輩」

「なんだ」

「その……リュカが何を言っているか分かったりします？」

リュカの言葉が分かることはアステール様とふたりだけの秘密。だが、こういう聞き方なら構わないだろう。だって、本当に私たちだけにしかリュカの言葉が分からないのか検証したかったのだ。

ドキドキしながらシリウス先輩の答えを待つ。彼はリュカの背中を撫でながら眉根《まゆね》を寄せた。

「お前は何を言っているんだ。猫は喋《しゃべ》らない。当たり前だろう」

「そ、そうですよね。ええと、シリウス先輩ほどの人ならある程度察せられるのかなと思っただけです」

やっぱり分からないのか。

そう返ってくるだろうことは想定していたので、予め用意していた回答を口にした。それに対し、シリウス先輩は怪訝《けげん》な顔をしつつも丁寧に答えてくれる。

「もちろん、今までの経験からある程度は分かるが。ああそうだ。ブラシは持っているか？」

「ブラシですか？　はい」

「貸せ」

手を出され、私は慌てて買っておいたブラシをシリウス先輩に渡した。

ブラッシングはまだ一度もしたことがない。そろそろしたいなとは思っているのだが、なかなかそこまでいかないのだ。

シリウス先輩がブラシを構える。ビシッとしたその姿がなんだかとっても決まっていた。

リュカは、何が始まるのだろうという顔でシリウス先輩を見ている。

その背にブラシが当てられ、さっと梳《す》かれた。非常に柔らかいタッチだ。

ブラシの感触に驚いた様子だったリュカも気持ちいいのかすぐに身体《からだ》の力を抜いた。

「なーう」

ご機嫌なリュカ。どうやらシリウス先輩の手つきが気に入ったらしい。

熟練の腕前を見せつけながらシリウス先輩が言う。

「ブラッシングはこまめにしてやれ。皮膚病なんかにも気づきやすい。特に、春と秋の生え替わりの時期なんかはしっかりとな。こいつは短毛種のようだが、毛が多い。最低でも一日一回はした方が良いだろう」

「は、はい」

「ブラッシングや爪《つめ》の手入れ、歯磨きもだが、子猫のうちに慣らしておくと後が楽だ」

「べ、勉強になります……！」

近くにあったメモ帳に急いで書き留めた。

特に歯磨きについては存在すら忘れていたので、言ってくれて助かった。やはり一度や二度の買い物程度で買い揃《そろ》えられるものではないらしい。

歯ブラシを買いにまた出かけなければならなそうだ。

――ん？　歯ブラシ？

「……質問なのですが、猫はどうやって歯磨きをするのですか？」

人間のように歯ブラシで磨くのだろうか。私の質問に、シリウス先輩は嫌な顔をせず、真面目《まじめ》に答えてくれた。

「色々方法はあるが、歯磨き用のウエットティッシュを使ったり、歯磨き効果のある餌を食べさせたりというのが楽だな。これらもペットショップに売っているだろう」

「ありがとうございます。次回行った時、それも確認しますね」

「歯磨き効果のある餌は、生後半年くらいから、だったはずだ。そんなに急がなくてもいい。まだまだ気にする必要はないだろう」

「はい」

今すぐ買わなくてはと焦っていたが、急ぐ必要はないと言われて安心した。

本当にシリウス先輩がいてくれて良かった。

初心者には分からない相談ができるのがとても有り難い。

「しかし、元野良だったわりには人懐っこいな。慣れるまでひと月以上掛かるような猫も珍しくないのだが」

「この子は最初からこんな感じでしたわ。おそらく、人間に酷《ひど》くされたことがないのだと思います」

「いいことだ」

その言葉に全くだと同意した。

シリウス先輩のブラッシングが気持ちいいのか、リュカは上機嫌にゴロゴロという音を出している。飼い主としてはあっという間に他人に懐かれて複雑な気分ではあるが、リュカが嬉しそうならなんでもいいという結論に達した。

シリウス先輩のことをリュカも好きになってくれている。私の年上の友人をリュカが好んでくれたことが単純に嬉しかったのだ。

使用人たちがテーブルにお茶の用意をした。シリウス先輩がリュカを抱っこしたままお茶を飲み始める。危なげがないので見ていても安心だった。

お茶を飲みながらリュカやシリウス先輩の飼っている猫の話も聞かせてもらう。

四匹の猫を飼っているシリウス先輩の話は面白くて、何を聞いても楽しかった。

「……お嬢様」

話に夢中になっていると、執事が急ぎ足で客室へとやってきた。なんだかとても焦っている様子だ。

「どうしたの？」

キョトンとしていると、執事は私に耳打ちした。

「その、殿下がいらしております」

「え？　アステール様が？」

反射的に立ち上がった。シリウス先輩もアステール様の名前を聞き、立ち上がる。その拍子にリュカが彼の膝の上から転がり落ちてしまった。

機嫌良くしていたのに台無しだと言わんばかりの顔で、落とした張本人であるシリウス先輩に文句を言っている。

「んにゃー！（何するの！）」

「す、すまない」

律儀《りちぎ》にリュカに謝るシリウス先輩。私は執事に確認した。

「ほ、本当にアステール様がいらしているの？　しばらくお忙しいと聞いていたのだけれど」

「一段落ついたので、お嬢様の顔を見に来たのだとおっしゃられて。今、玄関ロビーにいらっしゃいますが、こちらにお通ししても？」

「もちろんよ。失礼のないようにお通ししてちょうだい」

国の第一王子であるアステール様を待たせるわけにはいかない。急いで指示を出すと、ほどなくしてアステール様がやってきた。

学園帰りではないためか、制服姿ではない。王子らしい華やかな服装に身を包んだ彼は私を見て笑顔になったが、シリウス先輩に気づくと、すっと表情を消した。

「どうして君がここにいるのかな。シリウス・アルデバラン」

「っ！」

声が怒りを孕《はら》んでいる。

アステール様が怒っていると分かった私は、慌ててふたりの間に割って入った。

シリウス先輩は何も悪くない。彼を家に招いたのは私なのだから、怒られるべきは私だと思ったのだ。

「あ、アステール様。シリウス先輩は私が呼んだのです。その、猫友達として色々相談に乗って欲しくて。だから――」

「スピカ。君には聞いていない。私はシリウスに尋ねているんだ」

「……はい」

言外に下がれと言われ、私はそれ以上何も言えず、すごすごとふたりから距離を取った。

シリウス先輩は何も言わない。ただ、その表情には「やっぱりな」と書いてあるような気がした。

「シリウス。向こうで少し話がある」

「……承りました」

アステール様に命令され、シリウス先輩が頷く。ふたりは廊下に出ていくようだ。私はどうすればいいのだろうとオロオロしているとアステール様が言った。

「スピカ。君は私たちが戻ってくるまでここで待機だ。分かったね？」

そう言われてしまっては、従うより他《ほか》はない。

「……はい」

バタン、と音がし、扉が閉まる。私はすぐ近くに控えていたコメットの元に駆け寄った。

「コメット！　ア、アステール様、怒っていらっしゃったわよね⁉」

彼女に縋《すが》り付き、確認する。コメットは呆《あき》れたような顔で言った。

「あれが怒っていないように見えるのなら眼鏡《めがね》が必要だと思いますよ、お嬢様。ええ、いつものお優しい殿下とは別人のようで……私、石像になった気分でひたすら息を潜めておりました」

「……シリウス先輩、大丈夫かしら」

私のせいで酷く怒られたりとかはないだろうか。心配していると、コメットは頬《ほお》に手を当てながら小さく息を吐いた。

「仕方ありませんわよね。知らないうちに婚約者の家に男が上がり込んでいるんですから。殿下がお怒りになるのも当然だと思いますけど？」

「うっ……でも、コメットたちも喜んでくれたじゃない。私の初めての友人が来るって」

良かったと喜んでくれたのはついさっきの話だ。

恨めしく思いながらコメットを見上げる。彼女はとぼけた口調で言った。

「当然、殿下のお許しを得ているものと思っておりましたので」

「……友人を招くのにもアステール様の許可がいるの？」

「普通はいらないと思いますけどね。ほら、アステール様はお嬢様のことがとてもお好きですから。何もないと分かっていても嫉妬したんだと思いますよ」

「嫉妬？」

まさか。さすがにそれはないだろう。だってそれではまるでアステール様が私に執着しているみたいではないか。

私とアステール様は、友愛で結ばれた優しい婚約関係なのだ。

ドロドロとした恋情や執着とは縁がないはず。

本気で困惑していると、コメットがじとっと私を見つめてきた。

「お嬢様。まさかとは思いますけど、殿下のお気持ちに気づいていらっしゃらない、なんてことはございませんよね？」

「へ？」

何を言っているのだろう。首を傾《かし》げると、彼女は今度は頭が痛いとばかりにこめかみを押さえた。

「私たちはおふたりを仲の良い婚約者だと思っています。殿下はお嬢様を大切にして下さっていますし、お嬢様も殿下をお慕いしている。それは間違っておりませんよね？」

「ええ」

その通りだったので自信を持って肯定する。コメットはそれでは、と言った。

「殿下がお優しいのは、お嬢様に惚《ほ》れているからというのはご存じですか？」

「へ？」

予想外の言葉にキョトンとした。驚く私にコメットがやっぱりという顔をする。

「殿下は昔からお嬢様に惚れていらっしゃいますよ。それはお嬢様以外の全員が知っていることです」

「そ、そうなの？」

まさかの話に冷や汗がドッと出た。

――アステール様が？　私のことを好き？　そんな馬鹿《ばか》な。

「えっ、でも……そ、そんな風には見えなかった、けど」

心からの言葉だったのだが、コメットには思いきり呆れた顔をされてしまった。

「何をおっしゃっているのです？　あれだけ優しくされておいて、そんな風には見えなかった？　一体どこの誰が好きでもない異性にあれほど細やかな気遣いを見せてくれると言うのでしょうね」

「えっ……」

はっきりと指摘され、言葉を失った。

確かにアステール様は私に優しかった。いつも穏やかに微笑《ほほえ》み、私のことを思ってくれた。

甘い言葉で私を喜ばせ、気を使ってくれた。

それは彼が優しい人だからで、婚約者である私を不快にさせないようにと、最善を尽くしてくれていたからだと今まで思ってきたのだけれど。

「ち、違うの？」

思うところを正直に告げると、コメットは冷ややかな声で私に言った。

「違いますね」

「違うんだ……」

「そんな大事に大事にしているお嬢様が、自分に黙って男の友人を屋敷に連れてきた。殿下が怒るのも当然だと思いますけど？」

「うっ……」

責められるような視線が辛かった。

いやでも、本当に今まで、一度だってそんな風には考えなかったのだ。

――ほ、本当に？　アステール様、私のこと、好きなの？

「どこを？」

「それは、ご自身で聞いてみれば宜しいのでは？」

「む、無理よ……何言ってるの」

かあっと頬が赤くなっていく。

アステール様に好かれているのかもしれない。それも恋愛的な意味でと考えただけで恥ずかしくて、身体中の水分が沸騰《ふっとう》してしまいそうな心地だ。

今まで私に向けられていたあの優しい視線や言葉は、婚約者への社交辞令《しゃこうじれい》なんかではなかったと思うと、その場に頽《くずお》れてしまいそうな気持ちになる。

「う、嘘《うそ》、でしょ……」

愕然《がくぜん》としていると、コメットがホッとしたような顔をした。

「ああ、ようやく納得していただけたんですね。まあそういうことですので、今回の件はお嬢様が全面的に悪いと思いますよ。あとできちんと謝られた方が良いと思います」

「それは……ええ、もちろんそうするけど」

今はそれどころではないのだ。

突然知らされたアステール様の気持ち。それを自分の中でどう処理すればいいのかさっぱり分からない。

「わ、私……どうしたらいいの？」

「さあ、今まで通りで良いんじゃないですか？　私たちから見れば、お嬢様たちは上手くいっているように見えますし」

「そ、そう？　そう見える？」

「はい」

頷いてくれたのでホッとした。だけど頭の中は混乱しきっている。

だって、アステール様が私を好きかもなんて考えたことがなかったのだ。お互い友愛はあっても恋はない。今まで私はそう信じてきた。それなのに、アステール様はそうではなかったのだと突然言われても、すぐには納得しがたいものがある。

「……ま、まずは、確かめないと」

頭がグラグラすると思いながらも呟く。

事実確認は大切だ。思い込むと碌《ろく》なことにならないというのはたった今、思い知ったばかりなのだから。

気持ちを落ち着かせるために、リュカを持ち上げ、抱っこする。腹の辺りに顔を埋め、その匂《にお》いを思い切り嗅《か》いだ。

「すううううう～。はあああああ～」

「……お嬢様、何をなさっているのですか」

怪訝な声でコメットが聞いてくる。私はリュカの匂いを吸いながら彼女に説明をした。

「吸っているのよ」

「吸う？」

「猫は吸うものだから」

「なんですって？」

心底意味が分からないというコメットは放置し、ひたすらリュカを吸う。私のただならぬ様子に気づいたのか、思いのほかリュカは大人しくしてくれた。有り難い。

リュカはお日様のような匂いがした。ほわほわであったかくて優しい匂いだ。

その匂いを嗅いでいると、少しだけ気持ちが落ち着いてくる。

「リュカは素晴らしい精神安定剤だわ。なんとかなりそうな気がしてきたもの」

「……そうですか。それは良かったですね」

本気で言ったのに、何故《なぜ》かコメットからは微妙な声で答えが返ってきた。

この猫吸いの良さは、実際に体験してみなければ分からない。今度コメットが落ち込んだ時にでも勧めてあげようと思いながら、私はアステール様が帰ってくるまでリュカの匂いを吸い続けた。

◇◇◇

アステール様とシリウス先輩が帰ってきたのは、私が猫吸いを始めて、五分ほど経ってからだった。

私がリュカのお腹に顔を埋めているのを見たアステール様がギョッとした顔をする。

「スピカ？　何をしているの？」

「何をって……猫吸いですけど」

「猫吸い？」

なんだそれ、とアステール様の目が言っている。彼の視線は自然と隣にいるシリウス先輩に向いた。

視線に気づいたシリウス先輩が面倒そうに口を開く。

「……猫好きがよくする行動のひとつです。愛猫の匂いを吸うと気持ちが落ち着くんですよ」

「……シリウス。まさかお前もしているのか？」

「……」

さっと視線を逸《そ》らすシリウス先輩。答えはしなかったがその動きこそが答えになっている。

――するわよね。分かるわ。

だって猫って全《すべ》てが素敵成分でできているんじゃないかって思うくらい良い匂いがするのだから。

アステール様はシリウス先輩を見つめ、「そうなのか……」と衝撃の事実を聞いたかのような顔をした。

「リュカ、ありがとう」

ずっと抱きかかえていたリュカを下ろす。私が匂いを吸っている間、意外なほど大人しくしてくれたリュカは、もう良いのかという顔でトコトコと歩いていった。それを見送り、アステール様に話しかける。

「アステール様。その、申し訳ありませんでした。私が考えなしだったせいで、不快な思いをさせてしまいました。シリウス先輩。先輩にもご迷惑をお掛けしましたわ。ただ、友人に遊びに来てもらいたかっただけなのですけど、確かに私が浅はかでした」

ふたりに向かって頭を下げる。

先ほどのコメットの話を聞いた後では、どうしてアステール様が怒るのか分からないなどとは口が裂けても言えなかった。

もちろん、真偽を確かめる必要はあると思っているけれど、コメットが言った通りなら、今まで謎《なぞ》だと思っていたアステール様の言動の説明が全てついてしまうのだ。

だから、その可能性も考える必要はあると思っていた。

頭を下げる私に、アステール様が言う。

「分かってくれたのならもういいよ。シリウスとは今、話をしてきたしね。でもスピカ。君はもう少し、私の気持ちを考えて行動して欲しいな。私は君のことが好きなんだよ。どんな理由だとしても、男を連れてきたことを私が嫌だって思うのは想像できなかったかな？」

「っ……。ごめんなさい」

『好き』という言葉に分かりやすく反応してしまう。

今までなら簡単に受け流せたはずの単語が、急に重みを増したように感じた。

私のことを『好き』だから、『男』であるシリウス先輩といるのが嫌だと思う。

それはとても分かりやすくて、どうして今まで気づけなかったのだろうと思うくらいだ。

でも、ということは、つまり――。

――アステール様は本当に、私のことが好き？

そういうことになる。

コメットに先ほど言われた言葉がじわじわと現実味を帯びてくる。どうしてだろう。泣きたいような気持ちになってきた。

「スピカ？」

「い、いえ、なんでも。はい、アステール様。私が悪かったです」

突然突きつけられた真実についていけない。眩暈《めまい》がしそうな中、私は曖昧《あいまい》な笑みを浮かべた。

アステール様がじっと私を見つめてくる。その瞳《め》には私を心配する気持ちが滲み出ていて、それも私を思う故なのだと思うと、たまらない気分になった。

――恥ずかしい。

今までにも何度か、アステール様にときめいたことはあった。

格好良い人だとはずっと思っていたし、優しくしてもらっている自覚だってあった。

だけどその気持ちが本当の意味で私の方を向いていると知り、どうしようもなく照れくさくなってしまったのだ。

自分がどんな態度を取ればいいのかさっぱり分からない。

今まで通りにすればいいと思っても、どうやっていたのか思い出すことすらできなくて、自分が情けなくて仕方なかった。

「……」

黙りこくってしまった私をアステール様が見つめてくる。その視線を受け止めきれず、逸らしてしまった。俯《うつむ》くと、アステール様がポンと私の頭の上に手を乗せる。

「もういいって言ったよ。怒っていない。怖かったよね、ごめん」

「そんな！　アステール様は悪くありません」

悪いのは彼の気持ちに全く気づくことのできなかった私だ。

気づかず、傷つけるようなことをしてしまった。私が悪いのだ。

一度理解してしまえば、どうして今まで分からなかったのだろうと思うくらいには、彼が私に向けてくれたいくつもの優しさに気づくことができ、胸が苦しくなってくる。

――ああ、私はこんなにもアステール様に思われている。

じんとした喜びが広がる。

私たちを見ていたシリウス先輩が、大仰に息を吐いた。

「馬鹿らしい。おい、オレは帰るぞ。殿下が来られたのならオレがいても邪魔だろうからな」

「じゃ、邪魔だなんてそんな……！」

そんなこと思うはずがない。

だけどこれだけ迷惑を掛けたのだ。せっかくできた友人をなくしてしまうことになるのかと青ざめていると、シリウス先輩は面倒そうな口調ではあるものの、はっきりと言ってくれた。

「そんな泣きそうな顔をするな。また、昼休みに待ってる。いつでも来い。……オレたちは猫友なんだろう？」

「っ！　はいっ！」

「……ふん。子猫の話は聞きたいからな」

少し赤くなった顔を隠すようにして、シリウス先輩は出ていった。

またシリウス先輩と会える。猫の話をすることができる。

友人を失わなくて済んだ喜びに打ち震えていると、アステール様も言った。

「君がそんなに喜んでいるんじゃ、行くなとも言えないからね。まあ、いいよ。彼とは話して、ある程度は納得できたから、目を瞑ることにする」

「ありがとうございます……」

アステール様がシリウス先輩との付き合いを許してくれたことが嬉しかった。

喜びのあまり涙が出てくる。何度も礼を言うと、「もういい」と止められた。

「……さっきは、私も大人《おとな》げなかったよ。まさかシリウスが君の屋敷に来ているなんて思わなくて、頭に血が上ったんだ。格好悪いな。君たちがただの友人同士だって分かっているのに嫉妬してしまった」

「嫉妬……」

アステール様の口からはっきりと嫉妬という言葉が出てきて、私は目を見開いた。

それ以上何も言えない私に、アステール様は切なげな目を向けてくる。

「ごめん。来たばかりだけど、私も今日はもう帰るよ。これ以上格好悪いところを君に見せたくない。気持ちを落ち着かせないと。……君の前ではずっと格好良くいたかったんだけど、なかなか難しいな」

「あ……」

何か言わなければ。そう思うのに、何も言えない。

アステール様は少し屈《かが》むと私の頬にキスをした。

「ねえ、明日はいつも通り、君を迎えに来ても構わない？」

「あ、でも、お仕事は……」

「残りは今日中に片付ける。だから明日からはまた登校できるんだ。返事は？」

「……はい」

了承を告げると、アステール様はホッとしたように微笑んだ。

「良かった。——今日はリュカを構ってあげられなくてごめん」

「あ、リュカと言えば。シリウス先輩にはリュカの言葉が聞こえていなかったようです」

これだけは伝えておかなければと思い小声で告げると、アステール様は少し目を見張った。

「そう。シリウスにも聞こえなかったんだ」

「はい。今のところ本当に私たちだけみたいです」

「……そっか。分かった。じゃあ、今後もこのことはふたりの秘密にしておこう。良いね？」

「……はい」

耳元で囁《ささや》かれた。息が掛かり、ぞわぞわする。私は真っ赤になりながらもコクリと頷いた。アステール様は微笑み、「じゃあまた明日」と軽く手を振って部屋を出ていく。その後ろ姿を私はじっと見送った。ゆっくりと息を吐き出す。

——アステール様が私を好き。

彼の態度には確かに分かりやすく私に対する好意が滲み出ていて、今まで全く気づかなかった自分

が恥ずかしかった。

「お嬢様」

アステール様が去った後、今までのやりとり全てを見ていたコメットがこちらにやってきた。気遣わしげに声を掛けてくる。

「激ニブのお嬢様にもアステール様のお気持ちは理解できましたか？」

「……ええ」

「殿下はお嬢様のことを愛しておられますよ」

「…………そうね」

少し遅れはしたが返事をする。もう、気づかない振りはできないと分かっていた。

私の言葉を聞いたコメットはやれやれという顔をした。

「分かっていただけたようでなによりです。せっかく気づけたのですから、お嬢様もそういうつもりで、殿下に向き合って差し上げれば如何《いかが》ですか？　良いじゃないですか、恋愛結婚。穏やかな政略結婚も悪くないとは思いますが、より幸せになれるのは間違いないと思いますよ？」

「そ、それは……そうかも……だけど」

恋愛結婚という言葉にドキリとした。心臓が大きく跳ねる。コメットが続けて言った。

「お嬢様は元々殿下に好感を抱いておられるのですし、難しくないと思いますけどね。好かれて、嫌だとは思われないんでしょう？」

「もちろんよ……！」

アステール様に好かれて嬉しくないはずがない。

彼は私を好いてくれている。本気で愛して、妻に娶《めと》ろうとしてくれているのだ。

それを有り難いと、嬉しいと思う。可能なら、応えたいとも思う。

だけど――。


私の気持ちは恋にはならない。


違う。恋にしてはいけないのだ。

それは何故か。

――あの人は、私のものにはならないから。

結局はそういうこと。

そうだ、忘れてはいけない。

今は私に恋をしてくれていたとしても、彼はそのうち、その気持ちを別の女性へと向ける。ゲームヒロインに。そして私に婚約破棄を告げ、彼女と結婚する。

それを薄情だとは思わない。だってそれが定められた運命なのだから。

別の攻略対象者とヒロインがくっつく可能性はゼロではない。だけど、ヒロインは私を目の敵《かたき》にしているように見えた。初対面の時の台詞《セリフ》からしてもそれは明らかだと思う。

ならば、きっと彼女の目的はアステール様だ。

彼女はアステール様を選んでいるのだ。

だから、彼に恋はできない。

勝てない恋はしたくない。

臆病《おくびょう》だと笑われても良い。だって私は傷つきたくないのだ。

恋をしなければきっと傷つかず、笑顔で身を引くことができる。そう信じているし、その未来を私は目指しているのだから。


だから彼が私を好きだと言ってくれても、本当の意味で私が応えられる日が来ることはないのだ。

番外編　これは彼女には秘密の話（アステール視点）

Akuyakureijou rashii desuga Watashiha neko wo mofurimasu

「……で？　これは一体どういうことなのかな？」

「いや、その……オレは別に……」

スピカの部屋を出てすぐの廊下。視線だけで人払いをし、気まずそうに視線を逸《そ》らすシリウスを苛《いら》立《だ》たしい気持ちで睨《にら》み付ける。

王子としての仕事が溜《た》まり、しばらくの間学園に登校できていなかった。

書類と格闘し、会わなければならない人物たちと会談し、急ぎのものを全て片付けたのがついさっき。

学園はもう終わったが、愛《いと》しいスピカの顔だけでも見たいと彼女の屋敷にやってきてみれば、何故《なぜ》かシリウスがスピカと一緒にいる。

彼女とシリウスに付き合いがあるのは聞いていたが、私がいないこの短期間に、ふたりの距離がここまで縮まっていたとは予想外だった。

——まさか、屋敷に遊びに来るほど親しくなっていたとは……。

私が知らないうちになんということだ。

歯ぎしりしたい気持ちを堪《こら》える。

彼女と知り合いになったのはつい数週間前のくせに、あっさり彼女に招かれたシリウスが羨《うらや》ましくて仕方なかった。

――私なんて、リュカにかこつけて、ようやく！　なんだぞ。

しかもほぼ強引に押しかけた形だ。シリウスのように彼女に招かれたわけではない。

招かれた！　わけではないのだ！

ああ、腹が立つ。先を越された気分だ。

じとりとシリウスを睨《ね》めつける。

スピカと彼の関係がただの友人だということは分かっていたが、嫉妬《しっと》は膨れ上がり、抑えようとしても収まらなかった。

「……その」

「なんだ」

思った以上に苛《いら》ついた声が出た。

大体シリウスとは一度きちんと話そうと思っていたのだ。だがタイミングが悪く、機会を持つことができなかった。こんな事態になるのなら、強引にでも連れ出して釘《くぎ》を刺しておけば良かった。

――弁《わきま》えた男だと思っていたけれど……。

少し前、スピカがシリウスとまた会いたいと言った時のことだ。

彼女は言っていた。シリウスに、自分と会うなら私に許可を取れと言われたのだと。彼女の婚約者が私であることを強く意識した言葉だ。

シリウスが真っ直《す》ぐで嘘《うそ》を吐《つ》けない男であることは知っているし、その言葉が出るようなら変なことにならないだろうと許可を出したのだが（狭量な男だとスピカに思われたくなかったのが理由の八割）大失敗だ。

私に睨まれたシリウスは、参ったと言わんばかりの顔で私に言った。

「プラリエ公爵令嬢があなたの婚約者だということは存じています。あなたが彼女にご執心だという事実も。ですから、筋違いの嫉妬はなさらないで下さい」

「……知っていて、スピカに近づいた事実の方は？」

「殿下のお許しをいただいたと聞きましたので」

「……屋敷にまで来ていいとは言ってない」

許可を出したのは本当だがここまでは頷《うなず》いていない。納得できないと思いながら壁にもたれ、腕を組む。

シリウスは「そうでしょうね」と溜息と共に吐き出した。

「オレもそう思いました。ですから聞いたのです。殿下は大丈夫なのかと。そうしたらあなたの婚約者は『猫友を招くだけ』『心配することは何もない』と」

「……」

スピカがその言葉をどんな顔で、どんな声で言ったのか嫌でも理解できてしまった。

彼女は本気で分かっていないのだ。

私が、たとえ友人という立場であろうと『異性』を屋敷に招くのを嫌がるということに。

思わず渋い顔をすると、シリウスは気の毒そうに私を見てきた。

「殿下」

「……経緯は理解した。だがそこまで分かっていて何故頷いたんだ。断れば済んだ話だっただろう」

「……それは」

うろうろと視線を泳がせるシリウス。どうやら自分でもまずいという自覚はあったようだ。その上でのこのことやってきたというのだから、私が怒るのも当然だろう。

「シリウス」

促すように彼を見る。シリウスは逃げられないと悟ったのか観念したように言った。

「その……子猫を見せてくれると言われまして」

「……は？」

——子猫？　リュカのことか？

意味が分からない。怪訝《けげん》な顔でシリウスを見ると、彼はしどろもどろになりながらも言い訳を始めた。

「いや……元々そういう話だったのです。オレが最近子猫を見ていないと言い、それなら見に来ないかとそういう……」

「子猫。ただ、子猫を見るという理由だけで、お前は私に気づかれるかもしれないという危険を犯したのか」

「……はい」

「……」

スピカからシリウスが猫を四匹飼っているという話は聞いている。

相当の猫好きであるのは確かなのだろうが、私に目を付けられるかもと分かっていても、猫を選ぶほどだとは思わなかった。

「……シリウス」

呆《あき》れながらも声を掛けると、シリウスは「はい」と返事をし、その場に跪《ひざまず》いた。

「お前に私の邪魔をする気はないのだな？」

「ありません、殿下。殿下がプラリエ公爵令嬢をお好きなことは父もオレも知っていますから。オレ……いえ私たちは殿下を敵に回そうなどと思っていません」

「そうか」

誓うように頭を下げるシリウスを見て、微妙な気持ちになった。

シリウスやその父親ですら私がスピカを心から愛していることを知っている。それなのに肝心の本人には全く伝わっていないという事実が虚《むな》しかったのだ。

「……」

無言で頭を下げたシリウスを見つめる。彼に今後スピカと一切接触を断てというのは簡単なことだ。シリウスは従うだろうし、私の憂いもなくなる。だが、そうすれば間違いなくスピカは悲しむ。それどころか命じた私が恨まれかねない。できればそれは避けたいところだった。

「……分かった。今回は目を瞑《つむ》る」

結論はそれしかなかった。

せっかく一生懸命スピカとの距離を縮めているところなのに、彼女に嫌われるような真似《まね》はしたくない。

スピカと仲が良いシリウスに対する嫉妬は今も燃え盛っているが、その気持ちのままに権力を振り翳《かざ》してはいけないことも分かっていた。

「ありがとうございます」

「スピカとの関係も現状維持でいい。……無理に距離を取る必要はない」

「構わないのですか？」

断腸の思いで告げると驚いたような顔をされた。

「殿下が離れろとおっしゃるのならそうしますが……」

「逆に聞くが、お前は離れたいのか？」

「いえ……その……猫の話ができるのは嬉しいので」

正直な答えに、思わず笑ってしまった。力が抜ける。

「それなら、そんな心にもないことを言うな。スピカもお前と猫の話ができることを喜んでいる。……お前も望んでくれているのなら、仲良くしてやってくれ」

「はい」

「ただ、彼女が私の婚約者ということは忘れないように」

「肝に銘じます」

頷いたのを確認し、立ち上がらせる。

最初はシリウスとスピカの交流をやめさせてやろうかとも思っていたが、結果的にはこうなって良かったのかもしれない。

彼の父とは交流もあるし、執行部に所属しているシリウスなら信頼できるからだ。

――男というのは気にならないわけではないけれど。

贅沢《ぜいたく》を言っても始まらない。シリウスとこうして腹を割って話せただけでもよしとしなければ。

自分の中で折り合いをつけ、小さく息を吐く。

「まったく、スピカは私を振り回してくれるんだから」

私の苦労も知らず。

今頃《いまごろ》彼女は、どうしてシリウスが連れていかれたのかさっぱり分からないと思いながら私たちが戻ってくるのを待っているのだろう。

「ずいぶんと苦労なさっているようですね」

「……そうでもないさ」

スピカのための苦労なら、喜んで引き受ける。そう思い答えるとシリウスは言った。

「そうですか。……いえ、殿下がそれで構わないとおっしゃるならオレが口出しすることではないと思うのですが……」

「はっきりしないな。言いたいことがあるのならついでだ。言えばいい」

この際だと思い促すと、シリウスは微妙な顔をしながら口を開いた。

「その、オレから見て、の所感ですが、どうにもプラリエ公爵令嬢は殿下のお気持ちをいまいち理解していないように思えたので……」

「……」

シリウスの鋭い指摘に黙り込んでしまった。

やはり少し彼女と話せば気づく者には気づかれてしまう。

彼女が私のことを恋愛の意味で好きではないこと、そして私の気持ちを全く知ってくれていないという事実に。

以前あった出来事を思い出す。

あれはスピカが学園に入学して半年ほどが過ぎた時のことだった。

◇◇◇

「スピカ、今日は久しぶりに城でお茶会をしない？」

いつも通り、馬車に乗って学園から帰る途中、私は彼女にそう誘いを掛けた。

スピカが入学して半年。そろそろ学園にも慣れた頃だろう。

彼女が初めての学園生活に戸惑っているのは分かっていたから、いつもの『城でひと月に一度のお茶会』を誘うのも遠慮していたのだが、さすがにもう大丈夫ではないだろうかと思っての誘いだった。

「お茶会、ですか?」

私の隣に座った彼女は可愛《かわい》らしく小首を傾《かし》げた。

ブレザータイプの制服がよく似合っている。この制服は彼女のためにあるようなものだなと思いながら私は頷いた。

「うん。ここのところしていなかっただろう?」

きっと彼女は笑顔で了承してくれる。私はそう思っていたが、予想に反して彼女は不思議そうな顔をした。

「えっと、あの……勘違いでしたらすみません。私、てっきり『月に一度のお茶会』はなくなったものだとばかり思っていたのですけど」

「え」

「だってこうして毎日お会いしているわけですし……十分かなって思うんですけど」

「十分?」

何を言われたのか。驚いて彼女を見るも、どうやら本気で言っているようだ。びっくりしている私にスピカは少し考えたあと納得したような顔をした。

「あ、そうですよね。城でも婚約者同士仲が良いってアピールしなくてはいけないですものね。……分かりました。はい、そういうことでしたら、ぜひ、協力させていただきます」

「あ……うん」

勢いに呑《の》まれ、頷く。だが、心の中では疑問符が飛び交っていた。

――スピカは何を言っている？

まるで私とのお茶会が義務であるかのような言い方に頭が混乱する。

呆然《ぼうぜん》とスピカを見る。彼女はニコニコと笑い、「なんですか」と可愛らしく私を見てきた。

「……いや、なんでもないよ」

何を言えばいいのかも分からない。誤魔化すように笑ったが、幸いなことに彼女がそれ以上追及してくることはなかった。

◇

「……」

城に着いた。

私の隣を歩くスピカを観察する。

彼女は私にエスコートされ、高位の令嬢らしい滑るような動きで廊下を歩いている。

彼女と私の距離はいつも通り近く、スピカの表情も普段と変わらない。

私もさっきのスピカの台詞《セリフ》は、何かの聞き間違いではないかと思い始めてきた。

――そうだ、あり得ない。スピカは私のことが好きなんだから、私との関係を義務だと思っているなんてそんなことある筈がないのだ。

言葉の綾《あや》というか、言い間違いか何かに決まっている。

そう結論づけた私は、ようやく普段通りの自分に戻ることができた。予想外すぎる言葉を聞き、ずいぶんと混乱していたらしい。

お茶をするのは、王城にある中庭だ。

天気もいいし、スピカは花が好きだから喜ぶだろうと思ってのことだった。

先に連絡しておいたので、お茶の用意はすでにできていた。

中庭にある四阿《あずまや》には白いテーブルと椅子《いす》が準備され、女官たちが頭を下げている。

「下がっていいよ」

「かしこまりました」

お茶を淹《い》れさせたあと、女官たちを下がらせた。せっかく久しぶりにお茶をするのだ。邪魔をされたくはない。

恋人同士、心ゆくまで語らいたいと思ったからの行動で、女官たちも心得たように微笑《ほほえ》み、下がっていった。

「今日のお茶も美味《おい》しいですわ」

お茶の味を確かめ、スピカが笑う。用意されていたのはローズティーで、彼女がお気に入りの品だった。

彼女の好みを優先させたできる女官たちに心の中で評価を上げ、私も同じようにお茶を楽しむ。

時期は春。天気も良く、風も穏やかだ。まさに絶好のお茶日和《びより》と言っていい最高のシチュエーションに愛する人とふたりきり。

私の機嫌が良くなるのも当然だった。

「スピカ。最近、学園はどう？」

なんでもない話をふたりでするのが楽しい。スピカも私の話に笑顔で付き合ってくれた。

登下校の短い時間とは違い、久々ののんびりとしたお茶の時間。

こういう時間をもっと増やしていきたい。そう思った私はスピカに言った。

「ねえ、スピカ。良かったら、今度一緒にピクニックでも行かないかい？　お弁当を持って、いつもと違う場所でゆっくりとした時間を過ごすのも楽しいと思うんだ」

私が忙しいせいで、学園に入学する前は一ヶ月に一度、一時間ほどのお茶会だけしか彼女と会えなかった。

学園に入学してからも、行き帰りの馬車の中だけ。

これだけでは、彼女のことを知るチャンスなどないに等しい。

私はもっとスピカのことを知りたいと思っているのに。

だから私は彼女をデートに誘ったのだ。

私はスピカのことが好きで、彼女も私のことが好き。

私のこの提案を彼女はきっと喜んでくれると信じて疑っていなかった。

笑顔で彼女の答えを待つ。彼女はキョトンとした顔で言った。

「え？　ピクニック、ですか？　町中ではなくて？」

「町中？　スピカは町中がいいの？　それならそれで構わないけど」

町で人気のカフェにでも行きたいのだろうか。

女性がそういうものが好きだということは知っている。もちろんスピカが望むのならば、どんな場所にだって付き合うけれど、ピクニックについて意外そうな顔をされたのが分からなかった。

疑問が顔に出ていたのだろう。スピカが慌てて言った。

「別に、町中に行きたいというのではないのです。ただ、その方が効果的かなって」

「効果的？」

何の話だと眉《まゆ》を顰《ひそ》めると、スピカは当然という顔で頷いた。

「ええ。町中ならたくさんの人が見ているでしょう？　それに比べてピクニックでは、誰《だれ》も見ていないから」

「スピカは皆に見られたいの？」

それこそ意外だ。

彼女は人に見られるのを恥ずかしがるタイプかと勝手に思っていた。

私の質問に彼女はお茶請けのクッキーをつまみながら言った。

「いいえ。見られたいわけではありません。ただ、どうせ出かけるのなら効果的である方がいいのではと思っただけで」

「さっきから効果的とか言ってるけど……どういうこと？」

「私たちの仲が良好だと皆にアピールするためですけど。……何か違ってます？」

平然と告げる彼女を凝視した。

彼女が言うことは決して間違っていない。

私と彼女の婚約が順調であることを定期的に皆にアピールするのは必要なことだ。

王族の婚約には確かにそういう側面がある。

だけど今はそんな話をしていない。

そうではなく、ふたりきりで絆《きずな》を深めたいと、ただそれだけのつもりだったのに。

「ピクニックでは見せる相手もいませんから、あまり意味がないかなとそう思ったんですけど」

「私とふたりきりになりたくないの？」

格好悪い話だが声が震えた。彼女は目を瞬かせ、「まさか」と微笑む。

「そんなわけありません。お誘いいただけるのでしたら喜んで参ります。ただ、アステール様はお忙しい方ですし、意味のない行動に割くお時間はないかなと思っただけで」

「意味がないことはないよ。君と仲良くなれる」

「まあ、アステール様ってば」

本気で言ったが、スピカは軽く流してしまった。

コロコロと可愛らしく笑っている。そんな彼女の態度に私は酷《ひど》くショックを受けた。

私と仲良くなることに意味を見出《みいだ》していない彼女。

それはどうしてなのか。

考えたくなくて、でも答えが知りたくて、私は何でもない顔をして彼女に代替案《だいたい》を提示した。

「そ、それならスピカ。君が言う通り、効果的な方向で行こうか。学園で、昼をふたりきりでとるんだ。毎日ね。それなら大勢の人に見られるから意味がある。それに昼休みだから私の忙しさを気にする必要もないよ。どうかな？」

スピカに拒絶されるのが嫌だった。

だから彼女の望みと私の望みが合致することを提案したはずなのに、それはまたしても彼女に否定されてしまった。

「ええと、できれば遠慮させていただきたいと思います」

「どうして？」

何故だ。

彼女の望み通りにしたはずなのに断られたのが信じれなくて、つい、キツい言い方で詰め寄ってしまった。

スピカは驚いた顔をしつつも、素直に口を開く。

「ええっと、確かに私たちは婚約者同士ですし、互いに尊敬の念をもって接しているとは思いますけど、決して恋人同士ではありません。毎日の登下校で会話不足は十分に解消できていますし、アステール様も執行部の生徒たちとの付き合いは必要でしょう？　学園内まで無理に一緒にいる必要はないと思うのです。私たちが共にいれば、皆もきっと気を使ってしまうと思いますし、毎日というのはちょっと……」

「……」

恋人同士ではない。そうはっきり言われ、心臓が握り潰《つぶ》されたかと思うほどに痛んだ。

信じられない気持ちで彼女を凝視する。

私は彼女と思いの通じ合った恋人なのだと、今の今まで思っていたというのに、それは私ひとりの思い込みだったというのか。

衝撃が大きすぎて碌《ろく》に返事もできない。それでも何とか口を動かした。

「そ、そう……そうだね。分かったよ」

それ以上、私に何が言えただろう。

私たちは恋人だろう？　なんて、確認できるはずもない。

だって答えはすでに彼女からもらっているのだから。

「……」

じっと彼女を見つめる。美しい青い瞳《ひとみ》を見れば、私の心はざわめき、愛《いと》しさが膨れ上がる。

だけど、ああ。言われて初めて気がついた。

尊敬、好意といったものは確かにある。だがスピカの目や表情のどこにも、私に対する恋情の色が見当たらないということに。

彼女は私を好いてはくれている。だけど決して『恋愛』という意味ではないのだ。

どうして今まで気づけなかったのだろう。

彼女は一度だって、私を『愛しい』という目で見てくれてはいなかったのに。

「っ」

咄嗟《とっさ》に胸を押さえる。痛みが走り、我慢できなかった。

地面がグラグラと揺れるような心地。今にも倒れてしまいそうだ。

顔色を悪くする私を、スピカが心配そうな顔で見つめてくる。

「アステール様？　大丈夫ですか？　お顔の色があまり宜《よろ》しくないようですけど。やはりお疲れなのではありませんか？」

「い、いや……大丈夫。それよりスピカ、ひとつ聞きたいんだけど」

「はい」

倒れそうになるのを必死で堪え、なんとか口を開く。

ひとつだけ、どうしても確認しておきたいことがあった。

「……スピカ。私は君のことが好きだよ。愛している」

「まあ、ありがとうございます。私もですわ、アステール様」

「……そう」

流れるように答えが返ってきた。

それを今までは相思相愛《そうしそうあい》のカップルらしいやりとりだと思ってきたけれど、酷い思い違いだったということをようやく理解した。

――スピカは、私が彼女を恋愛の意味で好きということも分かっていないんだ。

綺麗《きれい》に微笑む彼女の表情は、当たり前の社交辞令を受け取ったものだった。

それに対し、彼女も同じように社交辞令《しゃこうじれい》で返した。そういうことだったのだと理解する。

――なんてことだ。

今まで、彼女と上手《うま》くやれていたと思い込んでいた自分が馬鹿《ばか》みたいだ。

スピカの目には私に対する熱がない。そんなことすら気づけなかったのだから。

「アステール様？」

「……ごめん、スピカ。やっぱりちょっと体調が悪いみたいだ。今日はこれで終わりにして構わないかな」

気づいてしまった事実がショックすぎて、スピカといつも通りに接する自信がない。お茶会の終わりを告げると、彼女は「分かりました」と言って立ち上がった。

「お大事になさって下さい。体調がお悪い中、お誘い下さりありがとうございました」

淑女の見本みたいな態度で彼女は挨拶《あいさつ》をし、一度も振り返らず出ていった。

その背中を見て思う。

本当に思い合っている恋人なら一度くらい振り返って手を振ってくれたり、名残《なごり》を惜しんでくれるものではないだろうか。

考えてみれば、彼女がそんな真似をしたことは一度もなかった。いつだって彼女はさっさと去っていった。用事は終わったとばかりに。

恋は盲目とはよく言うが、本当に私は今まで何も見えていなかったらしい。

彼女の態度を疑問に思わず、同じように恋してもらっているものだと思い込んでいたのだから。

「……馬鹿みたいだ」

残された茶席、両手で顔を覆い、天を仰ぐ。

まさか愛されていないだけではなく、私の愛すら社交辞令と受け止められているとは思いもしなかった。

社交辞令の愛に真実の愛を返せるはずがない。

彼女が私を愛さないのもそういう意味では当然なのかもしれないけれど。

「社交辞令なんかじゃないのに」

私の愛は真実彼女の下にある。彼女しか欲しくない。ずっとスピカしか見てこなかった。他《ほか》の女なんて興味ない。私はスピカだけいればいいのに。

そんな私にとって当たり前のことすら、彼女には伝わっていなかった。それがとても悲しかった。

「これでは駄目だ」

顔から両手を放し、椅子から立ち上がる。

きっと、私の努力が足りなかったのだ。

王族としての教育もあり、私は感情をあまり外に出すことをしない。そのせいで、彼女に私の真意が伝わらなかったのだろう。

多分そうだ。そうに決まっている。

愛されていると思わせなかった私が不甲斐《ふがい》なかったから、彼女に社交辞令だなんて盛大な勘違いをされてしまったのだ。

「……頑張らなければ」

少なくとも彼女に私の気持ちを分かってもらえるよう、その程度には態度に出していかなければ。

でなければ、待ち望んでいるスピカとの結婚が酷く乾いたものになってしまう。

それだけは嫌だった。

私はスピカと相思相愛の恋愛結婚がしたいのだ。

私はやれることはなんでもやろうと決意した。

彼女に分かるようにスキンシップや態度に出すよう心がけ、心を込めて好きだと言い続け——そして、今がある。

◇◇◇

——半年頑張っても、未《いま》だ彼女に分かってもらえていない事実は、キツいな。

この半年のことを思い出し、憂鬱《ゆううつ》な気持ちになっていると、口を噤《つぐ》んだ私に何かを察したのかシリウスが申し訳なさそうに言った。

「すみません。失言でした」

「……いや、いいよ。お前の言うことは事実だし。ただ、このままにするつもりはないし、今後も努力していくつもりではある」

「そ、そうですか。その……オレが言うのもなんですが、殿下は頑張っていらっしゃると思います。彼女以外は、皆、殿下のお気持ちを理解していると思いますから」

慰めるように言われ、それには苦笑いするしかなかった。

他の全員に分かられても、ただひとり、本当に分かって欲しい人に理解してもらえないのでは意味がない。そう思ったからだ。

「まあ、いいよ。これもスピカと結婚するための試練だと思っているから」

「オレなら、とっくに諦《あきら》めてます」

「それができるのなら苦労していないよ」

一目惚《ぼ》れから始まって好きになったスピカ。始まりは確かに一目惚れだが、今では彼女自身を愛していると自信を持って言える。

彼女でないと駄目なのだ。とっくの昔に引き返せないところまで来ている。

「諦めるという選択肢が存在しないからね。まあ、気長にやるよ」

眉を下げながら言うと、シリウスは複雑な顔をしながらも「あなたがそれで宜しいのでしたら」と返事をし、なんと自分から今後の協力を持ちかけてくれた。

「……オレにできることでしたら、なんなりとお申し付け下さい」

「……」

その瞳に同情があるように見えるのは決して気のせいではないだろう。

そう思われるのも仕方ないのだろうが、『可哀想《かわいそう》』と認識されるのは嫌だった。

「必要ないよ。これは私の問題だから。お前の手を借りるつもりはない」

キッパリと断りを入れると、意外だったのかシリウスは目を見張った。

「……殿下」

「お前はお前で思う通りにすればいい。言った通り、スピカとの付き合いも今まで通りで構わない。私の邪魔をしなければ、それでいいよ」

「……分かりました」

微妙な顔をしつつもシリウスが頷く。

これでようやく話は終わりだ。

スピカが待っているから、部屋に戻らなければ。

「戻るぞ」

「はい」

シリウスを引き連れ、彼女の部屋に戻る。

とりあえず、彼女には一言釘を刺しておかないと。

シリウスは話の分かる男だったから良かったけれど、今後も同じようなことが続けばさすがに笑ってはいられない。

いい加減、私に愛されていることくらいは分かって欲しいものだけれど、気長にやるしかないだろう。

「まあ、いいさ」

――スピカ。私は絶対に君を手に入れるから。

いつか君に、私がどれだけスピカを愛しているか、分からせてあげる。

心の中で彼女に誓う。

だけどその日が意外と早くに訪れることになろうとは、そしてそこからこそが本番になるのだとは今の私には想像もつかなかった。

番外編　僕に新しい『家族』ができるまでの話（リュカ視点）

Akuyakureijou rashii desuga Watashiha neko wo mofurimasu

「なーん、なーん」

これは、お母さんが僕を呼ぶ声。

少し低い、でもとっても優しい声だ。

◇◇◇

気がついた時には、僕には青い目をしたお母さんと兄妹がいた。

お兄ちゃんが二匹に妹が一匹。だけどほぼ一緒に生まれたから、順番はあんまり関係ないと思う。

皆、足が長くて、僕だけが短い。背中に丸い模様がついているのも僕だけだ。

仲間外れみたいで嫌だったけど、多分、お父さんに似たんだろうってお母さんに言われてからはあまり気にならなくなった。

お母さんからミルクをもらい、赤ん坊だった僕たちはすくすくと成長していく。

お母さんの後をついて回り、綺《き》麗《れい》なお水がある場所を教えてもらい、何が危険なのかをたくさん学んだ。

「空を飛んでいるのは、大体が危険だからね。狙《ねら》われたら殺されて食われてしまう。あいつらに見つかったらすぐに隠れるんだよ。特に黒いカラスという奴《やつ》には要注意だ」

「人間という二本足で歩いているのが、たくさんいる。いい奴もいれば悪い奴もいる。見誤っては駄目だよ。悪い奴に捕まったら虐待されて、やっぱり殺されてしまうからね」

お母さんの言葉に、僕たちは怯《おび》えながらもふんふんと何度も頷《うなず》いた。

妹なんかは、涙目になっていた。

殺されて食べられるという言葉が怖かったのだ。

そんな僕らにお母さんが言う。

「人間全部を嫌う必要はないよ。中にはご飯をくれる奴もいるし、聞いたところ、暖かくてご飯の心配も病気の心配もしなくていいところに連れていってくれる奴もいるから」

「そうなの？」

お母さんの言葉に僕たちは食いついた。

そんな素敵な場所、存在するのだろうか。

だって夜になると寒くなる。雨は冷たくて動けなくなるから嫌だ。ご飯をお腹《なか》いっぱい食べられないのも、綺麗なお水が飲めないのも辛《つら》くてたまらない。

「そんなこと、あり得るの？」

僕らの質問にお母さんは教えてくれた。

人間の中には、僕たちを『家族』として迎えてくれる存在がいるのだとか。

『家族』になると、人間は僕たちのお世話をしてくれる。

美味《おい》しいご飯を用意してくれ、綺麗なお水を飲ませてくれる。時折、おやつと呼ばれるとても美味しい特別な食べ物だって食べさせてくれるらしい。

そしてそして、雨が降らない場所に住まわせてくれて、ずっと守ってくれるというのだ。

「ずっとっていつまで？」

「ずっとはずっとだよ。だけどいいことばかりじゃない。兄妹離ればなれになって会えなくなることを覚悟しなくちゃいけないし、もう二度と、外にも出られない」

「外って？」

「ここのこと。安全な場所から出してもらえなくなるんだよ」

「……ふうん」

兄妹たちはそれは嫌だと騒いでいたが、僕は違った。ずっと一緒にいてくれて、美味しいご飯を用意してくれる存在がいるのなら、もうそれで十分じゃないかと思ったのだ。

だって、外は怖い。

時折、馬車と呼ばれる怖い人間の乗り物が襲ってくるし、空からも僕たちを狙ってカラスがやってくる。まだ僕は見たことがないけれど、魔物という恐ろしい存在もいると聞いた。

それらに怯えて隠れながら暮らすのは辛くて、僕は人間に連れていってもらいたいなあと思っていた。

――そんな風に思っていたのがいけなかったのだろうか。

ある日、僕たちはいつものようにお母さんと一緒に移動していた。ご飯を探す、大事な時間だ。

その日は運が悪くあまり食べ物にありつけなくて、皆お腹を空《す》かせていた。

「お母さん。お腹減ったよ」

「お腹減った、お腹減った」

兄妹と一緒に訴える。だけどお母さんは冷たかった。

「我慢しなさい」

一言だけで、振り返りもしなかった。僕たちの先頭に立って、何かを警戒するように歩いていた。

「お母さん、どうしたんだろうね」

「ね。今日はずっと何か変だよ」

「――早く来なさい」

ピリピリしたお母さんの叱責《しっせき》に、僕たちは首を竦《すく》めた。

僕たちは知らなかったのだ。

この近辺に、猫を襲う大きな犬が住み着いていることを。お母さんがそれに警戒していたことなんて全く知らず、暢気《のんき》に文句を言っていた。

だからその時が来ても、何にも反応なんてできなかったんだ。

「っ……！」

アッという間もなかった。突然「ワンワン！」という声と共に、大きな犬が僕たちの方に走ってきた。

「逃げなさい！」

お母さんの叫び声。僕たちはちりぢりになりながらも必死で逃げた。

犬は僕たちを揶揄《からか》うように縦横無尽《じゅうおうむじん》に駆け回り、好き放題追いかけ回した。僕も兄妹もお母さんも、ただ逃げることしかできなかった。

「怖い、怖い、怖い！」

どうかこっちに来ないで欲しい。泣きそうになりながらも僕はひたすら逃げた。

僕の足は短かったけれど、走るのには自信があった。一生懸命足を動かし、恐ろしい大きな犬から逃げ延びた。

でも――。

気づけば僕はひとりぼっちになっていた。

「お母さん……？　皆？」

慌てて見回したところで、お母さんがいるはずもない。兄妹だって同じだ。何も考えず走ったせいか、どこにいるかも分からない。

僕は完全に迷子になってしまったのだ。

「どうしよう……」

ぐぅ。

途方に暮れた僕のお腹から音が鳴る。

ずっとお腹が減っていたのに走って消耗したからだ。それは分かっていたが、僕はどうしたらいいのか分からなかった。

「お母さん。お腹減ったよ……」

呟《つぶや》いても答えてくれるお母さんはいない。僕はなんとか知っている場所に戻ろうとした。

それくらいしかできることがなかったからだ。

多分、こっちから来たのだろうなと思う方向に頑張って歩く。

ただひたすら、お母さんと兄妹が恋しかった。

「……なーん。なーん」

声を出せば、お母さんは来てくれるだろうか。そう思い、何度か鳴いてみたが、答えてくれる声はなかった。

高い塀《へい》の上で寝転がっていた見知らぬ猫が僕を嘲笑《あざわら》う。

「なんだ、情けない声を出しやがって。もしかしてお前、母親に捨てられたの？」

「違う！　迷子になっただけだもん！」

捨てられたなんて、そんなわけがない。

必死で否定したが、その猫からは嘲《あざけ》るような答えが返された。

「それは捨てられたのと同じことさ。……オレだってそうだったから分かる」

「っ……！　君も、僕と同じ？」

「そうさ。それからずっと一匹で生きてきた」

その猫の尻尾《しっぽ》が揺れる。良く見れば、彼は耳の形がおかしなことになっていた。怪我《けが》をしてそのまま治ってしまったのだろう。歪《いびつ》な耳の形と、そして片目が開いていなかった。

僕が驚いたことに気づいたのだろう。その猫はにんまりと笑った。

「一匹だけで生きていりゃ、これくらいは仕方ない。命があるだけ儲《もう》けものってね。お前も母親を探すなんて諦《あきら》めて、さっさとひとりで生きていく術《すべ》を見つけろよ。でなきゃ、死ぬぜ」

「！」

恐ろしい言葉に身体《からだ》が震えた。

死ぬ。

それは二度と動かなくなることなのだと、この間お母さんに教えてもらった。永遠のお別れなのだと。もう一緒にいることはできないのだとお母さんは言っていた。

「嫌だ……」

『死ぬ』をするのは嫌だ。怖い。

ブルブルと震えると、片目の猫は楽しそうに言った。

「まあせいぜい頑張りな。お前、まだガキだろ？　餌《えさ》の採り方も碌《ろく》に知らないんじゃねえか？　そんなガキが一匹で、どこまで生き残れるかねえ。楽しみだ」

「た、助けて……！　お兄ちゃん、助けてよ！」

聞けば聞くほど怖くなる。誰《だれ》かに縋《すが》りたくてそう叫ぶと、片目の猫は面倒そうに立ち上がった。

「嫌だね。どうして余所《よそ》の猫を助けないといけないんだ。オレはオレの面倒を見るだけでいっぱいいっぱいなんだよ」

「あ……」

「弱肉強食《じゃくにくきょうしょく》。お前が強ければ生き残ることもあるかもな。だが、オレの知ったことじゃない」

そうして塀の向こう側に飛び降り、僕から見えない場所に行ってしまった。

一匹だけで残され、ゾッとした僕は必死に叫んだ。

「待って……待ってよ……僕をひとりにしないで！」

どんな存在でもいい。ひとりでいるのが辛くて悲しくて寂しかった。

戻ってきて欲しい一心で鳴くも、彼がここに戻ってくることはなく、僕はとぼとぼとその場を去るしかなかった。

◇◇◇

「……お腹減った」

あの猫と会ってから——。

僕はなんとか気力を振り絞り、必死でお母さんを探したが、結局見つけることは叶《かな》わなかった。

そしてついぞ僕の知っている場所に戻ることもなかった。

すっかり希望を失った僕はひとりぼっちで道を彷徨《さまよ》い、夜はひとりで眠った。

「……怖いよ」

夜の闇《やみ》が怖い。何かの影に隠れながらいつでも逃げ出せるようにして、眠る。

いつもはお母さんが見てくれていたから何も考える必要がなかった。兄妹一緒に身を寄せ合っていたから温かかったし、何よりも安心できた。今思えば、お母さんがどれほど神経を尖《とが》らせて僕たちを守ってくれていたのかよく分かった。

「お母さん……皆……」

もう会えないのだろうなとなんとなく察してはいる。だけど、寂しい気持ちは止められなかった。

悲しい夜を越え、次の日僕は、偶然人間が落とした食べ物を見つけた。

「あ……」

——あれは食べられる。

以前、お母さんに食べても大丈夫だと教えてもらったものだ。

その食物はほんの欠片《かけら》程度。だけど今の僕には宝物のように見えていた。

——ご飯。ご飯だ！　ご飯が食べられる！

人間が去ったのを確認してから飛びつく。

大喜びで口を開け、さあ食べようと思ったところで、僕よりも小さな猫の存在に気がついた。

「あ……」

動きが止まった。

その子と目が合ってしまったのだ。その子もお腹を減らしていた。僕とほぼ同時に『これ』を見つけたのだろう。出遅れたことを悔やんでいるのが表情だけで分かる。

「……」

胸が痛い。

さっさと食べてしまえばいいのに、それがどうしてもできなかった。

僕は無言で食べ物の側《そば》から離れた。その子が大きく目を見開く。

「あげるよ。君の方が小さいから……」

お腹はぐうぐうと空腹をしきりに訴えていたが、もう食べようとは思わなかった。

「い、いいの?」

その子が大きく目を見開く。僕はうんと頷いた。

「いいよ。僕、お腹空いてないから」

分かりやすい嘘《うそ》だったが、その子はそれを信じた。

慌てて食べ物に飛びつき、がぶがぶと食べる。それを確認し、僕はその場を去った。

小さなあの子がご飯を食べられて良かったなと心から思いながら。

「……お母さん。僕、これでよかったんだよね」

とぼとぼと歩きながら、呟く。

思い出してみれば、お母さんはいつも僕たちに食べ物を優先的に食べさせてくれていたように思う。

それを僕たちは何も考えず喜んでいたが、今なら分かる。きっとお母さんもお腹を減らしていたのだろう。それでも僕たちに食べさせなければと我慢していたのだ。

僕も小さいと思うが、さっきのあの子はもっと小さかった。僕もあの子も互いにひとりきり。なんだったら声を掛けて、一緒にいようと誘えばよかったのかもしれない。そうすれば寂しさも少しはマシになったのかも。お互い助け合って生きていけたのかもしれない。

だけどそれはできなかった。

僕はお母さんみたいに強くはない。

自分が譲ったのに、あの子がご飯を食べているのを羨《うらや》ましいと思ってしまった僕では、きっと一緒にはいられないのだと思う。

あの子にご飯を譲ったことを後悔してはいないけど、それと同じくらいいいなと思ってしまったのだ。

だからすぐに立ち去った。あの子が美味しそうにご飯を食べるのを見ているのが耐えられなかったから。

僕は駄目だ。全然強くない。いつも僕たちに、それが当たり前であるかのようにご飯を譲ってくれたお母さんみたいにはなれないと思った。

僕にはああやって黙って立ち去ることくらいしかできない。

「お腹、減ったな……」

力なくただ、歩く。どこへ向かっているのか、自分でもよく分かっていなかった。

◇◇◇

お母さんたちから離れて、何日が経《た》ったのだろう。結局僕はご飯にありつけないまま、よく分からない場所を一匹で彷徨い歩いていた。

空から大きな黒いカラスに狙われたこともあった。

命からがら逃げ延びたが、あれは本当に恐ろしかった。

気配がなくなってからしばらく経っても、身体が震えてその場から動けなかったくらいだ。

そうやってなんとか生き延びていた僕だったけど、試練というものは続くらしい。今度は雨が降ってきた。

冷たい滴《しずく》がしとしとと降り続く。お母さんが一緒だった時に教えてもらったように物陰に身を潜め、やり過ごしていたが、雨粒が隠れている場所にまで入り込んでくる。それがとても不快だった。

「お母さん、寒いよ……」

「……冷たい」

僕の声は「にゃあん」という情けない音になって辺りに響いたが、反応するものはなかった。

どうして僕はこんな目に遭っているんだろう。

お母さんと兄妹と、ただ、普通に暮らしていただけなのに。

あれからたくさんの猫や人間と会ったが、誰も僕を見てはくれなかった。

話しかけてもくれない。こちらが近づいていっても無視されて、まるで僕が存在しないような扱いをされた。

人間も同じだ。僕が鳴いても、誰も振り向いてすらくれなかった。

これなら揶揄いはされたが、最初に会った片目の猫の方がマシだった。僕ときちんと会話をしてくれたのだから。

「……寂しいなあ」

声を上げても誰も反応してくれない。それがこんなに辛くて悲しいことだったなんて知らなかった。まるでこの世界には僕だけしかいないみたい。暗闇に呑《の》み込まれてしまったかのような、そんな気分になる。

なにも聞こえない。なにも見えない。そんな世界に僕はいて、もうそれも限界かなと思っている。できる限り身体を縮ませ、震えながら雨が止《や》むのを待つ。

流れてきた雨をちろりと舐《な》めた。

そういえば水すら飲めていなかったと思い出し、無心に舐め続ける。

お腹は膨れないけど、少しだけ飢餓感がマシになった気がした。

「……僕、どうなるのかなあ」

お母さんが言ってた『死ぬ』になるのだろうか。

それは嫌だなと思っていたけど、今はそれでもいいかもしれないと思い始めていた。

だって僕には何もない。

苦しい思いをして暗い場所を彷徨い歩いているだけならば、『死ぬ』になってしまった方がきっと楽だと思うから。この辛い気持ちがなくなるのならば『死ぬ』でもいいかもしれない。

「……どうしたら『死ぬ』になるのかなあ」

震えながら目を閉じる。

『死ぬ』をしたいと思っても、僕はどこまでも臆病《おくびょう》だった。

苦しいのは嫌だ。痛いのも嫌だ。痛みも寒さも感じず、『死ぬ』をしたい。

そんな風に思いながら僕はそっと目を閉じた。

◇◇◇

「助けて！　助けて！」

次の日、僕は足を必死で動かし、自分に出せる最高速度で走っていた。

昨日、『死ぬ』をしたいなんて思った罰が当たったのだろうか。

今、僕は猛烈に昨日の自分を反省していた。

その理由は、あの、空にいる黒いカラス。

前回も追いかけられたそのカラスに、運が悪いことにまた見つかってしまったのだ。

黒いカラスは大きな翼を広げ、僕を狙って降りてくる。前回は上手《うま》く逃げることができたが、今回は逃げ切れる気がしなかった。お腹が減りすぎて、力が出ないのだ。

「やだ……やだよ！　来るな！　来るなってば！」

僕の「にゃあ」という声が情けなく震えている。

鋭利なくちばしが怖くてたまらない。あのくちばしが僕を突くのだと思うと、恐怖で動けなくなりそうだ。でもそうなったら最後。それが分かっていたから僕は必死に足を動かした。

――でも。

「あっ……」

足がもつれ、転んでしまった。起き上がろうとするが焦っているせいか上手くいかない。

その絶好のタイミングをあの黒いカラスが逃《のが》すはずもなく、勢いよく僕に向かって突っ込んできた。

「――っ！」

もう駄目だ。

ギュッと目を瞑《つむ》る。

きっと僕はあの鋭いくちばしに啄《ついば》まれて、たくさん痛い思いをするんだ。そうして『死ぬ』になるのだろう。

殺されると『死ぬ』になると、お母さんは言っていたから。

確かに『死ぬ』でもいいかと思っていたけど、それは嘘ではなかったけれど、僕が望んでいたのはこんな結末なんかじゃない。

痛いのは嫌だ。お腹が減って辛いのも嫌だ。僕はただ……普通に生きていたかっただけなのに――。

――どうして誰も助けてくれないの？

誰もいない。僕を見てくれるものは誰も。

絶望を感じながら意識が途切れる。その直前、優しい声が聞こえた気がした。

――自分よりも小さなものに救いを与えた優しい君に、どうか素敵な出会いがありますように。

ふわりと身体が持ち上がった気がした。

僕は自分がどうなったのか分からないまま、意識を閉ざした。

◇◇◇

「あれ？」

『死ぬ』になったと思ったのに、僕はまだ生きていた。

カラスに追いかけられていた場所でもない。

人間と呼ばれる人たちがたくさん行き来しているのが、僕のいる場所からよく見えた。

疑問に思いつつもあのカラスが近くにいないことに心底安堵《あんど》した。

「助かったんだ……」

何が起こったのか分からなかったが、助かったらしいということだけは理解した。

でも――。

「……お腹減った」

相変わらずお腹は空いたままで力は出ない。

カラスから逃げられたのは良かったけれど、このままではやっぱり『死ぬ』をするしかないということは分かっていた。

「どうしよう……」

せっかく命を拾ったのだ。できれば僕だって生きていたい。

だけどそのためには食べなければならない。

お母さんのように餌を狩ればいいのかもしれないけれど、経験がないのでできる自信もないし、そんな体力はとうになくなってしまった。

せっかく助かったのに、ここで終わりなのかな、と諦めつつ、このまま静かに『死ぬ』ができるのならそれもいいかもしれないと思い直す。

「痛いとかじゃないだけいいかな」

お腹が空いているのはとても辛いけれど、痛いよりはマシだ。そう思い、地面に蹲《うずくま》る。

目を瞑ってこのまま大人《おとな》しくしていれば『死ぬ』ができるだろうか。

「?」

ふと、顔を上げた。

視線を感じたような気がした。誰かが僕を見ているような気が。

そんなわけない。僕を見ているものなんているはずない。

それを僕は嫌と言うほど知っているというのに、どうしても気になり、キョロキョロと辺りを見回してしまった。

「あ」

少し先、大きな道を『馬車』が走っていた。

馬という生き物が二頭、その乗り物を引っ張っている。

その馬車がどうにも気になってじっと見ていると、何故《なぜ》か馬車はその場に停《と》まった。

「停まった？」

目を離せない。じっと馬車を見つめ続ける。

中から人間が一人、飛び出してきた。銀色の髪の毛がとても綺麗だった。

その人間は真っ直《す》ぐ僕の方に走ってくる。

「え、え？　あ」

目が合った。

その人間は僕を見ていた。

胸が騒ぐ。

今までたくさんの人間を見てきた。だけど僕と目を合わせてくれたのはその人間が初めてだったから。

目が合ったことに驚き、動けない。

でも、僕を見てくれたことが嬉しかった。

優しそうな顔をしている。お母さんと同じ目の色をしていた。

ふと、お母さんが言っていたことを思い出した。

人間の中には、僕たちを『家族』として迎えてくれるものがいる、と。

――お母さんと同じ目の色をしたこの人なら、もしかしたら助けてくれるかもしれない。

そう思った。

期待してはいけない。

それは嫌と言うほど分かっている。でも、僕を見つけてくれたこの人なら、お母さんと同じ目をしたこの人なら僕を助けてくれるのではないだろうか。縋ってもいいのではないだろうか。そう思ったのだ。

だから僕は鳴いた。その時できる、精一杯の声で鳴いた。

「……僕を助けて。『家族』にしてよ」

ニャアとしか声にならなかったけど、それが限界だった。

もう、痛いのも寒いのも、冷たいのも、お腹が空くのも、そして寂しいのも嫌だ。

助けて、助けて。助けて下さい。

僕をあったかくて、怖くないところに連れていって欲しい。

そういう気持ちで人間を見つめる。

「――」

「？」

人間は何か言った後、僕の前にしゃがみ込み、綺麗な布を地面に広げた。

何がしたいのだろう。

首を傾《かし》げて見ていると、人間は僕を両手で掴《つか》んだ。

そんなことをされたのは初めてでびっくりしたけど、嫌ではなかった。その手はすごく優しくて、僕を傷つけないよう配慮されているのが分かったからだ。

「え?」

綺麗な布に包まれ、それごと持ち上げられる。

何が起こったのか分からなくて、慌てて隙間《すきま》から顔を出した。

「——」

人間が僕を見つめてくる。

その顔はとても優しくて「もう安心していいんだよ」と言ってもらえた気がした。

お母さんが笑ってくれたような、そんな気がした。

「……お母さん」

声に出して、ああ、そうなんだと納得した。

そうだ。きっとこの人は僕のもう一人のお母さんなのだ。

僕を助けてくれる人。僕を辛い場所から連れ出してくれる人。

僕の呼び声に、新しいお母さんは僕を抱きしめて応《こた》えてくれた。

温かくて柔らかい。そしてとても良い匂《にお》いがした。

——やっぱり、お母さんだ。

全身を包む温かい感覚に、もう僕はそれだけでたまらなく安心してしまって、全力でお母さんにしがみついた。

連れていって欲しかったから、置いていかれたくなかったからしがみついた。

「――」

僕を抱いてくれている人とは別の人間が僕を覗《のぞ》き込んでくる。

その人間に、お母さんが何か言う。

どうなるのかな、なんてドキドキしながらも、実のところ僕は何も心配していなかった。

だってお母さんが一緒だから。

彼女はきっと僕を守ってくれるのだと分かっていた。

その思いが裏切られることはなく、僕はそのあと一緒に馬車に乗せられ、そして『家族』として新しい場所に受け入れられた。

◇◇◇

僕が新しいおうちに来てから何日か経った。

新しいおうちはすごい。

ご飯は一日二回、お強請《ねだ》りしなくても美味しいものを用意してくれる。

僕のためだけの特別なご飯。邪魔をする者もいないから警戒する必要もない。

初めてそれをもらった時はすごく嬉しくて、しかも食べたらとっても美味しくて、僕は初めて生き延びることができて良かったと心から思った。

ご飯を食べる時、お母さんはいつも全部食べていいんだよという感じで僕の背中を撫《な》でてくれる。

それがすごく好きだ。嬉しくってすぐに尻尾がぴょんと上がってしまう。

ちょっと恥ずかしいのだけど、僕が尻尾を立てるとお母さんが嬉しそうにしてくれるからまあいいかなと思っている。お母さんが嬉しいなら僕も嬉しいから。

そういえば驚いたけど、ここはお水も美味しいのだ。

透明な汚れていないお水を、お母さんは一日に三回も取り替えてくれる。

美味しいお水とご飯。僕を一生懸命お世話してくれるお母さんの存在。

当たり前だけど、僕はすぐにお母さんのことが好きになった。

優しいお母さん。僕を守ってくれる人。

僕の『家族』になってくれた人。お母さんがいれば大丈夫だと僕はそう思っている。

僕がいるのはお母さんと同じところだ。その場所はかつて僕が望んだ通り、あったかくて、雨も降らない。怖いものもいない。

夜は時々、ひとりぼっちだった時のことを思い出して怖くなるけれど、大丈夫だ。

そんな時はお母さんのところへ行けばいい。お母さんが寝ているふわふわした場所に飛び乗って、お母さんの顔の側で丸まれば不安は簡単に飛んでいく。

もう、怖くない。

僕は大丈夫なのだ。

だって新しい『家族』と一緒だから。

本当のお母さんや兄妹たちと離れてしまったのは悲しいけれど、実はもうあまり気にしていない。

新しいお母さんや紫色の目をしたお兄ちゃん、そして色んな人間が僕を愛してくれるから。

誰も僕を無視しない。

ここにいる人たちは、誰も僕のことを見ない振りしなかった。

何を言っているのかは分からないけど、鳴けば返事をしてくれる。

どうしたのだという顔をして僕の側に来てくれる。優しい手つきで背中や頭を撫でてくれる。

僕が伝えようとしていることを、一生懸命理解しようとしてくれる。

僕は、それがとても嬉しくて幸せだから。

いてもいいんだよって言われているみたいで心が温かくなるから。

僕は新しいお母さんと、あと、紫色の目のお兄ちゃんたちと一緒に生きていく。

僕を『家族』にしてくれた皆と。

だからもう、『死ぬ』をしなくても大丈夫なのだ。

——にゃあ。

あとがき

こんにちは。月神サキです。

この度は、拙作をお求めいただき、誠にありがとうございます。

この『猫モフ』は、猫への愛が高まった結果できた話です。皆様にも猫の可愛さを知ってもらいたいという一心で書きました。本当に猫は色々な顔を見せてくれて、とにかく可愛い存在です。うちにも猫がいますが、毎日可愛く……仕事の邪魔をしてくれますね。最高です。

今作のイラストレーターは、めろ先生です。

原画を担当されていたゲームがきっかけで先生を知ったのですが、今回引き受けて下さったと聞いた時は、本当に嬉しかったです。めろ先生、お忙しい中、ありがとうございました。

スピカやアステール、そしてリュカといった面々を先生の絵で見ることができてとても嬉しかったです。

最後になりましたが、この本をお手に取って下さった皆様に感謝を込めて。

少しでも猫の可愛さを感じていただければ嬉しいです。ふたりの恋愛模様と、彼らにかかわってくるリュカやその他の人物たち。彼らのこれからにもどうかお付き合い下さい。

それでは、またお会いできることを期待して。

２０２１年２月　月神サキ

悪《あく》役《やく》令《れい》嬢《じょう》らしいですが、私《わたし》は猫《ねこ》をモフります

初出……「悪役令嬢らしいですが、私は猫をモフります」
小説投稿サイト「小説家になろう」で掲載

2021 年 3 月 5 日　初版発行

著者：月神《つきがみ》サキ
イラスト：めろ

発行者：野内雅宏

発行所：株式会社一迅社

〒160-0022　東京都新宿区新宿 3-1-13　京王新宿追分ビル 5F
電話　03-5312-7432（編集）
電話　03-5312-6150（販売）

発売元：株式会社講談社（講談社・一迅社）
印刷・製本：大日本印刷株式会社
DTP：株式会社三協美術
装丁：百足屋ユウコ + モンマ蚕（ムシカゴグラフィクス）

ISBN978-4-7580-9345-3

おたよりの宛先
〒160-0022
東京都新宿区新宿 3-1-13　京王新宿追分ビル 5F
株式会社一迅社　ノベル編集部
月神サキ先生・めろ先生